日本近代詩の
発展過程の研究
与謝野晶子、石川啄木、萩原朔太郎を中心に

ルカ・カッポンチェッリ
Luca Capponcelli

翰林書房

目　次

序章 …………………………………………………………………………… 5

I　与謝野晶子——創作における身体、国家、帝国——

第一章　与謝野晶子の短歌——誘惑とアール・ヌーヴォー—— ……………… 15

　　1．明治末期の近代短歌の背景　15

　　2．与謝野晶子の初期創作　16

　　3．『みだれ髪』の表紙　19

　　4．文学美術雑誌としての「明星」　23

　　5．与謝野晶子の歌における「身体」とアール・ヌーヴォーの精神
　　　　——神々しい身体——　29

　　6．『みだれ髪』の身体表現について　32

第二章　近代短歌を告げる『みだれ髪』………………………………………… 40

　　1．『みだれ髪』に対する反応　40

　　2．『みだれ髪』の作詩法——実体験と空想を歌の題材にする——　44

　　3．晶子の理想の恋愛観——星の世界と地上の世界——　49

　　4．晶子と藤村の新体詩　57

　　5．晶子の短歌における宗教用語　62

　　6．恋と罪　66

　　7．『みだれ髪』の恋愛宇宙論　68

第三章　「君死にたまふこと勿れ」をめぐって ………………………………… 73

　　1．時代変遷に伴う「君死にたまふこと勿れ」の評価　74

　　2．女性としての自我意識とその戦争観　81

　　3．第三連になぜ「すめらみこと」が使われるか　92

　　4．女性としての自我意識と戦争観・国家観との関連　98

第四章　女権拡張論と国家主義を結ぶ晶子 ……………………………… 107

　　1．出産する身体　107

　　2．男女平等を訴える晶子　114

　　3．帝国主義肯定の背後にある様々な精神　116

　注 ……… 121

Ⅱ　石川啄木——内面の発見から社会批評へ——

第一章　啄木の初期創作 ………………………………………………… 131

　　1．上京する啄木　135

　　2．『あこがれ』の作詩法について　141

第二章　自己の再認識をする啄木
　　　　——アイデンティティを再構築する日本において—— …………149

　　1．1908年の短歌再開：『一握の砂』への架け橋の歌　150

　　2．自己を再確認する啄木——『ローマ字日記』と『一握の砂』——　153

　　3．ローマ字日記における啄木の自己認識
　　　　——ローマ字に含意されること——　156

　　4．ローマ字日記における内面の発見　160

　　5．啄木の短歌における自己の表れ
　　　　——身体表現とラカン的パラダイムを通して——　170

第三章　『時代閉塞の現状』について ………………………………… 176

　　1．政治・社会批評としての「時代閉塞の現状」と啄木の国家観　177

第四章　文学批評としての「時代閉塞の現状」………………………… 189

　　1．魚住の自然主義論　189

　　2．魚住の自然主義論に対する啄木の批評　192

　　3．自然主義と「時代閉塞の現状」　195

第五章　明日の考察 …………………………………………………… 201

　　1．「明日の考察」までの思想形成　201

2．「百回通信」における思想形成をめぐって　205

3．理性　209

注⋯⋯218

Ⅲ　萩原朔太郎──センチメンタリズムの流動性から近代の批評へ──

第一章　短歌創作から初期の自由詩へ⋯⋯⋯⋯⋯⋯⋯⋯⋯⋯⋯⋯229

1．『ソライロノハナ』と古典文学　229

2．朔太郎の短歌創作と明治末期の歌壇　232

3．朔太郎の初期自由詩の文体と短歌からの影響について　235

4．短歌の影響からの逸脱の始まり　246

第二章　萩原朔太郎のリズム観⋯⋯⋯⋯⋯⋯⋯⋯⋯⋯⋯⋯⋯⋯250

1．自我のリズム　250

2．自我のリズムと文体：連用形、反復技法、造語　252

3．動的なイメージ　262

4．『月に吠える』創作時期の詩の認識　267

第三章　朔太郎の詩と自我──世紀初頭の心理学を通して──⋯⋯⋯270

1．朔太郎とフロイト的なパラダイム　270

2．朔太郎とジェイムズ的なパラダイム　277

第四章　朔太郎と近代⋯⋯⋯⋯⋯⋯⋯⋯⋯⋯⋯⋯⋯⋯⋯⋯⋯⋯284

1．朔太郎のセンチメンタリズムにおける〈身体〉の意味　284

2．『詩の原理』と近代日本　293

3．『日本への回帰』──国家の普遍主義の超越──　303

注⋯⋯310

結論　315

参考文献　323

序章

　本書は、日本近代詩歌への発展を導いた与謝野晶子、石川啄木、萩原朔太郎を中心に、近代自我と近代国家の形成がいかなる影響関係の上に成立してきたかを解明することを目指している。晶子は近代短歌への道を開いた、20世紀冒頭の日本新女性の代表的な人物でもあり、啄木と朔太郎の創作における晶子の影響は既に先行研究に指摘されている通りである。日本詩歌に新風を吹き込んだ三人の創作の接点ならびに、それぞれの創作に表出される自己と国家との関係を明らかにすることは、近代化に対する当時の文壇の風潮の理解につながるだろう。したがって本書では、自己と国家の関係を見出す方法として、三人の自己認識の在り方が外部世界と繋がる手段としての身体表象およびエロティシズムにあったことを明確にする。

　詩歌の表現は、他の文学表現と同様に、各時代に流行する政治的、思想的、社会的言説を反映し、それぞれの歴史的・文化的文脈との関連性を持っている。また、それぞれの文脈によって、詩歌の表現に対する評価の基準も静的なものではなく、変容することがある。例えば、近世時代の国学者であった加茂真淵は『万葉集』の歌に日本固有の純粋な精神を見出してそれを再評価し、古代歌に国民性の〈益荒男〉の性質を認めていた。さらに、与謝野晶子の厭戦詩「君死にたまふこと勿れ」は、発表時は国家観念を軽蔑する危険思想の発現として厳しい批判を浴び、1930年代に晶子の作品集に掲載すらされなかったが、戦後はこの詩における晶子の勇気と反戦精神が称揚された。これらの例は各時代の風潮によって、作品の評価がいかに変化し得るかということを示していると言えよう。

　時代の文脈によって、文学テキストに対する評価が変化するということは、その時代に主流となる文学的カノンにもよるものである。近代においては、

文学的カノンの形成は特に国家思想に密接に関連していた。欧州諸国の場合は、浪漫主義の風潮以降、民俗的言語的統合性を表す文化英雄に該当する〈国家詩人〉を任命する傾向が特に強くなった。ダンテ、ダンヌンツィオ（イタリア）、ゲーテ、シラー（ドイツ）、セルヴァンテス、ホセ・ソーリジャ（スペイン）、ユーゴー、ボドレー（フランス）、ペターフィ・シャンドール（ハンガリー）、シェイクスピア、コレリッジ（イギリス）等が国家詩人として名を残したのは、それぞれの国の歴史的背景と思想的言説を反映している。

　明治期以降の日本にも国家の詩歌を求める傾向がみられた。維新後の明治国家が創設した「御歌所」は、国家意識と歌表現との密接な関係を示すが、国の近代化と共に詩歌表現も近代化し、1882（明15）年に刊行された『新体詩抄』は、愛国心を奨励する近代詩のジャンルの試みの一つとなっていた。また、俳句と短歌の革新を唱えていた正岡子規と与謝野鉄幹は、御歌所派に対する不満を抱いていたが、それは国を〈滅亡〉させる『古今集』・『新古今集』を模倣する歌風を非難するもので、賀茂真淵と同様に『万葉』風の益荒男の精神の再発見を近代日本のアイデンティティの形成に結びつけていた。また、20世紀においては、島崎藤村が日本の「最初の国民詩人」であったと秋田雨雀が述べている。日本も含めて多くの近代国家において、永遠性を伝える形而上の範疇と形而下の国家意識を結合させ、国家の理念を支えるレトリックとしての手段として詩が活かされた例は、決して少なくなかったのである。

　このように、国家思想にとっては「詩」というものは必要であったが、その反面、近代に主流となった科学的論理的思考様式によって、詩が近代国家の形成過程から疎外されたという矛盾する側面もあったのである。また、さらに注目すべき点としては、日本近代化に伴う「文学」の定義の変化が挙げられる。明治期以前は、文学はまず学問という広い意味を含み、儒教、蘭学、医学等、様々な知識の分野における書物を指していた。伝統の詩歌も学問と

しての威厳を所有していた。しかし、文明開化の風潮の中、文学の意味は次第に変化していくのである。西洋のアカデミズムに倣って、1877（明10）年に東京大学の文学部が設立され、文学は他の学問と切り離されて、より狭い意味での人文学を指すようになる。それ以降、次第に文学という概念は言葉による文芸の意味が強くなり、以前のような学問としての威厳を失う結果となったのである。こうした状況の中で、近代詩人や歌人も伝統の歌の威厳を拠り所にできなくなり、近代日本において彼ら自身の存在意義を改めて探る必要があったのである。これも当時の詩人歌人における近代国家からの疎外意識を強める要素となった。

　このように、国家の抽象的な表象のレベルで「詩」は役割があったのだが、科学的論理的思考を優位にする国家の物質的なレベルで詩が必要とされていないといった矛盾が生じるわけである。筆者は、上記の矛盾は、近代日本において形成される二元論的な思考様式に深く関わると考えている。この疎外に対する反動として、外部に対する優越性、反社会性、自律性といった詩人としての一種の異質性の意識が生まれたと考えている。

　ここで、〈近代の二元論的思考様式〉が持つ意味を明確にするために、次のスティーヴン・トゥールミン（Stephen Toulmin）の近代論を引用しておく。

　　モダニティの足場を形成する、自然と人間に関する包括的な思想体系
　　は（…）科学的であるだけでなく、社会的・政治的な装置でもあった。
　　つまりそれは主権国民国家の政治秩序に神授の正統性を付与するものと
　　も考えられたのだ。この意味で、近代科学の世界観は一般的な支持を得
　　たのである。そしてそれは、この世界観が、惑星の運動や潮の干満を説
　　明するのにもっていた威力と同じくらい、国民国家の政治的システムに
　　対してそれが与えた正統性のおかげであることは明らかである（Stephen
　　Toulmin「Cosmopolis: The Hidden Agenda of Modernity」、The Free Press、1990
　　藤村龍雄・新井浩子訳『近代とは何か』法政大学出版局、2001［平13］年、209頁）

上記のように、近代の包括的な科学的精神における〈身体〉と〈精神〉の二元論は西欧のレネ・デカルト（René Descartes）の哲学から発せられたが、近代国家のイデオロギーの思考様式の基盤になっている。こうした感情と理性、精神と身体という二元論的な世界観において、合理的思考は優位に立っていた。19世紀末のロマン主義から始まった日本近代詩は、この二元論を拒否しないままで、感情の世界を選んだと言えるだろう。

　本書では、与謝野晶子、石川啄木と萩原朔太郎がこの背景において、どのような近代自我の形成を辿ったか、またその過程においてどのように国家を意識していたのかという点を視野に入れて三人の創作について論じていきたい。

　また、本書で三人の創作における身体表現に焦点を当てる本書の意義は次の通りである。

　近代国家権力による身体統制は、身体を対象化すると共に、男女という性的二項対立（binarism）の文化的構築にも基づいている。女性の身体と男性の身体に対して国家および社会体制が期待するもの、ならびに男女の動員の仕方は違う。女は健康な人民を生む良妻賢母であるのに対して、男は健康で生産的な労働力や軍事力として国のために尽くすべきであるとされ、その背景には、身体のみではなく、個々人の肉体とセクシュアリティを統治しようとする国家権力の側面が見えてくる。

　このような近代的身体認識論（body epistemology）は、化学的医学的知識に基づいて、国家に個々人の身体を統制するツールを与えるものである。これによって個々人の身体は対象化され、ジェンダー的な位置付けが成される。即ち、共同体における個人の自我形成にとって、身体は決定的な要素となると言えよう。このような観点から、本書で用いる身体という言葉は、性（ジェンダー）ならびに、肉体とセクシュアリティを含むものであるということをここに明記しておきたい。

　国家体制、社会、家族制度などによって対象化された身体は、文学表現を

通して主体性を持ち得る。そしてその主体として、自己の身体を統治しよう
とする外部（国家権力）に対し、やむを得ず何らかの反応を示す。本書は上
記の背景を視野に入れて、近代化に伴う生産力、生殖などの身体の新たな多
義性を考えながら、晶子、啄木、朔太郎の作品における近代自我の実体とし
ての身体表現に着目し、三人の主体性が近代国家へのいかなる闘争から生ま
れ、それが三人の時代批評にどのように反映されていくかを考えていく。

　そして、身体の統制は、政治および社会体制の秩序維持のために戦略的な
意味をもつということが既に多くの学者によって指摘されている。（例えば、
Michel Foucault「Discipline and Punish: The Birth of the Prison」Alan Sheridan 英訳、
Vintage Books, New York, 1995［平 7］年、24-25頁）

　このように、近代国家の背後にある思想体系は包括的で、社会における文
芸表現にも行き渡っているものであり、〈文学〉表現もまた社会装置である
ため、こうした風潮に向かわざるを得なかったのである。このような近代に
伴う二元論的な思考様式は日本においても受容されたのであり、日本文学に
おける身体表現とその意味論的な可能性という問題は無視できないのである。
したがって近代における〈身体〉と〈精神〉といった二元論的な対立が与謝
野晶子、石川啄木、萩原朔太郎の文学においてどのように反映されたかとい
う問題を究明することは、本書の論点の一つとなる。

　また、近代（日本の近代も含めて）の絶対的な観念として形成される〈国
民国家〉、〈政治思想〉、〈国民アイデンティティ〉は、近代化する社会体制の
基本的な枠となったものである。これらの絶対的な観念は、近代における
〈身体〉への認識論と〈思考様式〉にも大きな影響を及ぼした。近代化する
日本においても、このような観念は政治および社会体制の根底に流れており、
当時の文学における自己表現はこの背景に立ち向かわざるを得なかったので
ある。こうした背景の中で印刷技術は想像の共同体である近代国家（Benedict
Anderson）を確立させたが、それと同時に文学も一種の社会装置となり、近
代という時代風潮において重要な機能を果たしていたと言える。また、科学

的精神の実証主義を優位にするエピステーメ（近代社会が生産する知の枠組）という背景において、詩の表現は一方では恣意的で感情的で、危うい立場に立っていたが、他方では近代が押し付ける挑戦に対して、日本の詩人が取ってきた姿勢を見ると、近代化が孕んでいた矛盾を明確にするリトマス紙のように読むことが出来る。そこで本書では、20世紀初頭から第二次世界大戦までの長期間に、与謝野晶子、石川啄木、萩原朔太郎の創作と思考様式において、近代化に対する三人の認識と姿勢がどのようであったかを探る研究を行う。

　日本近代詩の一つの区切りを構成する晶子、啄木、そして朔太郎に関して、この観点に基づいた研究はこれまでまだ行われていない。よって本書は、この三人の詩人についての考察を通して、日本近代詩の発展過程の特質を究明することを目的とする。

　本書は、与謝野晶子、石川啄木と萩原朔太郎を論じる三章によって構成され、各章は数節に分けられている。それぞれの章は、作者のエクリチュール（言葉、文体、イメージ）を通して（ア）自我の発見に伴う詩人としての疎外感、（イ）主体性の追求の在り方、（ウ）近代国家体制に対する作者の姿勢という三つの視点に基づいて構成されている。

　第一章では、処女歌集『みだれ髪』の恋愛至上主義において表現される身体と主体性が当時の社会体制に対する作者のいかなる姿勢を示唆しているかという問題について論じる。次に「君死にたまふこと勿れ」からフェミニズム論を経由し、帝国主義を肯定する晩年の作品に至る道程において、身体の政治的な含蓄および作者の国家観がどのように表れるかを論じる。このように、晶子の女権拡張論とナショナリズムとの結合について考える。

　第二章では石川啄木について論じる。まず、明星派の新体詩作品の背後にある「天才主義」及び「永遠の生命」に対する憧れから、短歌創作における「現在」への眼差しまでの文学的発展過程を辿る。その発展過程において、

『ローマ字日記』に見られる自己認識の在り方を見極め、「時代閉塞の現状」
を中心に啄木の国家観について論じる。

　第三章は、萩原朔太郎の短歌創作から口語自由詩への発展過程において表
れる自己の探求と疎外意識について考える。続いて朔太郎のSENTIMEN-
TALISMという文芸感覚における身体表現に着目し、エロス、疾患と植物
との接合の意味について考える。最後に、『詩の原理』及び『日本への回帰』
を通して、絶対的観念としての国家に対する朔太郎の意識について論じる。

I

与謝野晶子

創作における身体、国家、帝国

第一章　与謝野晶子の短歌
―――誘惑とアール・ヌーヴォー―――

1．明治末期の近代短歌の背景

　維新後の歴史的な背景を考えると、1894から1895（明27－28）年の日清戦争の後、明治時代に近代国家の形成がますます進んでいくが、物質的な側面と共に、文化的側面ならびに、国家と国民のアイデンティティの構築にかかわる動きが様々な分野にみられる。もちろん文学もその一つであり、その中で歌壇においては明治期の近代を表す新しい作風を求めるグループが生まれてくる。日本初の西洋詩歌の翻訳集、『於母影』の著者である森鷗外とともに1889（明22）年に「新声社」を設立していた落合直文は、1893（明23）年に短歌の革新を求める「浅香社」を創立して、直文の弟の鮎貝槐園（鮎貝房之進）や与謝野鉄幹、大町桂月等を集めて新派和歌の基礎を築いた。1894（明24）年に与謝野鉄幹は「亡國の音」と題する歌論書を発表し、いわゆる旧派和歌を代表する御歌所の歌人を次のように激しく批判している。

　　　廢娼論を爲す者あり禁酒論を爲す者あり而して一人のいまだ現代和歌排斥論を唱ふる者なきは如何、この言頗ぶる極端に似て極端ならず、酒色は人の肉體を毀傷して、その害や顯然見るを得べし、風流は人の精神を腐蝕してその妻や冥々知る可からず、一は猶人身を亡ふに止まると雖も一は直ちに國家を危うす王朝の腐敗足利大内二氏の滅亡は實にその好適例、人誰か酒色を愛せざる者ぞ、而して酒色の爲に身を亡ふを欲する者あらむや、余や最も和歌を愛する者、和歌を以て國を亡すに忍びざる也（以下略）[1]

既に俳句革新の定礎と評されていた正岡子規は、1897（明30）年に「歌よみに与ふる書」を著し、「根岸短歌会」を創立して、鉄幹と同様に『古今和歌集』を模倣する歌を廃止、「写生」という概念に基づいて和歌の近代化の必要を訴える。当時の日本の詩歌においてはロマン主義が台頭し、「明星」派の歌も人気を博していたということもあり、短歌において彼の「写生」という理念は主流にはならなかった。しかしその後、1908年に創刊された短歌雑誌『アララギ』に正岡子規の門下歌人が集まり、歌のリアリズムを中心的な理念として創作することになる。アララギには、釈迢空というペン・ネームで折口信夫も参加していたのである。

　1898（明31）年に、佐佐木信綱を中心に設立した「竹柏会」とその機関誌「心の花」は、短歌革新の気運に貢献し、多くの若い歌人を輩出した（育成する成果を出した）。

　このように、明治末期の日本詩歌の背景において、一方では『古今和歌集』を重んじる桂園派と御歌所派が明治初期・中期の短歌の主流となっていたが、明治30年代から、これらは古典和歌の調べを模倣する風潮に過ぎないという批判を浴び、短歌革新の気運が高まったのである。しかし、短歌の革新への動きは一枚岩的な現象ではなく、大丈夫、写生、恋の歌など、様々な観点から追及されていた。

　以上のように、与謝野晶子が短歌創作に手を染めていた時代に、日本の短歌世界では、短歌はどうあるべきか、近代短歌はいかように作られるべきかという論争も含めた熱い気運があったのである。

2．与謝野晶子の初期創作

　与謝野晶子の処女短歌集、『みだれ髪』に集録された作品の中では、芸、歌、春、恋、青春を賛美するものが多いのだが、当時の歌壇ならびに読者の間で反響を呼んだのは、官能的なもので、女性の観点から歌われる情熱と肉

体は、日本の短歌伝統においてはかつてなかった女性の身体の描き方であった。『みだれ髪』は、当時の日本の歌壇に様々な面から新風をもたらしたが、それを歓迎しなかった批評家や歌人もいた。例えば、二十世紀の日本文学の高名な学者であり、歌人であり、「竹柏会」の主宰者でもあった佐佐木信綱は蘇帳生という筆名で、「竹柏会」の機関誌「心の花」の1906（明39）年9月号の中で「著者は何者ぞ、敢て比の娼妓、夜鷹輩の口にすべき乱倫の言を吐きて、淫を勧めんとする」と非難する。しかし、このような非難の一方で、与謝野晶子の短歌集を称賛する声も決して少なくなかったのである。

　そして先行研究においても、『みだれ髪』の作詩法における日本文学の伝統の受容を指摘する学者が多いのである。芳賀徹は、晶子の短歌における女性の髪のイメージを古典和歌との接点として述べており、入江春行は、『堺敷島会歌集』に記載された晶子の青春の歌は、『古今和歌集』、『新古今和歌集』調で、題材は殆ど花鳥風月であったことを指摘する。また、海外では、Gillian Gaye Rowleyは、『源氏物語』の新訳と共に、与謝野晶子の作品にみられる古典文学の影響を強調している（*Yosano Akiko and the Tale of Genji*, Center of Japanese Studies University of Michigan, Ann Arbor 2000）。

　幼い時から古典文学に興味をもち、『源氏物語』、『更級日記』、古典和歌等に親しんでいたことは、晶子自身が『雑記帳』、『私の貞操観』などにおいても述べている。

　　わたしは菓子屋の店で竹の皮で羊羹を包みながら育つた。わたしは夜なべの終るの待つて夜なかの十二時に消える電燈の下で両親に隠れながら纔かに一時間か三十分の明かりを頼り清少納言や紫式部の筆の跡を偸み讀みして育つたのである。

　同様の内容が「獨學と讀書」（「アルス」、1922（大11）年11月26日初出）や「私の生ひ立ち」等の随筆にも記されている。これらの回想において晶子は、幼

い頃から両親が実家の和菓子店、鶴河屋を手伝う「只の女」（「一隅より」）として彼女を育てようとしていたこと、それにも関わらず、いかに文学に関する知識を少しずつ集め、平安時代、元禄文学と近代文学に対する情熱を抱いていたかを語っている。

　このように、自身の文学的育成と深く関わっていた古典文学の影響で、晶子の初期の歌風は旧派和歌を代表する御歌所派に近かったが、記録の中で最も早い晶子の作品は、1895（明28）年の9月号の「文藝倶楽部」に記載された次の一首である。

　　露しげき葎が宿の琴の音に秋を添へたる鈴むしのこゑ[5]

　古典和歌からの影響が強く感じられる、秋の風景を歌った作品である。翌年1896（明29）年に晶子は、学校の友だち楠益栄に堺出身の詩人河井酔茗を紹介され、堺敷島会に約1年だけ参加し、『堺敷島会歌集』にも数首の歌を投稿する。習作だと評価される晶子の初期の歌は、『源氏物語』や平安朝の和歌の影響が強かったが、しばらくしてから、晶子の作風は大きな変化を示す。その切っ掛けは与謝野鉄幹との出会いであった。

　1899（明32）年に、晶子は「浪華青年文学会」の機関雑誌の「よしあし草」に鳳小舟（ほう　しょうしゅう）という筆名でいくつかの歌を発表する。その年、「青年文学会」を創立した河井酔茗と河野鉄南らは、与謝野鉄幹を講演のために境市に招待していたが、彼は「新詩社」とその機関誌「明星」の準備のために多忙を極めており、すぐ行かれなかった。鉄幹は「新詩社」に入る若い天才を募集していたので、河野鉄南に優秀な歌人の紹介を求めていた。河野は、その他の歌人の中で晶子も推薦し、晶子と鉄幹の間では実際に会う前に、既に手紙のやり取りがあったのである。

　堺市の若い歌人にとっては、与謝野鉄幹は師匠のような存在であり、既に[6]1897（明30）年に出版した歌集『東西南北』と『天地玄黄』によって、短歌

の革新運動の代表的な歌人として知られていた。講演会は 1900（明33）年 8 月 4 日から 15 日にかけて行われ、その際に晶子と鉄幹は直接会ったのである。『みだれ髪』に集録された短歌の大部分は、1900（明33）年 6 月から 1901（明34）年 8 月の間、「明星」に発表したものである。

　『みだれ髪』は古典和歌の洗練された美を、短歌の表現領域を拡大する必要性に応える革新的な要素と結びつけるものであった。この観点から言うと、与謝野晶子の最初の歌集は、日本詩歌の伝統から近代への変遷における重要な作品であったということに相違はないだろう。

　本章は、日本におけるアール・ヌーヴォーの文化的芸術的現象の受容について言及しつつ、アール・ヌーヴォーの美的精神との類似性を示す『みだれ髪』の詩的特徴を明らかにしようとするものである。本章における分析は、愛の誘いと道徳的違反をそそのかすという二つの語義を持つ「誘惑」（演じられる誘惑）というテーマに関する言及を含むことになる。それは『みだれ髪』の短歌において、具体的な肉体性と非日常の存在との間で描かれる女性の身体が中心的な動機となっているからである。この種の女性の表現は、日本の詩歌において先例がなかっただけでなく、1800 年代終わりのヨーロッパのアール・ヌーヴォーを形づける女性のイコノグラフィーといくつかの要素を共有している。したがってここでは、『みだれ髪』においてアール・ヌーヴォーがどのような位置にあったかを考察することとする。

３．『みだれ髪』の表紙

　与謝野晶子の短歌とアール・ヌーヴォーの関係は、既に『みだれ髪』の表紙に見て取れる。これは 1899 年に立ち上げられた「白馬会」のメンバーであった画家、藤島武二によって描かれたものである。「白馬会」はヨーロッパの絵画を日本に紹介した前衛的なグループであった。『みだれ髪』の表紙絵は、ハート形の枠に閉じ込められた女性の顔を描いており、同時に、一本

第一章　与謝野晶子の短歌　19

の矢に射抜かれて、ハートから滴り落ちる血を図案化した文字の形を取り、歌集のタイトルの「みだれ髪」となる。19世紀末のヨーロッパの絵画にも見られるように、文字と絵は調和し、文字は絵となり、絵は文字となるという趣は『みだれ髪』の表紙にもみられる。一方、矢の先からは桜の花が生まれている（図1）。歌集の目次の前ページに「この書の体裁は悉く藤島武二先生の意匠に成れり表紙画みだれ髪の輪郭は戀愛の矢のハートを射たるにて矢の根より吹き出でたる花は詩の意味せるなり」とある。西洋の恋愛詩歌を代表するモティーフを借用しながら、日本の歌の最も代表的な花とも言える桜と合わせ、つまり西洋風と日本風の様式を調和させることで、いわゆる和洋折衷的な効果を醸し出している。

また、ハートの形とした枠に閉じ込められる女性の顔はアルフォンス・ミュシャ（Alfons Mucha）の作品との類似性を示している。例えば、当時の女優サラ・ベルナール（Sarah Bernhardt）をモデルとしたジスモンダ（Gismonda, 1895（明28）年）、「羽根」（La plume、1899（明32）年）、「黄道十二宮」（Zodiac、1896（明29）年）には、藤島武二が描いた『みだれ髪』の表紙と似たような構造が窺える（図2）。また、斜めになった横顔の少しみだれた髪は、ラファエロ前派の画家であったエドワード・バーン・ジョンズ（Edward Burne Jones、1833（天4）-1898（明31）年）の「薔薇の心」The heart of the rose（図3）という作品に似ている。この作品は、中世期のヨーロッパの『薔薇物語』（Roman de la rose）を題材としている。『薔薇物語』は、ある詩人が夢の中で愛の庭園を訪れ、エロス（愛の神）の矢に打たれて薔薇の花に恋してしまうという、騎士物語風のロマンティックな題材に基づいている。1901（明34）年に出版された『みだれ髪』の14頁の挿絵を見ると、「恋愛」と題した矢を放つ目隠しのキューピッドが描かれている。この挿絵は既に1901（明34）年8月の「明星」14号に、歌集『みだれ髪』の予告として記載されていたが、明らかに歌集の表紙に関連する挿絵である。

ギリシャ・ローマ神話において、クピド（Cupido）は軍神のマルス（Mars）

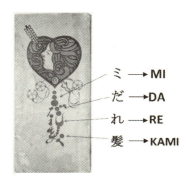

図1 『みだれ髪』の表紙に見られる歌集のタイトルのレッテリング。

図2 ：アルフォンス・ミュシャ作の「羽根 La plume」1899年（左）と「黄色十二宮　Zodiac」1896年（右）。

図3 エドワード・バーン・ジョンズ（Edward Burne Jones、1833-1898年）の「薔薇の心 The Heart of the Rose」(1889年)。

図4 『みだれ髪』の挿絵となった藤島武二作「恋愛」

と恋の神ヴィーナス（Venus）の間で生まれた童子であり、その弓と矢を持っている姿が描かれる例が多い。木股知史が指摘するように、このテーマはイタリア・ルネサンスの画家ボッティチェッリ（Botticelli）の有名な「春」にもみられる。[8]

晶子の歌集の装丁を担当した藤島武二は、西洋の神話や『薔薇物語』等を意識していたかのように見えるが、彼の描いた『みだれ髪』の表紙は、歌集の中心的なテーマである恋愛を寓意的に表現している。矢の先から吹き出る桜の花が「詩」を意味するなら、ハートから滴る文字は、『みだれ髪』において情熱を表す血で歌が書かれているという意味を暗示する。

晶子の処女歌集の表紙は、明らかにアール・ヌーヴォー風である。アール・ヌーヴォーは「新しい芸術」という意味であり、19世紀末イギリスとフランスに始まり、やがてオーストリア、ドイツ、イタリアなどのヨーロッパ諸国に広がった芸術運動を示すものである。その一つの特徴は、昆虫、植物、花、女性の髪などのゆるやかに曲がった線の強調であり、そのうねりによって絶え間なく変身する自然の生命力を示唆する。アール・ヌーヴォーは絵画と印刷技術に伴ったポスターの領域にとどまらずに、19世紀末から20世紀初頭にかけて、ヨーロッパの演劇、小芸品、建築などにも関わり、当時の美的精神に大きな革新をもたらした。しかし、その美的精神の形成過程に、ジャポニズム（日本趣味）の影響が重要な位置を占めていたことを忘れてはならない。産業革命がもたらした社会の機械化に対する反応として、自然回帰願望を含む新しい表現方法を求めた当時の美術家たちは、日本の浮世絵、陶器、芸術品などに目を向けていた。そして、遠近法、対称性、陰影などの従来の美術の法則を打破する作品がますます生まれてくる。このように見てくると、ジャポニズムの影響を受けたアール・ヌーヴォーが日本の近代短歌と絵画の領域に取り入れられたことは、大変興味深い現象であると言える。

4．文学美術雑誌としての「明星」

　日本におけるアール・ヌーヴォーの受容過程において、与謝野鉄幹が主宰していた「明星」は先駆的な役割を果たした。1900（明33）年の4月に創刊された「明星」は、「東京新詩社」の機関誌であった。創刊当初から文学、美術、演劇との交流を企てる雑誌として生まれた「明星」は、もとは新聞形式（図5）を採っており、その冒頭に、次のような雑誌の規定が記されていた。

　　「明星」は東京新詩社の機關にして、先輩名家の藝術に関する評釋、論説、講話、創作（和歌、新体詩、美文、小説、俳句、繪畫等）批評、随筆等を掲げ、傍ら社友の作物と、文壇［特に和歌壇、新体詩壇に重きを置く］の報道を載す。（以下省略）

　そして、「新詩社の清規」には、「文学美術等の上より新趣味の普及せんことを願ひて、雑誌「明星」を公にす」と記載されていた。このように、当初から文学と美術の交流を計画していたのだが、さらに1900（明33）年9月の第6号に記載される「新詩社の清規」には、文学と美術の交流を自我の表現に結びつけようとする姿勢が更に明確に表れる。

　　一われらは詩美を樂しむべきに天稟ありと信ず。さればわれわれの詩は道樂なり。虚名のために詩を作るは、われわれの恥づるところなり。
　　一われらは互に自我の詩を發揮せんとす。われらの詩は古人の詩を模倣するにあらず、われらの詩なり、われら一人一人の発明したる詩なり。
　　一かかる我儘者の集まりて、我儘を通さんとする結合を新詩社と名づけぬ。

第一章　与謝野晶子の短歌　*23*

一新詩社には社友の交情ありて子弟の關係なし。

一去るものは追わず、来るものは、拒まず。

一文學美術等の上より新趣味の普及せんことを願ひて、雑誌「明星」を
　公にす。

　この「清規」に見られるように、和歌運動を代表する「明星」は、国の伝
統的な和歌の枠を逸脱して、近代の新しい歌を目指していたのである。そし
てこの清規において、師匠と弟子関係のない自由な精神を持った集団として
の性格が強調されていたことも、当時の若い文学表現者を魅了したのであろ
う。

　「明星」の規定の他にも、「新詩社の清規」の項目には、国の伝統的な和歌
は自我の表現への発展を妨げると記されているのだが、そこには、より国際
的な精神を目指していた「明星」の姿勢が含まれていると言えよう。このよ
うにして、「明星」第6号は新聞形式から雑誌版に変わり、一條成美が描い
た表紙絵で飾られた。この表紙絵では、上半身裸の女性が手に持っている百
合の花に口づけをしようとしているか、それとも、その香りを嗅ごうとして
いる（図6）。この絵は1901（明34）年の1月号まで「明星」の表紙として採
用されていた。木股知史が指摘するように、独特な姿勢をとった表紙の女性
は、アール・ヌーヴォー風ではあるが、顔の特徴は東洋的である。それにつ
いて、木股が次のように推測する。

　　百合を持つ右手の表情が、いわゆる菩薩の半跏像に似ている。（略）
　　一條の表紙画の目と眉の日本的な表情の作り方には、中宮寺の菩薩半跏
　　像を参照した痕跡が感じられる。（略）一條の表紙画の構図は、菩薩半
　　跏像を下絵にミュシャの「ジョブ」のポスターを重ねることによって得
　　られたのではないか［図7－8］。

すなわち、このような合成の手法を用いただけではなく、伝統と西洋との組み合わせによって、「明星」の新派和歌の性格を表そうという意図があったのではないかと指摘されている。木股の指摘を受けつつ、更に、神聖な菩薩とミュシャのポスターの自由なポーズを取った女性との組み合わせは、女神と魔性の女の両側面を示唆する「明星」の新女性像にもつながると言えるのではないだろうか。これについては後に触れるが、少なくとも第6号以降の「明星」が歌、挿絵、美術論などの領域において、かつてなかった新たな女性の認識をもたらしたことは、雑誌がアール・ヌーヴォー風の絵を取り入れていたことと無縁ではないと言える。第6号の「明星」にある「雁來紅」と題する与謝野晶子の歌群に伴う藤島武二の絵もこれを示している（図9）。サーラ・ベルナールを描くミュシャ作（図10）を下絵にして、アール・ヌーヴォーの女性像を最も象徴するフランスの女優の名前の代わりに、「MYOJO」というレッテリングがある。そして、一條成美の表紙と同様に、顔はサーラ・ベルナールのではなく、与謝野晶子を思わせるような東洋的な特徴の顔に取り換えられる。さらに同年10月第7号の「明星」より、雑誌の後書き「一筆啓上」のページに、ミュシャへの趣味を更に示す藤島武二の絵が記載されていくことになる（図11）。

　「明星」のアール・ヌーヴォー風絵画の受容の背景には、まず当時の印刷技術の進歩を述べなくてはならない。明治30年代に三色石版技術が進み、メディアの担い手となった印刷技術の可能性がますます広がっていった。そのため「明星」にも写真、挿絵等を取り入れることが可能になったのである。印刷技術の進歩は、当時の情報伝達に非常に貴重な貢献をしたと言える。それによって、与謝野鉄幹は「明星」の視覚的な効果を重んじる新基軸を可能にしたが、その発想の背景には、表紙を描いた一條成美、「白馬会」を中心とする長原孝太郎（止水）、藤島武二等の当時の画家たちからの刺激もあったと言える。また、浅井忠（同じく「白馬会」のメンバー）は、アール・ヌーヴォーの流行の真っただ中にあった、1900（明33）年のパリで行われて

第一章　与謝野晶子の短歌　25

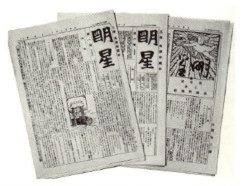

図5 新聞紙形式の「明星」の第1、2、3号（『情熱の歌人　与謝野晶子展』、産経新聞社より）

図6 一條成美作の「明星」1900（明33）年9月号の表紙。

図7 ミュシャ作の巻タバコ用紙「ジョブ」の広告ポスター。

図8 中宮寺の菩薩半跏像。

図9 「明星」1900（明33）年9月第6号に記載の歌群「雁來紅」とその横にある藤島武二作の絵。

図10 1896（明29）年のミュシャ作のサーラ・ベルナルの肖像。

図11 ミュシャの展示会の広告として作られたポスター「サロン・デ・サン」（右）と藤島武二のアレンジ（左）。

第一章　与謝野晶子の短歌　27

いた国際博覧会からの通信を送っており、それが「明星」第6号から記載されたということも、芸術を広く視野に入れた雑誌の雰囲気を多く物語っていると言えるだろう。このようにして、新しい詩歌運動を展開しようとしていた「明星」には、ますますアール・ヌーヴォーの挿絵が見られるようになるのである。

　以上のように、西洋のアール・ヌーヴォーを取り入れることによって、「明星」派において新しい女性のイコノグラフィが形成されてくる。第3号より雑誌の名前、「明星」とともに表紙に頻繁に用いられる「♀」の記号も、当時の文壇を照らす天体としての明星（金星）という意味の他に、美の女神のヴィーナスの意味も含んでいたと言えるだろう。フェミニンと美の組み合わせは、女性的身体をモティーフにして表現されていたが、1900（明33）年11月第8号の「明星」には、「女性身体」を通して「美」の表現の可能性を限界まで探求した結果、風俗壊乱の理由で発禁となる。この第8号には、以前、既に発禁となっていた黒田清輝と藤島武二の裸体画が掲載されていただけでなく、表紙は前述した一條成美作の上半身露わな女性を描いたものであった。また、裸体画の美学をテーマとする与謝野鉄幹と上田敏の対談記事も記載されていた。この対談記事について、明石利代は次のように指摘している。

　　新時代の芸術創造の担い手となろうとの野心を抱く鉄幹にとって、当時の状況下での裸体画は最も効果的な革新性をもち時代を先取りできる対象であると意識されていたに違いないのも容易に察せられる。更に鉄幹は、その当時に於ける裸体画の問題性から、とにかく世間の注目を惹くための効果としても、積極的な泰西の裸体画の「明星」掲載を意図したと思える。[11]

　しかし、明治刑法の259条の「風俗ヲ害スル冊子圖畫其他猥褻ノ物品ヲ公

然陳列シ又ハ販賣シタル者ハ四圓以上四十圓以下ノ罰金ニ處ス」とあり、これに触れた「明星」は発禁となったのである。その影響で、「明星」第9号はパンフレット版となり、その冒頭に鉄幹は雑誌の発禁に対する抗議の始まりに「文藝の迫害に關して余の態度を明らかにして末松博士に質し併せて讀者諸君に訴ふ」。その抗議の内容は封建的権力と因習の束縛からの解放を求める近代自我の意識のもとに、ロマンティシズムとしての恋愛詩歌は近代の人間解放への叫びであると同様に、裸体画の美は近代的な美意識の発するところであると述べる。

　このように、「明星」の第10号以降の出版にも女性像を中心とするアール・ヌーヴォー風の絵を表紙などに載せ、文学と芸術の雑誌として存在しつづける。

5．与謝野晶子の歌における「身体」とアール・ヌーヴォーの精神
──神々しい身体──

　前述したように、西洋のアール・ヌーヴォーにおいて、女性の身体の描き方に密接にかかわる新たな美的精神をもたらしたのであるが、明治の歌の世界についてこの精神の受容の形跡を『みだれ髪』に集録された歌に探ってみる。

　まず、『みだれ髪』においては、画家、絵画などに言及する歌もみられるので、初出順で並べておく。

　　戀と云はじそのまほろしのあまき夢詩人もありき畫だくみもありき

　　　　　　　　　　（『みだれ髪』355番、「明星」1901（明34）年3月）
　　やれ壁にチチアンが名はつらかりき湧く酒がめを夕に祕めな

　　　　　　　　　　（『みだれ髪』212番、「明星」1901（明34）年7月）
　　くれの春隣すむ畫師うつくしき今朝山吹に聲わかかりし

　　　　　　　　　　（『みだれ髪』72番、「明星」1901（明34）年7月）

ひと年をこの子のすがた絹に成らず畫の筆すてて詩にかへし君

（『みだれ髪』280番、「明星」1901（明34）年7月）

　夜の室に繪の具かぎよる懸想の子太古の神に春似たらずや

（『みだれ髪』322番、「明星」1901（明34）年7月）

　春の小川うれしの夢に人遠き朝を繪の具の紅き流さむ

（初出『みだれ髪』364番）

　上記の作品の大部分は1901年（明34）7月に発表されたが、当時「明星」
の表紙は主に藤島武二によって作成されており、同じ月に「明星」の最初の
別冊挿絵版も出版されていた。なお、各号において、表紙のみではなく、
「社告」、後書きの「一筆啓上」などの欄にも一貫して挿絵が載せられていた
のである。
　晶子は絵や画家を歌の題材にしたことは、「明星」の独特な雰囲気を反映
していると考えられる。しかし、それにつれて、画家や絵画等というモ
ティーフは女性の身体の賛美に通ずることは、322番の歌「夜の室に繪の具
かぎよる懸想の子太古の神に春似たらずや」に示されている。1902年に出
版された与謝野鉄幹の『新派和歌大要』に、この歌について次の言及が見ら
れる。

　裸形を詩に入れるのを兎角に非難する人のあるのは、寧ろその人の趣味
　の低いのを自白するもので、美感の上の事を陋劣な自己の實感で解釋す
　る愚論である。我等は藝術の上に飽くまで是等の愚論と、東洋流の道徳
　を云云する僞善的論法と排斥する。
　　　夜の室に畫の具かぎよる懸想の子太古の神に春似たらずや
　春の宵を身も心もそぞろに成つて、絵の具の香に慕ひよる恋の子、裸形
　の子、なにのことはない希臘上代の女神の御姿そのままである。（中略）
　更に委しく云へば、夜の室の今一人を―戀人を―繪の具に喩へたもの。

『似たらずや』と問ひの句法を用ゐたので、夜の室に今一人のうら若い懸想の子が見える。[15]

　鉄幹は、恐らく、その裸形の姿に感嘆し、若い女性を女神に例える男の恋人に自分を投影したと考えられる。しかし「似たらずや」という質問は裸形の子が自分自身に問うという読み方も可能であろう。

　この歌に関して、佐竹寿彦は鉄幹の解釈に無理があると述べ、「夜の室に向かって」という読み方に基づいて、「よばい」を詠んだ歌だと言う。とこ[16]ろが、『みだれ髪』においては、自分の身体を賛美する裸の女性をモティーフにする歌が数例ある。例えば、

　　ゆあみして泉を出でしやははだにふるるはつらき人の世のきぬ

　　　　　　　　　　　（『みだれ髪』77番、「明星」1900（明33）年10月）

与謝野晶子は、この歌を生んだ感情について次のように説明する。

　　自分の処女の清らかな體を眺めると、我れながらほれぼれとして天上の少女のやうな誇りを感じる。此肌に人間の衣服を觸れるのさへ自分を潰すやうで心苦しい。[17]

「天上の少女」のような誇りは次の歌にも見られる。

　　紫のわが世の戀のあさぼらけ諸手のかをり追風ながき
　　　　　　　　　　　　もろで　　　　　　　おひかぜ

　　　　　　　　　　　（『みだれ髪』273番、「小天地」1901（明34）年8月）

　佐竹寿彦は、この歌について、両手を挙げて裸形の女神が恋愛の喜びを誇示するものであると述べ、その女神のイメージは「所謂泰西名畫の影響によ

るものであらう」と指摘している。西洋絵画の伝統において、ヴィーナスを描く作品が多いが、当時のアール・ヌーヴォーの最も代表的な画家であったアルフォンス・ミュシャの作品の中でも自然の生命力を司る女神が頻繁にみられる。

　しかし、この歌にある「追い風」は、日本の伝統によるものだと考えることもできる。三省堂の『全訳読解古語辞典』によると、「衣服などにたきしめた香のかおりを運んでくる風。また、人の動きなどによっておこるかすかな風に運ばれてくる香り」とある。これは、『源氏物語』の「若紫」や「蛍」等の巻によくみられる場面である。

　このように、西洋絵画、古代ギリシャ神話、平安朝の雅、どれも現実から離れた遠い世界であり、晶子が歌う女神の身体に結びついている。これらの歌では、『みだれ髪』と「明星」のロマンティシズムの特性であった「恋愛至上主義」をよく表しているのであろう。

　「恋愛至上主義」を代表する一つの歌は、『みだれ髪』の冒頭にある。

　　　夜の帳にささめき盡きし星の今を下界の人の鬢のほつれよ

（初出『みだれ髪』1番）

　恋の喜びに満ちて星となり、この世のものではない神々しい存在が歌われる。それに対して、この幸せが堪能できない下界の人は不幸である。恋愛至上主義は恋愛に形而上的な要素を見出している上で、身体を高尚にするという修辞法も孕んではいるものの、晶子の歌では身体の描写の具体性は維持されている。

6．『みだれ髪』の身体表現について

　与謝野晶子の歌における身体表現について、川村邦光は「女の身体をあか

らさまに表象し表現したところに二〇世紀という新時代を迎えた、明治後期における女性としての晶子の特異なポジシオンがあると考えられる。」と述べている。

本節では、まず近代における身体はどのような意味を帯びているかという考察から始める。

古来、文明と自然、精神と身体との関係は、ある共同体の世界観を構築する重要な要素となっており、東西問わず、身体は欲望、煩悩、執着などの不浄な衝動と関係づけられる側面があった。しかし近代に伴い、身体は新たな多義性を持つようになる。例えば産業革命以後、身体は生産力、生殖、労働力ともなり、心理学の観点からは潜在意識が宿るものともなる。また、政治においては〈政治的統一体〉、つまり近代国家の形成と厳密に関わる概念ともなる。このような流れを受けて、文芸表現においても身体の意味論的な可能性が拡大されてきたと言える。特に、女性による文学では、自己表現と身体との関係をモティーフとするものもあり、それが作品を読む一つの鍵として成り立っている。近代におけるこのような背景をふまえ、与謝野晶子の短歌における身体と自己表現の関係について考察を試みる。

『みだれ髪』の歌が作られた当時の日本の民法では、姦通罪、非参政権など、女性にとって不利な法律が多く、家父長制度社会の秩序を守るために、貞操、結婚、出産などに関する法律は、女性のセクシュアリティと身体をコントロールする機能があった。このような時代、女性のセクシュアリティの問題は日本のみではなく、当時の近代社会と近代国家の精神にどのように関わっていたのであろうか。

例えば、1893（明26）年にイタリアの心理学者・犯罪学者チェーザレ・ロンブローゾCesare Lombrosoが出版した『女性犯罪者、娼婦、正常な女性 *La donna delinquente, la prostituta e la donna normale*』では、女性の犯罪率が男性より少ない理由は、男性に比べて女性が身体的、精神的に劣るからだと説いている。また、女性は先天的に感情的で、潜在的に男性より犯罪を

犯しやすいものの、「母性」が女性の犯罪行為を妨げる要素になっていると
述べている。さらに男性の犯罪行為も、母親の教育、母親の品行のなさと関
連しているとも指摘している。近代精神を持った学者でさえ、女性の社会的
地位は母性を中心にしか認めていなかったという事実は、当時の一般的な見
解を表していると言えよう。

　一方、この時期の日本、すなわち明治時代には「良妻賢母」という女性教
育の理念が普及していた。この理念は第二次世界大戦まで、日本の社会構造
において重要な意味を持っていた。例えば、三宅花圃の『藪の鶯』には次の
会話が見られる。

　　このごろは大變に女に學問をさせるのが一問題でござりますと。あんま
　　り相澤さんのやうに。過度に勉強遊ばすと精神がよわつて。よわい子が
　　出來るさうです。[…] ですからこのごろは學者たちが。女には學問を
　　させないで。皆な無學文盲にしてしまつた方がよからうといふ説があり
　　ますとサ。少し女は學問があると先生になり。殿様は持たぬといひます
　　から。人民が繁殖しませんから。愛國心がないのですとサ。

　ここで注目したいのは、学問をする女性よりも子供を産み育てる女性の方
が社会的価値を認められ、子供を生むことは愛国心の証だと述べられている
ことである。さらに森鷗外の小説『青年』からの引用を示してみよう。

　　なんでも女といふものには娼妓のチイプと母のチイプとしかないといふ
　　のです。簡單に云へば、娼と母とでも云ひますかね。[…] 母の型の女は、
　　子を欲しがつてゐて、母として子を可哀がるばかりではない。娘の時か
　　ら犬ころや猫や小鳥をも、母として可哀がる。娵に行けば夫をも母とし
　　て可哀がる。人類の繼續の上には、この型の女が動功を奏してゐる。だ
　　から國家が良妻賢母主義で女子を教育するのは尤もでせう。調馬手が馬

34　Ⅰ　与謝野晶子

を育てるにも、馳足は教えなくても好いやうなもので、娼妓の型には別
に教育の必要がないだらうから（…）
22

　この例が示すように、当時の女性観には「妻および母」というカテゴリー
と「娼婦」というそれとの対極なものが含まれており、女性の性と身体はど
ちらかに属するものとして認識されていたと言える。
　以上のように、ロンブローゾの見解においても、日本の良妻賢母の理念に
おいても、女性の身体管理が重要な位置を占めていたことが確認できる。さ
て、こうした社会的・文化的背景の中で、与謝野晶子は女性の観点から身体
をどのように表現していたか。
　『みだれ髪』の短歌が官能的恋愛の歓びを歌うことによって、社会的因習
を打破し、日本の短歌世界に新風をもたらしたことは、既に広く指摘されて
きた通りである。肉体的欲望をほのめかす自由な恋愛の歌い方において、女
性の体を示す表現が多数用いられているのは、与謝野晶子の『みだれ髪』に
おける一つの大事な側面だと言える。例えば、次の短歌では「乳」、「唇」、
「やわはだ」、「髪」、「血」などの表現が目立ち、女性の身体をモティーフと
したエロティシズムに満ちている。
　前述した「女神」のような女性像と他に、少女の身体の純粋さと美しさを
賛美する歌の例も見られる。

　　ゆあがりのみじまひなりて姿見に笑みし昨日（きのふ）の無きにしもあらず
　　　　　　　　　　　　　　　　（『みだれ髪』107番、「明星」1900（明33）年 8 月）
　　その子二十（はたち）櫛にながるる黒髪のおごりの春のうつくしきかな
　　　　　　　　　　　　　　　　（『みだれ髪』 6 番、「小天地」1901（明34）年 8 月）

　少女は櫛からまっすぐ流れる自分の黒い髪の長さと美しさと共に、自分の
青春の美しさを賛美している。短歌第39番は、湯船に張られた水の底から

第一章　与謝野晶子の短歌　35

咲く百合の花に己の身体を例え、美しさを誇り、ナルシシズムを表現する歌である。純粋さを示唆する白百合のイメージが裸体の官能性と重ねられているように感じられるであろう。

　　ゆあみする泉の底の小百合花二十の夏をうつくしと見ぬ

　　　　　　　　　　　　（『みだれ髪』39番、「小天地」1901（明34）年 8 月）
　　髪五尺ときなば水にやはらかき少女ごころは秘めて放たじ

　　　　　　　　　　　　　　　　　　　（初出『みだれ髪』 3 番）

　　乙女のこころは、自分の黒髪のイメージに重ねられ、愛する人が現れるまで、決してみせないで大事にすると解釈できるであろう。また、この短歌を『みだれ髪』の第260番の短歌「くろ髪の千すぢの髪のみだれ髪かつおもひみだれおもひみだるる」と比べると、髪の毛に連想されるイメージには、官能的な愛をまだ知らない乙女と、愛の情熱に身も心も捧げる女性との対照的な描き方が認められる。
　　全体として、上記に挙げた短歌では、乙女の誇り、青春と純粋さが、具体性を持った身体を一貫して描きながら、恋愛感情への目覚めを表現している。なお、与謝野晶子が描く乙女像には、明治期の女性に求められた慎ましさと謙遜ではなく、自信に満ちた姿勢が窺える。これに対して、下記の短歌で感じられる身体の表現では、官能的愛欲が明確になる。

　　やは肌のあつき血汐にふれも見でさびしからずや道を説く君

　　　　　　　　　　　　（『みだれ髪』26番、「明星」1900（明33）年10月）
　　みだれごこちまどひごこちぞ頻なる百合ふむ神に乳おほひあへず

　　　　　　　　　　　　　　　　　　　（初出『みだれ髪』40番）
　　乳ぶさおさへ神祕のとばりそとけりぬここなる花の紅ぞ濃き

　　　　　　　　　　　　（『みだれ髪』68番、「明星」1901（明34）年 3 月）

春みじかし何に不滅の命ぞとちからある乳を手にさぐらせぬ

（『みだれ髪』321番、「明星」1901（明34）年5月）

　26番の短歌にある「君」は誰を指すのかという点について、様々な意見があるが、普遍的な意味としては、ある男を道徳から遠ざけるような誘惑する女性が描かれ、その「柔肌のあつい血汐」で表現する情熱が中心的なイメージとなっていると言えるだろう。

　その他の例としてあげた第40、68、321番の短歌では、「乳房をおさえ」、「力ある乳を手に探らせ」などの身体の一部に焦点を当てて、恋愛と愛欲が具体化されている。これらの短歌は女性の誘惑の力や肉体的解放感に満ちていて、女性が身体の所有者として主体的に表現されている。つまり、女性の身体とセクシュアリティを統制しようとする社会的因習や近代国家における女性認識を、大胆かつ自由に打破する姿勢が見られるのである。

　　人の子の戀をもとむる唇に毒ある蜜をわれぬらむ願ひ

（『みだれ髪』334番、「明星」1900（明33）年11月）

　　罪おほき男こらせと肌きよく黒髪ながくつくられし我れ

（『みだれ髪』362番、「明星」1901（明34）年1月）

　上記の二首では新たな展開が見られる。第334番の短歌では、蜜と毒は恋の歓喜と苦痛を示唆するように見えて、恋を求める唇に両方を味わわせたいという気持ちが表現されているとも言える。また第362番の短歌は、女性の肉体（肌、黒い髪の毛）をもって、男性の罪を懲らしめるという男性に対する優位を誇る歌である。加えてこの二つの短歌には、一種のサディスティックな衝動の喜びが表現されており、伝統的な男女関係の逆転が見られるのは興味深い。

　『みだれ髪』における性的な欲望は淫靡なものではなく、生命力に溢れる

第一章　与謝野晶子の短歌　37

ものとして描かれている。これは当時の文壇で強い反響を呼び、高い評価を得たが、それに対し、歌人佐々木信綱のように与謝野晶子の歌については「娼妓、夜鷹輩の口にすべき乱倫の言を吐きて，淫を勧めんとする」と述べ、娼婦の言葉に例えられるなど厳しい非難を浴びせた人物もいた。[24]

与謝野晶子の歌集で描かれる女性は、当時の日本においてかつて類のない女性認識を表している。そして、その身体の描き方こそが、近代国家と当時の社会因習が定めていた「妻」と「母」、或いは「娼妓」という規範を超越した新しい女性像を打ち立てていたのである。

身体的官能的表現を通して打ち出される恋愛感情には、解放感と生命力が満ちている。『みだれ髪』の歌について、後に、与謝野晶子はこう述べている。

> 私は一面でまずしい日常生活に苦しみながら、一面では戀愛と藝術に浸ることができました。私は戀愛を私の中心生命力にしてゐましたから、その頃私の歌は戀愛に關する實感が大部分を占めて居ました。[25]

または、このようにも述べている。

> 歌をつくりはじめて、数ヶ月の後に私は主として戀愛を實感する一人の人間となりました。私は戀愛によつて自分の生活に一つの展開を表現したのです。従つて私の歌の内容も更に急變しました。言い換へれば、之が爲に私の歌は戀愛其のものの表現として最上の役目を勤め、私の命と一體になつて、愈々私から分離することのできないものとなりました。[…] 私の歌に由つて私の愛情は十分に表現することが出来、私の愛情に由つて私の歌は俄かに進境を開いてゐたのでした。

（「晶子歌話　二」）[26]

彼女の言う恋愛とは、言うまでもなく、与謝野鉄幹との関係を意味している。鉄幹との出会いは、晶子の個性を束縛する家庭環境と故郷からの脱出を実現させ、嘗て経験していなかった自由な人生を可能にした。このような個人的な背景は、与謝野晶子の恋愛観、またそれを肯定的に表現したことと決して無縁ではない。

　恋愛に心を開いていく乙女のイメージから、肉体的な愛を体験する女性への変容が描かれたことは、その一つとして挙げられる。また、愛欲の自由な表現において、女性の身体の描き方が重要な位置にあることも類似している。すなわち、貞操、結婚、出産などの理念を統制する国家と社会的因習に対して、身体の所有者である女性が自己のアイデンティティを主張しているのである。このような観点からみれば、恋愛における体の表現を通して、心の奥の欲望を赤裸々に表すことで、当時の女性の自己表現に新しい境地を開いたと言えるのではないだろうか。

第二章　近代短歌を告げる『みだれ髪』

1. 『みだれ髪』に対する反応

　前章で述べたとおり、晶子の『みだれ髪』は当時の歌壇で大きな反響を呼んだのであるが、そこでの反応は、驚き、憤慨、賞賛など様々であった。まず初めに、『みだれ髪』が発表された時には、まだ歌の道を目指す18歳の青年であった斎藤茂吉の次の思い出をみてみたい。

> 　早熟の少女が早口にものいふ如き歌風であるけれども、これが晶子の歌が天下を風靡するに至るその第一歩としての賛否のこゑ喧しく、新詩社のものも新詩社以外のものも、歌人も非歌人も、この歌集の出現に驚異の眼を瞠つたのである。[27]

　「明星」をめぐる環境以外では、晶子の歌を知る者は多くはなかったので、『みだれ髪』は、初めて晶子の歌を読む者には、奇異の目で見られていたという反応が述べられている。

　しかし、斎藤茂吉が回想する通り、「新詩社」の中でも晶子の歌風に驚く人がいなかったわけではない。例えば、1900（明33）年10月号に発表された「やは肌のあつき血汐にふれも見でさびしからずや道を説く君」（『みだれ髪』26番）に対して、難波青年文学会の設立に関与していた高須毎渓は身震いするほどの不快感を示し、また僧侶であった河野鉄南は、晶子の歌は彼自身に向けられているものと困惑していたのである。晶子もこのような状況が気になり、1900（明33）年11月に河野鉄南に次の書簡をおくる。

> 　じつはさきに御質問にあひしやははだの歌何と申てよきかとおもひて今

日になりました候。毎渓様もかの歌に身ぶるひせしと申越され候かし。
こののちはよむまじき候。兄君ゆるしたまへ。
[28]

　徐々に、歌の表現のみではなく、実生活においても晶子の大胆さが「新詩
社」の間で反感を買ったようである。例えば、1901（明34）年6月に晶子が
堺市の実家を出て上京したが、その時はまだ、鉄幹が林滝野と正式に結婚し
ていたのである。さらに、同年3月に鉄幹を誹謗する『文壇照魔鏡』とい
う小本が出回っていたという状況もあったので、晶子と鉄幹の関係を咎める
世間の目は、「新詩社」にも悪影響を及ぼすのではないかと懸念する同人も
いたのである。したがって、「新詩社」の環境においては、晶子は必ずしも
皆に歓迎されたわけではなく、晶子を境市にかえすことを説得するよう鉄幹
に頼んだ同人もいたのである。このように、晶子という人物は、典型的な奥
ゆかしい女性のステレオタイプから大きく異なり、多くの人を驚かせたので
ある。その驚きは、憤慨になり、厳しい批判を生んだ。前節に述べた佐佐木
信綱の「淫を勧めん」とする、「乱倫」などという批評は、そのもっとも顕
著な例である。
　しかし、晶子の処女歌集を支持する者の間でも、晶子の才能を認めながら
も、その歌の難解さに対する当惑を隠せない者もいた。例えば、歌集の刊行
一か月後に、高山樗牛は次のように評している。

　　近代短歌史上に於いて最も光栄ある瞬間の一つは、二十四歳のうら若き
　　女性の手に成つた歌集『みだれ髪』の出現のときである（…）『みだれ
　　髪』は明星の詩人として才名高き鳳晶子の歌集也。鳳晶子が才情の秀絶
　　は吾人の認むるところ、其の歌詞新たにして高く、情清くして濃、慥か
　　に一家の風格を具へたり。唯其の晦澁なるもの一事は、必ずしも其の意
　　の幽徴を以てのみ見るべからじ（…）
[29]

第二章　近代短歌を告げる『みだれ髪』　*41*

同様に、「新詩社」の同人であった平出修は次のように晶子の歌集を評価
する。

　　此書一度世に行はるゝや、雜然として物議起りぬ。晦澁の歌なりとは一
　　般の一言なりしが實感的なり肉愛的なり、尚一歩進んで、春畫的なりと
　　の非難亦少からざりき（…）。
　　　　30

　さらに上田敏の批評では、晶子の歌の価値を説明する必要を感じるほど、
『みだれ髪』の難解さを意識していたのであろう。

　　冒頭の一歌、解し難かり。憶測ながらこれは作者の大氣焔とみて差支な
　　かるべきか（…）平凡の思想に安んじて、俗詠の範圍に踟蹰たるもの多
　　し、風景は世の常の「畫らしき」山川に限り、人情は咎めなき君臣、父
　　子のきはに止りて、熱情溢るるなく、深沈の反抗無く、疑惑の終局を究
　　め儘さむ勇猛力なくして、巾幗者流の思想に媚ぶるのみ。これらの歌の
　　田には農あり、山には花あり、庵に僧ある道具立もうるさけれど、何時
　　も少女の純潔を歌ひ、忠臣の高義を頌し、師を思ひ、友を忍び、榮華を
　　卑み、名前を誹りて、偽善に非ざれば、世間見ずなる似而非歌こそ厭は
　　しけれ。
　　　　　　　　　　　　　　（上田敏「なにがし」、「明星」1901年10月号）

　従来の歌に比べると、晶子の短歌には情熱があふれており、短歌の新時代
を告げる『みだれ髪』という上田敏の評価であるが、当時の歌壇では、晶子
の歌を受け入れながらも、不明瞭な面もぬぐえなかったようである。この点
については、先行研究においても言及がみられる。例えば、皆川晶は次のよ
うに述べている。

　　当時の日本人が好むように恋愛を情趣的に、奥ゆかしくは歌っていない

42　I　与謝野晶子

けれども、恋した者だけが味わうことのできる感情を、まさに体得した
晶子自身、自ずから溢れでた喜びを、「あつき血汐」「ここなる花」「不
滅の命」とし、おおっぴらにするのは猥雑だと思っている封建的な社会
や旧派和歌歌人は、恋愛賛美する晶子を、簡単に受け入れることはでき
なかったのだろうと思われる。[31]

　また、河野裕子は、『みだれ髪』の読みにくさについて、「多くの歌は実体
験を裏付けにすると同時に虚構性が強いので、一首の歌の背後にある体験は
不分明である」と述べている。[32]
　また、『みだれ髪』の難解さは、逸見久美が指摘するように、晶子の独特
な歌の作り方によるものである。

　　晶子は敢て従来の型を破ろうとして、時には文法を無視し自在な手法や
　　破格な表現で世人を瞠目させたが、歌意は通じ難かった。(…) 未聞の
　　幻想や空想が飛翔し、独りよがりの発想や前人未到の表現が奔放に吐き
　　出された。しかし、それは推敲し周到なものではなく、茂吉のいうよう
　　に乙女が早口にもの言う未熟さと甘さから常識では解し難く表現力の乏
　　しさから難解になったとも考えられる。[33]

　上記のように、『みだれ髪』における歌の難解さは、晶子が実体験を題材
にし、文法や従来の型にとらわれず、それを幻想や空想の世界に投影すると
いう手法によるのである。鉄幹、山川登美子、河野鉄南等との交流などの事
実の裏付けはその題材となるが、一般の読者には理解が難しかったのであろ
う。具体的に、晶子の得得とした恋愛感情の歌い方は、従来の短歌にはな
かった特別な色彩感を生み出し、花のイメージなどは、「明星」の同人と共
有するものであった。例えば「紫」、「紅」、「春」、「百合」、「星」等の表現は
晶子、鉄幹と山川登美子の間ではよく使用され、一種の隠語だと考えてもよ

第二章　近代短歌を告げる『みだれ髪』　43

いであろう。これらの言葉に託された意味については、既に多くの研究があるので、本節では「明星」の外部の人間にとって特にわかりにくかったであろう作品の例として、まず鉄幹と登美子の贈答歌に近い歌のやり取りを採り上げる。

2．『みだれ髪』の作詩法──実体験と空想を歌の題材にする──

『みだれ髪』に集録された短歌には、鉄幹との関係を題材とするものが非常に多い。その裏付けが分からなくても理解できる歌もあれば、歌が生まれたきっかけが分からなければ理解しにくい歌もある。
　その大部分は恋愛をテーマとする作品である。実体験に基づく作品が多いが、そうではないものもある。例えば、『みだれ髪』の333番の歌がそれである。

　　　もゆる口になにを含まむぬれといひし人のをゆびの血は涸れはてぬ
　　　　　　　　　　　　（『みだれ髪』333番、初出「明星」1900（明33）年12月号）

　恋に燃える唇に彼の指から滴る血を塗ろうとしても、その血がもうかたまってしまったという内容の歌である。唇と血は『みだれ髪』に頻度の高い表現であり、一貫して恋の情熱から連想されている。肉体の具体性を醸し出すこの歌は官能的で、日本の伝統的な風流を破壊するイメージとの組み合わせを示している。しかし、当時の読者は、「人のをゆび」というイメージを如何に理解していたのであろうか。歌集には「指」は53番と206番の歌、全部で3例しかない。

　　　わかき小指胡粉をとくにまどひあり夕ぐれ寒き木蓮の花
　　　　　　　　　　　　（『みだれ髪』53番、初出「明星」1901（明34）年5月号）

44　I　与謝野晶子

京の水の深み見おろし秋を人の裂きし小指の血のあと寒き

（『みだれ髪』206番、初出「明星」1901（明34）年5月号）

　上記の2首は「明星」の1901（明34）年5月号に掲載され、どちらも先の「人のをゆび」が出て来る333番の歌の後のものである。53番の短歌には、惑う指の所有者は画家であるか作者自身であるかは分かりにくいが、その惑いは「白」を喚起する胡粉と木蓮の花から連想されている。逸見久美の解釈では、歌集には情熱の色として歌われるのは「紅」で、「白」はその情熱から遠い純粋さの色であり、近寄りがたいものである。206番の歌に血を流す指のイメージがあるが、「明星」の初版に「白百合の君をしのびて」と付記されている。「明星」では「白百合」は山川登美子の筆名でもあるので、この歌は「明星」1901（明34）年1月号に掲載された山川登美子の歌、「待てと君たもとひかへて泣きましぬわが見おろして指さしし處」に関わると思われ、333番の歌と大きく異なり、ロマンティックな風景ではなく、登美子との決別による悲しみを歌う作品であると言える。そこで、333番の歌にある指のイメージを理解するために、同号の「明星」に掲載された鉄幹の次の作品に手がかりを求めることができる。

　京の紅は君にふさはず我が噛みし小指の血をばいざ口にせよ

（与謝野鉄幹「明星」1900（明33）年12月号）

　上記の例で分かるように、『みだれ髪』に集録された歌の一部は、山川登美子と与謝野鉄幹の作品に対する返歌関係から作り出されたものである。特に「明星」の外部にいた読者にとって、『みだれ髪』の短歌の新しさを味わいながらも、これは晶子の歌の難解な側面となっていただろう。
　例えば　このような観点から言うと、伝統的な題材を作り直した新鮮な歌も挙げられる。1901（明34）年3月号の「明星」には、「鴬」のモティーフ

を古典和歌と同様に、初春を告げるものとして用いた鉄幹の次の詩がある。

　　山の湯の氣薫じて
　　欄に椿おつる頃り
　　帳あげよ

　　いづこぞ鶯のこゑ

　　晶子の次の歌は、同号において「おち椿」と題する作品群として掲載され
たが、ここでの設定は、相手の男をからかって議論する会話となっている。

　　鶯は君が聲よともどきながら緑のとばりそとかかげ見る

　　　　　　　　　　　　（『みだれ髪』64番、初出「明星」1901（明34）年9月号）

　　この短歌では、鉄幹の作品における椿と、晶子の歌群の題とに共通する落
ちる椿のイメージと共に、鶯の鳴き声を中心的なイメージにしている。その
鳴き声が聞こえると言う鉄幹に議論する晶子は、念のため、そっと帳をあげ
る。
　　両作品は対話しながら、詩歌のやり取りを成立させる。また、同号の「明
星」の「おち椿」における、晶子の次の短歌に見られるように、晶子は「鶯」
と落ちる「椿」のイメージを更に展開させる。

　　鶯に朝寒からぬ京の山おち椿ふむ人むつまじき

　　　　　　　　　　　　（『みだれ髪』130番、初出「明星」1901（明34）年3月号）

　　上記の鉄幹と晶子の作品は、同じ1901（明34）年3月号の「明星」に掲載
されているが、前もって一緒にいた時に創作したと言っても間違いはないだ
ろう。ただし、晶子と鉄幹が同棲をはじめたのは1901年6月からなので、

一緒に歌を作った機会と言えば、前年の11月の粟田山の旅だと考えられる。『みだれ髪』では、粟田山の遠足を思い出させる作品が多い。鶯を歌った先の64番と130番に関しては、同時期に発表された次の晶子の歌が、理解の一つの手がかりを与える。

　　　梅にねし粟田のやどの春のひと夜しりぬ都の雪はあたたかき

　　　　　　　　　　　　　　　　　　　（「星光」1901（明34）年3月号）

　ここでは椿と同様に、初春の象徴である梅が歌われている。粟田山の旅は11月であったが、上記の歌は、実体験を想像と重ねて、時間は初春となると考えられる。粟田山のロマンティックな表現は「雪」と「あたたか」いという撞着的なイメージに結ばれている。雪を暖かくするのは粟田山の温泉ではなく、恋愛感情であろう。ここに晶子らしい想像の世界の一つの例が見られる。
　『みだれ髪』には、このような鉄幹との歌のやり取りの際にして作られた短歌が他にも多数ある。例えば、次の鉄幹と晶子の歌では、同じ場面を鏡像的に描いている。

　　　旅のあさ人の紅さす筆とりて酔ふ子とこしへ春ぞとかきぬ

　　　　　　　　　　　　　　　　　　　　　　　（与謝野鉄幹『紫』）
　　　歌筆を紅_{べに}にかりたる尖_{さきい}凍てぬ西のみやこの春さむき朝

　　　（与謝野晶子『みだれ髪』342番、初出「星光」1901（明34）年3月号）

　鉄幹の歌を書くための筆を借りて、口紅として使う晶子の歌に対して、晶子の紅筆を借りる鉄幹は歌を書く。恋愛、美術と歌の世界への賛美は筆のイメージに収斂されている。両作品は実体験を題材にして生まれたと考えられよう。

しかしながら、鉄幹との関係をモティーフにする作品全てが恋愛の幸せを歌うわけではない。不安、嫉妬、挫折の気持ちを表す歌もある。例えば、1901（明34）年6月に晶子は遂に一大決心をして、堺市の実家から離れて上京する。当時、鉄幹と林滝野はまだ正式に夫妻関係にあった。1901年の春に鉄幹と同棲する予定であったが、鉄幹の評判を毀損する『文壇照魔鏡』が出回ったため、二人の関係を表に出せなくなった事実に基づき、1901年（明34）3月号の「明星」では、『万葉集』の表現を借りて自分のことを「こもり妻」と表現している。また、晶子と鉄幹の関係に気づいた林滝野は前年に生まれた子ども（萃）³⁵と一緒に東京に戻り、渋谷に住まいを取る。それ以来、近所での晶子の立場を悪くするために、様々な嫌がらせもしたそうである。林滝野の存在は『みだれ髪』において次のような歌に反映されている。³⁶

> 憎からぬねたみもつ子とききし子の垣の山吹歌うて過ぎぬ
>> （『みだれ髪』172番、初出「明星」1901（明34）年7月号）
> みかへりのそれはた更につらかりき闇におぼめく山吹垣根
>> （初出『みだれ髪』369番）

　このように、『みだれ髪』が刊行されて以来、しばしば批評される「晦渋」な歌は、実体験と想像を組み合わせる、晶子の独特な歌風によることがその一因であると言えるだろう。特に、鉄幹、登美子と晶子との間で交流する作品が多いので、その背景を参考にしなければ理解困難な作品も少なくないのである。しかし、こうした難解さという側面だけで『みだれ髪』が大きな反響を呼んだということではない。晶子の歌詞には当時の短歌への認識を覆し、新しき道を開いた要素が外にもある。

３．晶子の理想の恋愛観――星の世界と地上の世界――

　前に、『みだれ髪』が出版された時の歌壇の反応について触れたが、当時
も、現代の評論にも、「わかりにくさ」という言葉が晶子の独特な文体を定
義する際にしばしば使われていることが確認できた。しかし、晶子の処女歌
集に対する反響は、難しさだけによるものではない。日本文学史における
『みだれ髪』の位置は、それだけでは説明できない。ここでは、短歌の言葉
に一種の革命をもたらした晶子の文体の特徴について論じることによって、
日本文学史における『みだれ髪』の重要さを解明していきたいと思う。
　江戸時代の文学の伝統においては、恋愛感情は「義理と人情」および「心
中」というパターンを通して描かれる例が多い。明治以前の日本には、「理
想」の恋愛があったかどうかという問題は現在でも論争の種となっている。
特に、その論争を最初に招いたのは、伊藤整の「近代日本における「愛」の
虚偽」という論文である。伊藤の指摘によると「愛」という概念は、西洋文
化の受容と共に輸入されたものとして、次のように指摘している。[37]

　　西洋的な宗教的祈りの習慣を持たない日本人にとっては、「愛」という
　　言葉は無理が生じ、虚偽を含むこととなる。日本においては、理想と現
　　実が伴わない「愛」という言葉で表された男女関係は、結局理想の域を
　　出ず、「愛」を信じた人々は、破綻を迎え挫折せざるを得なかった。[38]

　これは「愛」と西洋の「宗教」との関連を指摘する伊藤の論であるが、さ
らに問題を複雑にするのは、「恋愛」という明治期の新造語である。惣郷正
明と飛田良文編纂の『明治のことば辞典』によると、「恋愛」とは、〈love〉
と〈amour〉の翻訳として用いられる言葉であり、引用された明治期の辞典
の定義には特にキリスト教についての言及はないことが分かる。また、柳父[39]

第二章　近代短歌を告げる『みだれ髪』　*49*

章編集の『翻訳語成立事情』によると、1847（弘化 4 ）年刊行の『英華事典』
に「戀愛スル」が「to love」を翻訳した新造語として、日本の書物では初
めて掲載されたことが分かる。さらに、サムエル・スマイルズ（Samuel
Smiles）著の『Self Help』の翻訳として、中村正直によって書かれた『西國
立志編』（1871（明 4 ）年）においては、「李嘗テ村中ノ少女ヲ見テ、深ク戀愛
シ、ソノ家ニ徃タル」（第二編、十二）という「戀愛」の例が確認できる。こ
れは、散文における最古の「戀愛」の例だと考えても良い。その後、「戀愛」
に関する言及は明治20年代の作品にもしばしば見られるが、「戀愛」は次第
に非近代的な好色な行為と区別され、近代文明に相応しい男女の相思の気持
ちを指すようになる。このような区別は既に坪内逍遙が1885（明18）年に出
した文学論『小説神髄』に表れていた。逍遙の文学論の前半においては、江
戸時代の多くの作品に描かれる性欲や好色行為について、「鄙俚げなる情史」、
「卑劣」、「淫靡」等という否定的な認識が含まれる例が多い。つまり逍遙の
文学論では、人情本が現世物語である上で肯定的な言及も見られるが、男女
関係に関しては、肉体的接触の描写よりも、男女相思の心理を重視する近代
小説の文芸的な価値が唱えられているのである。このように、逍遙が目指す
近代小説は、男女の相思とその心理を映し出すべきものであった。また、逍
遙の『当世書生気質』では、男女交際について次の言及が見られる。

　　所謂一旦の快樂なるから、他の禽獣の慾にひとしく、迷ふも淺く悟るも
　　早かり。しかるを其の情に溺るゝものは、所謂戀愛に迷ふものにて、愛
　　惜の絆に長く繋がれ、一生迷津に流轉して、竟に浮ぶ瀬を得ぬもの多か
　　り。

　逍遙の区別から分かるように、快楽（lust）は動物的で肉体的な好色行為
にすぎない。これに対して、恋愛（love）は精神的な状態を指す。これは、
明治20年代から次第に形成されてくる男女交際観の重要な側面を表してい

ると言えるだろう。近代化に伴う社会の変遷は男女関係にも影響を及ぼし、明治30年代から、「戀愛」という新造語は定着しつつ、肉体的な好色とは違い、「内面性」との関連を持つようになる。そのため、近代文学の発展過程においても、重要な要素となっていたと言える。

　津田左右吉の『文学に現れたる我が国民思想の研究』の「恋愛と生存欲」では、古典から徳川時代までの文学における男女の恋の略史が記されているが、それによると江戸時代の夫妻関係は親子関係を尊重する家族制度に従属していたため、結婚は財産と生殖に基づくものであるとされる。こうした状況を反映する文学表現においても、男女関係は精神的な要素よりも肉体的な面がより強く、人情を描く元禄時代の戯作や歌舞伎、浄瑠璃はその例外ではあったが、儒教が主流の徳川時代の男女の人情について、津田は下記の通り述べている。

　　　儒者が兩性の關係を單に性的のものとし、又た其れを慾とのみ考へ、家
　　　族組織によつて兩性を結合し禮によつて其の慾を節するのが人の道であ
　　　るとし、性的慾求に基づきながらそれを超越する戀愛の其の間から生ず
　　　ることを認めなかつた［…］
　　　　　　42

　津田の見解によると、徳川時代の男女のセクシュアリティは恋、色事、性欲を中心に描かれており、その反面、内面性としての恋愛の自由な表現は、儒教の道徳によって抑えられていたのである。そして上述した「戀愛」はloveを訳す新造語として登場するが、明治期には従来の肉体的な好色行為と区別された理念を指すようになる。明治30年代に見られる「戀愛」についての議論では、1885（明18）年から巌本善治が編集した「女學雜誌」が中心的な位置を占める。「女學雜誌」は「婦女改良の事に勉め、希ふ所は歐米の女権と吾國従来の女徳とを合せて完全の模範を作り出さんとする」ことを目指しており、女性の社会的地位向上における自由民権運動の影響を示してい

る。但し、他方では、日本の従来の女徳を保とうとする側面により、女権拡張を目指すところまで至らなかったことを示している。創刊号から、「女學雑誌」は肉体的性欲を超越した精神的な次元として「戀愛」を論じており、明治期における肉体的な「色事」から精神的な「戀愛」への進化というパラダイムの先駆となったのである。恋愛を賛美する巌本善治、山路愛山、北村透谷はキリスト教徒であり、彼らの恋愛論もキリスト教的な要素を含んでいるが、それぞれの見解には相違点もあった。例えば、巌本善治の場合は、宗教的な影響が強く、妾制度を批判し、主に結婚における男女の恋愛を論じる傾向が強い。山路愛山の場合、恋愛について1891（明24）年11月号の「女學雑誌」に次のような記述を残している。

　　嗚呼人の心霊と身體とに革命を行ふ戀愛よ。趣味想像の新しき境域を開拓する戀愛よ。英雄を作り豪傑を作る戀愛よ。家を結び國を固むる戀愛よ。余は大いなる詩人出でゝ爾を書き過りし幾多の小家族を瞠若たらしめんことを望む。

　ここでは、「戀愛」は広い意味を含んでいたことが理解でき、特に精神と肉体を合致させる感情も含まれていたという点が重要である。また、愛山の見解では「戀愛」は国と家を強化させるものであり、文学と現実社会との関連性を求める彼の姿勢が見えてくる。
　同誌の1892（明25）年2月号に掲載された北村透谷の「厭世詩家と女性」の冒頭には、「戀愛は人世の秘鑰なり、戀愛ありて後人世あり、戀愛を抽き去りたらむには人生何の色味かあらむ」とあり、恋愛は人生に必要だと唱えたのである。しかし、透谷の「厭世詩家と女性」は単なる「戀愛」の賛美ではなく、「人生」、「神」、「現実」、「理想」についての思索を含んだ恋愛論だと言える。透谷によると、「戀愛は一たび我を犠牲にすると同時に我なる「己れ」を寫し出す明鏡」である。恋愛は人生の最高の追求であり、「讀本を

52　Ⅰ　与謝野晶子

懐にして校堂に上るの小兒が、他の少女に対して互に面を赧うすることも、假名を便りに草紙讀む幼な心に既に戀愛の何物なるかを想像することも、皆な是人生の順序にして、正当に戀愛するは正当に世を辭し去ると同一の大法なる可けれ」という。つまり透谷の見解では、恋愛によって〈我なる「己」〉が構築され、世の中の自己の位置を確立することができる。ところが、国と家の繁栄とが結びつく愛山の恋愛説とは異なり、北村の恋愛の説き方は理想（想界）と現実（実界）という二元性によって展開される。そして、「厭世詩家と女性」の前半において恋愛の神聖さを説いているのに対して、その後半では「抑も戀愛の始めは自らの意匠を愛する者にして、對手なる女性は假物」であると述べており、恋愛は抽象化され、現実を超越するものであるとしている。また一見、女性嫌悪だと思わせるような「嗚呼不幸なるは女性かな、厭世詩家の前に優美高妙を代表すると同時に、醜穢なる俗界の通辨」という主張からは、北村透谷の恋愛論が基本的に男性の恋愛を説いていることが分かる。そして、山路愛山の見解との最も重要な相違点は、北村の場合は恋愛が抽象化され、恋愛によって「人は理想の聚合を得、婚姻によりて想界より實界に擒せられ」るという点にある。即ち、実世界において恋愛の実現の不可能性を唱えている。山路愛山と北村透谷の恋愛観の根本的な相違点は、文学の意義を問う「人生相渉論争」によってさらに展開されることになる。1893（明26）年1月号の「国民之友」に山路愛山が発表した「頼襄論」の冒頭では、「文章即ち事業なり。文士筆を揮ふる猶英雄劒を揮ふが如し。共に空を撃つが為めに非ず爲す所あるが爲也（…）華麗の辭、美妙の文、幾百巻を遺して天地間に止るも、人生に相渉らずんば是も亦空の空なるのみ」とあり、愛山は現実から離れた文学を批判し、政治と文学を分離しない当時の「国民之友」と同様の文芸・文学理念を追求している。それに対して、北村透谷が翌月の「文学界」に「人生に相渉るとは何の謂ぞ」で反論し、愛山の論を文学功利主義として否定する。

肉の劔はいかほどに鋭くもあれ、肉を以て肉を撃たんは文士が最後の戦
　　場にあらず、眼を擧げて大、大、大の虚界を視よ、彼処に登攀して清涼
　　宮を捕握せよ、清涼宮を捕握したらば携へ歸りて、俗界の衆生に其一滴
　　の水を飲ましめよ、彼等は活きむ、嗚呼、彼等庶幾くは活きんか（…）
　　求めよ、高遠なる虚想を以て、眞に廣濶なる家屋、眞に快美なる境地、
　　眞に雄大なる事業を視よ、而して求めよ、爾のLongingを空際に投げよ、
　　空際より、爾が人間に爲すべきの天職を捉り來れ、嗚呼文士、何すれぞ
　　局促として人生に相渉るを之れ求めむ

　透谷が求める文学の理念は、形而下の現象を超越して、理想の世界を目指
す精神である。即ち、1900（明30）年代の浪漫主義の中心的な理念となった
「芸術至上主義」への道を開いたのである。
　愛山と透谷の論争は、文学における〈美〉と〈社会的言説〉という問題に
関わるものであり、後の世代の文学表現者の間でも、別の形で文学の意義と
いう根本的な問題を含む論争が生じた。その最も明確な例は、自然主義やプ
ロレタリア文学等をめぐる論争であるが、現代における〈純文学〉と〈大衆
文学〉、または芸術性と娯楽性という区別も、同様の延長線に立っていると
言えるのではないだろうか。明治期から現代にいたっては、〈文学表現の目
的〉は常に根本的な問題として認識され、それは文学表現の位置づけを定め
る基準としての働きを成したのである。したがって、19世紀末の愛山と透
谷の論争は、単に文学史上の問題ではなく、日本近代文学の起源に関わる問
題の一側面となったのである。
　上記の「人生相渉論争」は、現在では文学功利主義と文学自律説との対立
関係で捉えられている。ただし、愛山も透谷も自由民権運動に関わったこと
があり、両者ともにキリスト教を受け入れていたので、実際には、共有する
思想及び革新的な志があったのである。従って、この論争によって表れる北
村透谷の政治拒否という側面が様々な説によって解釈された。その一つに例

えば、自由民権運動から挫折した透谷が彼の思想的苦悩を政治から文学へ転じて、想世界に自己の探求をかけたという小田切秀雄が主張する〈文学転向論〉がある。このような透谷の非政治的な文学観は、彼の敗北意識に由来すると小田切は指摘する。

> 透谷はまだ、封建的な肉欲関係への反発からして、恋愛をもっぱら精神主義的におしだしており、権力に結びついた家父長制イデオローグに抗して恋愛を肉体や官能の面においてまで主張し誇示するにいたるには、明治30年代に入ってからの与謝野晶子、高山樗牛をまだねばならぬが、晶子や樗牛がそういうところまで進みえたのは、透谷がまず恋愛の大きな精神的意味について確認を作り出しておいたからである。
> 透谷がこのようなラジカルな主張に進み出ることができたのは、いっさいの"仮偽なる"実世界の非人間的規制に否定的、絶望的に対立しつつ、ただ一つ人間的な"誠実中心"なるもの、自我を充足させる真実なるものとして恋愛を発見したからである。これは、かつて透谷自身が自由民権運動で挫折して、その鬱屈していたエネルギーが石坂美那子とのはげしい恋愛にかたむけられるようになったという経験に根差したものであり、かれが政治から文学へのコースに入る前の、いわば政治から恋愛へというエネルギー転換（…）の経験を、文学上の仕事のなかに高め生かしたのであった。(165頁)[45]

　上記によれば、小田切の見解では、透谷を恋愛発見に導いたのは自由民権運動に対する挫折感であったという。このような創作の背景に関する小田切の見解は、先行研究において多く認められているが、それと同時に、小田切の透谷論に対する批判も見られた。その中で、小田切が提示する〈文学転向論〉に対して、平岡敏夫は透谷の文学への転向には思想的な敗北の意味を認めていない。透谷は思想的な原動力を失った民権運動から離別し、彼が理想

とする国民像に自己の思想的な探求を続け、これによって実世界と想世界との折り合いをつけようとしていた、というのが平岡の透谷論である。即ち、透谷が政治から文学へ転向したのではなく、文学によって〈自己の主体的な真実を守り抜いた〉という解釈である。[46]

確かに、平岡が指摘する理想世界と実世界との接点は、上述した透谷の[47]「彼処に登攀して清涼宮を捕捉せよ、清涼宮を捕捉したらば携へ歸りて、俗界の衆生に其一滴の水を飲ま」せるという「天職」像に見て取ることができる。1893（明26）年7月号の「女學雑誌」に発表した「國民と思想」は、透谷の政治的な関心をよく表している。しかし、透谷が考える国民とは、西洋文化の無条件の流入及び国家主義の思想にさらされ、デモクラシーの改革方針を裏切った国家から疎外されている国民である。その国民の育成のために、西欧化に基づく近代と国家的近代との対立を超越する思想をもつ詩人が必要だと透谷は述べている。このように、北村透谷の個人意識、国民像、そして国家意識が彼の文学観に織り込まれているのである。

上記の透谷の文学観において、文学は「宇宙の精神即神なるものよりして、人間の精神即ち内部の生命なるものに對する一種の感應」である。これによって、自我の表現が発せられるとしている。

ここで注意すべき点は、透谷の「厭世詩家と女性」における恋愛観が、後に発表された文学観と同様に、現実対理想、肉体対霊魂などの二元論的な構造によって展開され、彼の恋愛発見は想世界の内面化による自我の形成に深く関わっているという問題である。

確かに、北村透谷、そして島崎藤村の初期の新体詩は日本に新しい恋愛観をもたらしたのだが、同時期に、国家が設計する教育制度の立場から、「百人一首」の恋の歌は「女子の教育上よくない」という声があり、それによって「百人一首」の恋の歌を削除する修正の動きもあったという、明治期の風[48]潮の一つの側面があったことも忘れてはならない。

文芸の世界においても国家が性を管理しようとする背景の中で、当時の文

学における性の表出は、文学作品としての価値を超えて、時代の風潮と向き合う現象という一端もあったと見ることもできるだろう。与謝野晶子の『みだれ髪』もやむを得ず、伝統と近代、また自我の解放とそれを否定、抑圧しようとする権力との「交渉」を含むのである。つまり、ここで言う「交渉」とは、明らかな対立関係のみではなく、そうした抑圧状況の中で作者が取る対策などが文芸表現にどのような影響を及ぼすかという、広い意味を含んでいる。そして、明治中期・末期の浪漫派の文芸感覚では、恋愛感情を表現することは自我の自由表現の手段として認識されていたという背景があった。晶子の作品にもこのような恋愛観が受容されていたが、次節ではそれがどのように展開されていったかという点について考えてみたい。

4．晶子と藤村の新体詩

　明治維新以降、日本には様々な分野において極端な変化が生じる。すなわち政治体制、社会体制、技術、産業などが大きく変わったのである。これらの変化から切り離されたものではない文芸の世界の中でもまた、時代の風潮に応じる必要が生まれてくる。日本に西欧の翻訳書が多数受容され、明治体制が確立するにつれて、次第に危険思想の概念と検閲機関も成立し、「風俗壊乱」法によって文芸の世界にも国家権力の手が届くようなるが、全体として19世紀末の日本の文芸世界は非常に活気があり、様々なアイディアが生まれた時期でもある。文学にも進化論的な考え方を適応させようとした坪内逍遙は、小説の革新を訴え、文語と口語との距離を縮めようとする言文一致運動などを通して、散文による表現の世界で20世紀冒頭に日本近代小説の形成過程に大きく貢献したのである。詩歌の世界では、このような成果の達成にはさらに時間がかかり、萩原朔太郎の『月に吠える』のあたりでようやく形になったという意見が一般的である。しかし、1880年代に、詩歌の世界では伝統的な和歌の革新を目指す動きが既にあった。1882（明15）年に出

版された、新しい詩形の開拓を目指す『新体詩抄』は、外山正一、矢田部良吉、そして井上哲次郎によって日本の最初の新体詩集として作られたものである。その後、歌人、詩人と文人を集める落合直文の「新声社」が日本の詩歌の革新を訴えた。さらに1893（明26）年には、島崎藤村と北村透谷が「文学界」を創立し、日本の浪漫派と新体詩の発展過程に大きく貢献したのである。1897（明30）年には島崎藤村が処女詩集『若菜集』を発表し、1899（明32）年に薄田泣菫の『暮笛集』も文壇に出て、日本の浪漫主義の新体詩が登場する。

　与謝野晶子はこのような背景において文学的創作を始めたのである。実際には、晶子の最初の作品は短歌だけではなく、新体詩もあった。1899（明32）年の「よしあし草」の2月号に「春月」、9月号に「わがをい」、11月号に「後の身」という新体詩を、「鳳小舟」という筆名で合わせて三篇発表したのである。

　「春月」
　別れてながき君とわれ
　今宵あひみしうれしさを
　汲みてもつきぬうま酒に
　薄くくれなゐの染いでし
　君が片頬にびんの毛の
　春風ゆるくそよぐかな
　たのしからずやこの夕
　はるはゆうべの薄雲に
　二人のこひもさとる哉
　おぼろに匂ふ月のもと
　きみ心なきほほゑみに
　わかき命やささぐべき

七五調の韻律に基づくこの詩は特に新しいテーマを示していない。恋する男のほほえみに自分の命を捧げるべきかと自分に問う、女性の恋の悩みが描かれている。しかしこの作品に用いられた語に関しては、島崎藤村の影響が目立っている。たとえば、小舟（晶子）の「君が片頬にびんの毛の／春風ゆるくそよぐかな」は島崎藤村の『若菜集』にある「おくめ」と題する新体詩の次の句と類似している。

　　こひには親も捨てはてゝ／やむよしもなき胸の火や
　　鬢_{びん}の毛_けを吹く河風よ／せめてあはれをと思へかし

（島崎藤村『若菜集』、「おくめ」第 2 連）

　島崎藤村の「おくめ」は女性の恋の独白という構造をとっており、詩の後半では当時としては恋愛の情熱を赤裸々に表現し、それを表すために冒涜に近い宗教的なイメージが用いられている。

　　しりたまはずやわがこひは／雄々しき君の手に触れて
　　鳴呼口紅をその口に／君にうつさでやむべきや

（第 6 連）

　　戀は吾身の社_{やしろ}にて／君は社の神なれば
　　君の祭壇_{つくゑ}の上ならで／なにゝいのちを捧げまし

（第 7 連）

　　心のみかは手も足も／吾身はすべて火炎_{ほのほ}なり
　　思ひ亂れて鳴呼戀の／千筋_{ちすじ}の髪の波に流るゝ

（弟 9 連）

　女性が主人公の立場から歌う藤村は、「おくめ」で『土佐日記』がその最も有名な例である文学上の gender crossing（ジェンダーの交差）を行う。日本

の文学伝統では、作者の男性が女性の語り手を造り出すのはそれほど珍しいことではなかったのであるが、藤村の恋の描き方は、従来の伝統にはなかったイメージを造り出すことによって表現されている。すなわち、女性の情熱は燃える身体とキリスト教の殉教という増幅法（amplificatio）の技巧によって表現されている。これに対して、晶子の「春月」においては、女性が「心なきほほゑみ」の男の鬢をみて、それを叙景的に歌っている。そして恋する人との再会を楽しむ女性の歌い手は、男性のほほえみに自分の命を捧げるべきかというジレンマに悩む。このように女性が自分の命と恋の運命を男性にゆだねる姿勢を取ることは、伝統的な和歌の恋愛修辞法にもよくみられる「男を待つ女」というモティーフに類似する。しかしながら逆説的に、この段階では晶子の新体詩は詩形として伝統から離れるが、その内容は伝統の和歌、あるいは明治期の旧派和歌と共有する作詩法を示していると言える。これに比べると、藤村の新体詩の新しさは、特に宗教的なイメージの使用にある。女性の恋がキリスト教の殉教のように描かれる内容の詩なのである。さらに「おくめ」に描かれる告白においては、神に恋の対象が置き換えられる。キリスト教のイメージを通して恋の法悦と悩みを描いたことは、藤村が以前キリスト教の信者だったことと無縁ではないだろう。しかし、これについて中西進は次のように指摘する。

　　説法は和讃のリズムを骨格としている。そのことが、民衆のこころをとらえたらしい。もちろん仏の名をとなえるということ自体が、身体のリズム化なのだから、当然であろう。それにしてもこの七五調の和讃が、何か身近なものを思い起させようとする。何だろうと考えると他でもない、和讃は島崎藤村の詩そっくりの感じだった。大変恐縮だが、三恒河沙の諸仏／出世のみもとにありしとき／大菩提心をこせども／自力かなはで流転せり（親鸞「正像末法和讃」）の調子は島崎藤村の新体詩とひどく似てはいまいか。

こひしきままに家を出でて／ここの岸よりかの岸へ／越えましものと来て見れば／千鳥鳴くなり夕まぐれ（「おくめ」）。内容はもちろん別である。しかし、藤村は和讃のリズムを借りて恋愛の情を訴えるという大冒険をし、その斬新さによって新体詩は国民詩としての圧倒的な支持を得たのではないだろうか。[49]

中西進は藤村の新体詩のリズムと和讃との関係に重点を置くことによって、藤村の作品には日本人にとって原型的な要素が存在していることを指摘する。つまり、和歌では表現の可能性が限られていたため、藤村は恋愛の情を表現するために和讃に通ずる新体詩のリズムを必要としていたという。これに対して、新体詩と讃美歌との関係を論じる従来の研究がたくさんある。藤村は1888（明21）年にキリスト教の洗礼を受けていたが、5年後、洗礼を受けた教会に脱籍届を提出していた。そして、自分のキリスト教に対する認識はいかなるものだったかについては数年後に「桜の実の熟する時」で回想する。

　　彼自身の若い信仰は詩と宗教の幼稚な心持の混じ合つたやうなもので、
　　大人の徹した信仰の境地からは遠いものだつた。彼の基督はあまりに詩
　　的な人格の幻影で、そこが彼自身にも物足りなかつた。[50]

藤村がキリスト教に対する深い信仰心を持っていなかったことが分かるが、彼自身がキリスト教と詩との関係について言及している。中西が述べる通り、藤村の新体詩の内容は和讃と異なる。藤村の新体詩の斬新さは、和讃のリズムのみではなく、宗教の基盤にある「神」の概念から思想的な意味を削除して、その代わりに恋の対象を神として描く主体の命がけの恋愛感情を表現するところにある。

キリスト教においては神がキリストの姿を通して肉体的な存在となる。したがって、人間と同じ肉体を持つことがキリスト教の核心だと言えるだろう。

ただし、それはあくまでも肉体の神聖な次元であるということがこの宗教に必要な神秘である。藤村の作品ではキリスト教的なイメージを借りながら、その信仰的な意味が取り除かれているが、神秘的な雰囲気が残る肉体を歌っている。このように、北村透谷の言う「恋愛の神秘」を新体詩に表現することによって、それまで日本文学になかった官能的な表現が成立するのである。

藤村の「おくめ」は宗教的なイメージの借用と共に、一種の告白という形を取るモノローグである。柄谷行人の『日本近代文学の起源』においては、「性」と「告白」は日本近代文学における「内面性の発見」への重要な位置を占めていると指摘されている。日本近代小説の発展過程において、キリスト教の告白という制度が文学表現の領域に取り入れられ、「内面」、「真の自己」が作り出されたプロセスを柄谷は明確にした。そして、「隠すべきこと」を「告白」する自己という形をとるのが、島崎藤村と田山花袋の小説の特徴であると指摘する。なお、島崎藤村も、田山花袋も元キリスト教の信者であったことがこれに関係しているという。

柄谷の見解は島崎藤村の「おくめ」のような新体詩にそのまま当てはめることはできないであろう。その理由は、「おくめ」の主人公は女性であり、作者の真の自己が演じられているとは認めがたいからである。しかし、創作法の面では、独白する「おくめ」の処女が恋愛感情で燃える内面を身体化するという要素は、キリスト教と文芸表現との関係の枠を通して見ることができるのである。

5．晶子の短歌における宗教用語

それでは、藤村の新体詩の斬新さは与謝野晶子の作品にどのように影響を与えたのであろうか。先述したように、小舟（晶子）の「春月」では、藤村の用語が意識されていたことが分かる。晶子の『みだれ髪』の短歌にも、藤村の「おくめ」にある「紅」「鬢の毛」「神」「思ひ乱れて」「千筋の髪」など

の表現と類似する多数の例が確認できる。その中で、ここで「鬢」を歌った短歌を挙げてみたい。

　　A　夜の帳にささめき盡きし星の今を下界の人の鬢のほつれよ

（『みだれ髪』1番）

　　B　夜の神のあともとめよるしら綾の鬢の香朝の春雨の宿

（『みだれ髪』255番）

　　C　しら綾に鬢の香しみし夜着の襟そむるに歌のなきにしもあらず

（『みだれ髪』331番）

　上述した晶子の新体詩「春月」に比べると、短歌の方がはるかに自己肯定的で官能的であるという側面が指摘できるであろう。つまり新体詩よりも短歌の方が、藤村の「おくめ」に歌われる情熱と神秘に近いのである。例えば上掲Aでは、星の世界と下界の人間とを対照的に描き、星であった歌い手は今下界における恋の悩みのため、鬢がほつれている。すなわちここでは、「鬢のほつれ」は現世の恋の情熱を表す。BとCでは、歌い手の髪の香りが絹織物に染みて、それが恋の思いを喚起させ、または恋の神を誘惑するという歌いぶりである。

　「神」のイメージは「罪」、「経」、「聖書」などの『みだれ髪』における宗教用語の用例に入る。藤村の「おくめ」のように、恋する人が社にたとえられ、恋の対象は神に例えられるのは、晶子の恋愛の歌の特色であるが、歌い手は恋愛を司る女神として描かれるという場合もある。

　　秋の神の御衣より曳く白き虹ものおもふ子の額に消えぬ

（『みだれ髪』19番）

　また、「神」は恋愛そのものを指す換喩でもある。

第二章　近代短歌を告げる『みだれ髪』　63

夜の室に繪の具かぎよる懸想の子太古の神に春似たらずや

（『みだれ髪』322番）

　このように、「神」は恋の対象、恋する主体、恋そのものという多義性を
帯びる言葉である。このような展開は、「神の社」と歌う藤村のみではなく、
1899（明32）年4月号の『よしあし草』に堺市出身であった河井酔茗の新体
詩、「戀の神」にも見られる。その第二連は次のようなものである。

　　眼をひらけこひはたゞ
　　清くあるべし罪の爲に
　　戀はけがるゝ色ならず

（河井酔茗「戀の神」）

　酔茗の作品は、『みだれ髪』の根底に流れる恋愛至上主義という思想形態
を共有している。さらにさかのぼってみると、日本では初めて最高の価値と
して恋愛を唱えたのは、北村透谷であった。透谷も一時期キリスト教の信者
であったが、彼の恋愛論「厭世詩家と女性」は、明治時代の浪漫派の恋愛観
に強く影響を与えたのである。恋愛が「秘鑰」であり、人生の鍵であると冒
頭で主張するこの評論において、透谷は「恋愛を有せざる者は春来ぬ間の樹
立の如く、何となく物寂しき位地に立つ者なり」（「厭世詩家と女性」）と述べ
ている。また、1892（明25）年6月号の「女學雑誌」に発表した評論「「歌
念佛」を讀みて」において、次のように恋愛の性質について言及している。

　　恋愛が人生の一大秘鑰たる以上は、其素性の高潔なるところより出で、
　　其成行の自然に近かるべきは、文學上に於て希望せざるを得ざる一大要
　　件なり。抑も恋愛は凡ての愛情の初めなり、親子の愛より朋友の愛に至
　　るまで、凡そ愛情の名を荷ふべき者にして恋愛の根基より起らざるもの
　　はなし、進んで上天に達すべき淨愛までも（…）この男女の恋愛に因縁

すること少なからず。

　透谷は親子の情愛から上天に達する浄愛までを一直線にとらえ、男女の恋愛もこれらの愛の表れ方に由来するとしている。また、上天に達する浄愛のような恋愛を文学表現が目指すべきだと述べる。1892（明25）年10月号の「女學雑誌」に掲載された「他界に対する観念」において、透谷はゲーテ、バイロンとシェイクスピアの作品を引用しながら、西洋の美学と浪漫主義の根本にある〈崇高〉という概念を採り上げて、日本文学において「崇高壮偉にならしむる能はざりしもの、畢竟するに他界の観念なくして、接近せる物にのみ寄想したればなり。我文学に恋愛なるものヽ甚だ野卑にして熱着ならざりしも、亦た他界に対する観念の欠乏せるに因するところ多し」と述べる。すなわち、従来日本における他界の概念は乏しいという原因で、文学上の恋愛表現も高尚なるものになり得なかったという。文学における恋愛と崇高さを関連付けるこの見解は、〈聖なる〉恋愛、換言すれば理想の恋愛の概念を導くが、その影響を受けた島崎藤村は新体詩において、この理想の恋愛を表現したのである。また、透谷も藤村も「女學雑誌」に初期の評論や詩作品に寄稿していたが、この雑誌はキリスト教の信者であった厳本善治によって、女性の社会的地位の向上のために女の学問を勧める目的を持って創刊されたものであった。厳本自身も1891（明24）年8月号の同誌に「悲戀愛を非とす」を発表し、そこに「戀愛はそのものに罪あらず。戀愛は神聖なるもの也」と発言する。この発言は「国民之友」に掲載された徳富蘇峰の非難に対する抗議であった。「所謂基督教主義学校」で行われる男女交際の風潮が恋愛感情を導く恐れがあるため、蘇峰はキリスト教の道徳を守らないものであると述べる。それに対して厳本は男女交際と恋愛結婚とを関連付けており、それは宗教に矛盾していないと明言する必要があると感じたためではないかと考えられる。

　上記のような背景において、神聖なる愛と男女恋愛を結ぶ理想の恋愛とい

う概念が形成されてきて、明治20年代から日本の浪漫主義における中心的な題材となったのである。先述したように、藤村と河井酔茗の新体詩では宗教的なイメージを通して恋愛感情が表現されており、それは信仰の範囲を超える一種の美学的な傾向にもなっている。これが晶子の短歌に見られる恋愛至上主義にも影響を与えたのは間違いないであろう。

　しかし、ここで更に注目すべき点は、キリスト教を基盤として生まれた〈理想の恋愛〉に含まれる重要な側面である。まず、キリスト教の愛は普遍的であり、相互的な感情である。これは、男女関係に展開されると、相互的である上で平等的な関係を創り出している。こうした恋愛の視座は「女學雑誌」の教育的社会的な理念に一致していたのみならず、婚姻が家元によって決められるお見合い制度への抵抗の意味をもっていたのである。このように、恋愛は個人の自由と近代といった範疇に密接に関わってくるのである。

6．恋と罪

　巌本善治は「恋愛はそのものに罪あらず」というように、酔茗の詩「恋の神」においても「恋」は「罪」にけがれていないという表現がみられるが、酔茗の場合は「罪」が明らかに性愛に関連している。罪という言葉の使用も、『みだれ髪』に頻繁にみられる晶子の文体の特色であるが、1901（明34）年8月に刊行された島崎藤村の詩集『落梅集』に集録された「別離」は、姦通というテーマを採り上げ、ここにも「罪」という表現がみられる。

　罪という言葉は日本語には古くから存在しており、上代の文献においては倫理に繋がる概念ではなく、古代人の吉凶観と関係があった。すなわち、罪を犯すことは主に禁忌を破り穢れを負い、神の怒りを招く[53]という意味がある。すなわち、上代の罪の概念は共同体の秩序を保つ意味もあったのである。『万葉集』では「罪」の用例が一つのみである。

66　Ⅰ　与謝野晶子

味酒を三輪の祝がいはふ杉手触れし罪か君に会ひがたき

（『万葉集』4巻712番）

　三輪山の聖なる杉を触ったという禁忌を破ったことで、恋する人に会えな
くなったという内容である。禁忌を犯した影響は、歌い手の個人的な状況で
ある不幸な恋愛感情を連想させている。

　仏教の到来後、「罪」は倫理的な善悪観と関連されてくる。こうした側面
は、『源氏物語』の登場人物の心情の表れ方にも大変重要な意味をもつので
あるが、基本的には因果関係という原理に基づいている。一方キリスト教で
は、まずアダムとイヴが神命に背いて犯した原罪を負うのだが、人間は二人
の子孫であるから、生まれた時点で罪を負うことになる。それを償うために
洗礼を受けなければならない。その後も、罪の概念は道徳的絶対主義の思想
形態に位置しているので、悔い改めず償わない罪があれば、霊魂が永遠に地
獄に落ちることになる。

　さて、与謝野晶子の『みだれ髪』における「罪」は、上記のキリスト教の
概念をどの程度受け入れているのだろうか。『みだれ髪』において、「罪」と
いう言葉を含む短歌8首を次に挙げてみたい。

①　歌にきけな誰れ野の花に紅き否むおもむきあるかな春罪もつ子

（2番）

②　椿それも梅もさなりき白かりきわが罪間はぬ色桃に見る　　（5番）

③　人の子にかせしは罪かわがかひな白きは神になどゆづるべき（143番）

④　痩せにたれかひなもなる血ぞ猶わかき罪を泣く子と神よ見ますな

（218番）

⑤　むねの清水あふれてつひに濁りけり君も罪の子我も罪の子　（228番）

⑥　そのなさけかけますな君罪の子が狂ひのはてを見むと云ひたまへ

（293番）

第二章　近代短歌を告げる『みだれ髪』　67

⑦　罪おほき男こらせと肌きよく黒髪ながくつくられし我れ　　　（362番）
⑧　幸おはせ羽やはらかき鳩とらへ罪ただしたる高き君たち　　　（390番）

　これらの短歌において、一貫して「罪」は恋愛感情との関連をもっている。
⑦の場合は、他の歌と違って、歌い手は男の罪を罰せる女神のような存在で
あるが、すでに述べた通り、その女性像はアール・ヌーヴォー風の魔性の女
を思わせる。
　ではここで、『みだれ髪』中の「罪」の用語を読み解くために、①（歌集
の二番目の歌）に焦点を当ててみたい。「春罪もつ子」とある①は、歌集の
冒頭にある「夜の帳にささめき盡きし星の今を下界の人の鬢のほつれよ」の
続きとして読めば、歌人は天から下界に落ちた星であることを演じて、この
世の旧道徳が「罪」と称する「戀愛」の理想の世界を歌っていると理解でき
る。その世界には「春」、「若さ」、「詩」があり、『みだれ髪』全体の歌は罪
と呼ばれる恋愛が如何にすばらしいことであるかを読者に見せている。この
歌は河井酔茗の「清くあるべし罪の為に／戀はけがるゝ色ならず」と同様の
恋愛観を示している。しかし、なぜ藤村、酔茗の後に、晶子の作品において
も恋愛感情が宗教的なイメージを通して表現されているのであろうか。

7．『みだれ髪』の恋愛宇宙論

　『みだれ髪』の1番と2番の歌は、当時の「明星」の詩精神を宣言するよ
うな作品である。歌集の開幕に、散文の序言ではなく、直接、歌によって作
品の内容を読者に訴えかけた。偶然と考えるべきであろうが、西欧でのルネ
サンスから人文主義への過渡期の代表的な詩人だったフランチェスコ・ペト
ラルカ（Francesco Petrarca　1304－1374年）のソネット集、『俗事詩片（Rerum
vulgarium fragmenta)』にも、同様な始まり方がみられる。ペトラルカの
詩集の冒頭にあるソネットの第一連は次の通りである。

きみよ　折ふしのわか詩片に　面ざし
少しく今と変わりて　早春の日
愛に惑い、　胸養いし溜息の
調べしみじみ聞きたもうひと
　　　　　　　　　55

　聖職者であったペトラルカの詩集の中心的なテーマは、他界したラウラ
（Laura）への恋愛感情である。転じて、「聖」と「世俗」との交渉によって、
罪の意識と恋愛の高尚化への志しという内面的葛藤へと展開していく。『神
曲』を書いたダンテの次に、ペトラルカの恋愛観はしきりに「聖」と「世
俗」という矛盾に執着しており、ペトラルカの場合では、恋の対象の身体と
心霊という二元的な恋愛が歌われる。ペトラルカの最古の日本語の翻訳は戦
後となるので、晶子は『俗事詩片』を読んだわけがない。しかし、西欧の詩
において、ダンテからペトラルカへ、そしてシェイクスピアとゲーテからラ
ファエロ前派のロセッティに至るまで、「聖」と「俗」との交渉において表
現される恋愛の一直線を認めることができ、それは、恋愛の宇宙論とも言え
る「天上」の乙女と「地上」の男性という形を取るのである。これは、詩の
世界のみではなく、絵画などにも見られ、時代によってその表出の仕方と帯
びる意味合いが変容はしてくるが、恋愛感情の表現において聖なる純粋さと
世俗的な肉体との対立による恋愛の苦悩が認められる。19世紀末の西欧の
ラファエロ前派とアール・ヌーヴォーに見られる魔性的な女性像もその交渉
によって作り出されたのではないであろうか。
　そこで、1900（明33）年9月号から1901（明34）年7月号にかけて「明星」
には戸沢姑射がダンテ・ガブリエル・ロセッティの「祝福されし乙女」（The
Blessed Damozel）の翻訳と解説が連載されていたことに重点を置こう。同じ
時期に上田敏はロセッティの作品の日本語翻訳を発表していたので、晶子は
ラファエロ前派の女性像と恋愛観を知っていた。その一つの重要な手掛かり
は、1900（明33）年11月号の「明星」に掲載された次の晶子の歌である。

第二章　近代短歌を告げる『みだれ髪』　69

ロセッティの詩にのみなれし若き叔母にかたれとせむる舌切雀

　ロセッティの詩しか親しまない歌い手は、姪と甥に舌切雀の昔話を語って
もらいたがっているので、困るというような意味の歌である。ではさらに、
晶子の歌の用語において、ロセッティの詩のいかなる影響があったかについ
て見ていきたい。
　ロセッティの作品では、祝福された乙女が天の欄干から下界に残した恋人
を眺め、恋しく思う。天国に上昇したが、恋する人がいない天国は不幸に思
い、神に恋人も天に呼ぶように祈るが、とうとうその願いはかなわないので
ある。作品の中で、特に次の連は『みだれ髪』の冒頭の歌と共通する面があ
る。

　　　天に召されし乙女は天國の
　　　黄金の欄干から身を乗り出していた
　　　その目は夕暮れの静まりかえった
　　　深い淵より深く沈み
　　　手にはユリの花を三本、
　　　髪には星を七つ戴いていた
　　　The blessed Damozel leaned out
　　　From the gold bar of Heaven;
　　　Her eyes were deeper than the depth
　　　Of waters, stilled at even;
　　　She had three lilies in her hand,
　　　And the stars in her hair were seven

　「明星」に掲載された戸沢の解説では、天と地上との対立関係に重点を置
いている。なお、戸沢は英語の〈earth〉を〈下界〉と訳している。磯田光

一の指摘では、戸沢の解説は晶子に大きな影響を与えた。晶子が用いる「鬢のほつれ」という表現もロセッティの作品との共通点があるのはその結果であろう。天から地上にいる恋人の顔まで垂れる乙女の髪の毛というイメージは、恋の感情の象徴性として描かれる髪の毛を暗示しているという指摘がある。また、「祝福されし乙女」の一連目にある「手にはユリの花を三本／髪には星を七つ戴いていた」について戸沢は、「其百合花を持たしめたるは百合花は聖書などにも美しき潔き花として知らるるもの、星も天上の乙女には似合はしきかざりの花なり」と解説するように、百合は美しい清潔さと聖書に結びつけられている。「百合」は、一條成美が作成した当時の「明星」の表紙に描かれており、また山川登美子と与謝野晶子の歌に頻繁に用いられるイメージであるので、戸沢の解説は「明星」の同人に大きな刺激を与えたと考えられる。同様に、戸沢は星を乙女の髪の飾りとして解説するが、星と髪も『みだれ髪』の第一章となる「臙脂紫」においては、女性身体の美しさとその純粋さを賛美する素材となる。『みだれ髪』の３番目の歌、「髪五尺ときなば水にやはらかき少女ごころは祕めて放たじ」はその例である。歌集の最初の３首の歌のうち、１番目と３番目は『みだれ髪』初出であり、２番目は1901（明34）年５月号の「明星」に掲載されていたが、この３首を合わせて読むと、ロセッティの「祝福されし乙女」の第一連を意識しながら配列されたのではないかと考えられる。

　以上のように、『みだれ髪』の〈天〉と〈下界〉といった二元性は、日本初期の新体詩とロセッティの影響を通して、西欧の伝統恋愛詩の根底に流れる天と現世という表象を受容していると考えらる。それによって、短歌の表現の世界に恋愛の神秘をもたらし、それと共に従来の短歌用語にはなかった新たな表現性を構築したのである。しかし、この達成は、西欧の詩の影響だけでは説明できない。恋愛は神聖なるものとして歌われると同時に、晶子の女性像は平安京の世界に投影される例も多いのである。「舞姫」と題する章の歌の殆どはその設定を示している。市川千尋の研究で指摘される通り、

『みだれ髪』には『源氏物語』との関連を通して解釈できる歌もある。した
がって、晶子の処女歌集は日本の伝統から断ち切られるものではない。逆に、
当時に最新の文芸感覚を受容しながら、それを伝統とを組み合わせることに
よって、短歌の革新への道を開拓するのに成功したのである。晶子が新体詩
に挑戦した時は、詩形は近代的であったにもかかわらず、作品の内容は特に
新しい側面を孕んでいなかったのである。「明星」の文芸感覚とその詩的精
神は、晶子にとって大きな原動力になり、古典の普遍性を維持しながら、短
歌表現に新しい恋愛観と共に、新しい女性像を築き上げたのである。

第三章　「君死にたまふこと勿れ」をめぐって

　与謝野晶子の文学的生涯は、明治30年代の初期短歌から没年の歌集『白桜集』（1942（昭17）年）に至るまで、20世紀前半のほぼ40年以上に渡っている。

　その40年の中で、日露戦争に出兵した弟、籌三郎に宛てた「君死にたまふこと勿れ」以外に戦争への反感を表す作品はなく、むしろ1930年代から第二次世界大戦の間、アジアで戦う日本軍の戦争行為を偉業として賛美する作品が見られる。

　近年、「君死にたまふこと勿れ」における戦争批判と、1930年代以降の戦争賛美の傾向との間の矛盾が多くの学者に指摘され、この作品における反戦の意味が再検討されてきた。その結果、反戦詩でも平和主義思想の詩でもないという認識が広がり、この作品を読む鍵として、厭戦を訴える個人の自由な感情と、近代自我の台頭が指摘されている。すなわち、処女歌集『みだれ髪』（1901（明34）年）と同様に、20世紀初頭の与謝野晶子の文学的姿勢に自我の開放が現れると解釈されている。ただし、当時の女性にとって、自立した個性を持った自由な自己表現は、やむを得ず当時の社会常識に衝突することになったと考えられる。

　本節では「君死にたまふこと勿れ」における戦争観を考察するために、この作品の評価の時代的変遷を追い、日露戦争時代の女性詩人（山川登美子、石上露子、大塚楠緒子）による作品との比較、ならびにトルストイや大町桂月の評論の分析を通して、与謝野晶子の日露戦争観の性質を浮き彫りにする。その上で「君死にたまふこと勿れ」から、女性の開放と社会的地位を論じた評論や新聞記事へ、与謝野晶子の戦争観がいかに変わり、女性としての意識が成立していくかを明確にする。

１．時代変遷に伴う「君死にたまふこと勿れ」の評価

1904（明37）年 9 月 1 日、「明星」に発表された「君死にたまふこと勿れ」は、以後、文壇に論争を生むことになる。同時代の批評の大半はこの作品を評価しなかったが、中でも詩人兼評論家の大町桂月（1869（明 2）年〜1925（大14）年）の批判は最も手厳しかった。1904（明37）年の10月号「太陽」の「文芸時評」に記載された「雑評録」には、

> 　戦争を非するもの、夙に社會主義を唱ふるものゝ連中ありしが、今また之を韻文に言ひあらはすものあり。晶子の『君死にたまふこと勿れ』の一篇、是也。草莽の一女子、『義勇公に奉ずべし』とのたまへる教育勅語、さては宣戦詔勅を非議す。大胆なるわざ也。家が大事也、妻が大事也、國は亡びてもよし、商人は戦ふべき義務なしと言ふは、余りに大胆すぐる言葉也。（中略）國家觀念を蔑視にしたる危險なる思想の發現なり。
> ₅₉

とある。大町桂月の批判は国家主義思想に基づいている。しかし当時の文壇で「君死にたまふこと勿れ」に対する批評が全てそうであったわけではない。大町桂月の批評については、後述する。

新聞記者の角田勤一郎（筆名：剣難）は、1904（明37）年12月11日の「読売新聞」に発表した評論「理情の弁」において、大町桂月の解釈に同意はしないまでも、与謝野晶子が、

> 　旅順陥落を望む日本人民の情なるに相違無し、されど單に眇たる一商家の浮沈休戚のみ思ふ場合に、大なる國家の休戚よりも寧ろ偏に小さき自家主人の生死存亡の方に情を惹くは、自然情のまゝなる人の聲に非ず

とは言い難かるべし。（中略）

　晶子の歌は必ずしも傑出のものとはいふべからず、ただよく直情を披
瀝して詩美を得たるを多とするのみ、志かも國家對個人の問題の研究の
上に理情を班別せんには、好個の提案たるが故に、吾人また多く言説を
費した。
　　　60

と述べている。剣難は、与謝野晶子の詩に弟の無事を願う叫び声を聞き、
国家の行為を罵る思想的意味はないと解している。ただし、国家の一員とし
て国の勝利を願うのではなく、弟が徴兵された商家の娘として私情を表現す
る詩だと解釈する。剣難は、社会主義思想を与謝野晶子の詩と関連付ける大
町桂月の批評は適切ではないと指摘してはいるものの、文学的な面では、
「君死にたまふこと勿れ」は必ずしも傑作ではないと評している。つまり、
その詩的な効果があまりにも個人的な感情の強さに任せられているので、作
品は普遍性を欠いていると評価しているのである。また、剣難が説明するよ
うに、情と理の調和が悪いという批評が多かった。

　「君死にたまふこと勿れ」に対する同時代の批評の全てが国家主義思想に
よるものではなかったものの、弟の出征に対する自己の率直な情感への共感
を期待していた与謝野晶子は、これほど多くの非難が浴びせられることにな
ろうとは想像しなかったのであろう。特に、与謝野鉄幹と晶子の短歌を以前
から称賛していた大町桂月の厳しい非難は、あまりにも意外であっただろう。
国家の罰を受けるべきというような桂月の発言は、与謝野晶子の私生活にも
影響を及ぼした。家は投石されれ、脅迫状が送り付けられたのである。

　発表時に愛国者に罵倒されたこの作品は、約25年後に再び非難される。
しかし今回は、日本における共産主義思想を掲げたプロレタリア文学の黒島
伝治（1898（明31）年〜1943（昭18）年）からの攻撃である。評論家兼小説家で
あった彼が、1927（昭2）年に「プロレタリア芸術教程」第1号に発表した
評論「反戦文学論」には、次のように記されている。

第三章　「君死にたまふこと勿れ」をめぐって　75

戦争は悪い。それは、戦争が人間を殺し、人間に、人間らしい生活を
させないからである。そこでは、人間である個人の生活がなくなつてし
まふ。常に死に對する不安と恐怖におびやかされつゞけなければならな
い。だから戦争は、悪く、戦争は、いやな、嫌悪さるべきものである。
　　これは、個人主義的な立場からの一般的戦争反對である。所謂、自我
に目ざめたブルジョアジーの世界觀から来ている。この傾向をもつとは
つきり表現してゐるのは、与謝野晶子の新体詩である。
（中略）
　　この詩は、全然個人的な氣持から戦争に反対してゐる。生活の中心が
すべて個人にあつた。だから最も恐ろしいのは、死である。殺し、殺さ
れることである。
　　　　　　[61]

　この批評はすなわち、与謝野晶子の戦争への嫌悪は自分の家族と商家の事
業を守ろうとするブルジョア平和主義に基づくものであり、戦争の真の原因
を直視していないと主張している。
　とは言え、黒島は戦争というものを一概に否定してはいない。同著におい
て侵略、防衛、民族解放、革命などの戦争の種類を挙げている。その中でプ
ロレタリア文学は資本主義による侵略戦争に反対しているが、ブルジョア平
和主義者や無政府主義者、またこれらの思想から出発した反戦文学者とは根
本的に姿勢が異なり、民族解放や革命などの正当な戦争は否定していない。
　1930年代の日本では軍国主義が強くなり、「君死にたまふこと勿れ」のよ
うな作品が出版可能な風潮ではなかったため、1928（昭3）年出版の『與謝
野晶子全集』が1933（昭8）年9月から翌年8月にかけて改版された際、
「君死にたまふこと勿れ」は削除を余儀なくされることになる。このような
背景の下、1930年代から約15年間、戦争状態にあった日本では、この作品
が文学評論に取り上げられることは皆無に等しかった。
　しかし、戦後再び論題に上がり、従来とは異なった視点から解釈されるよ

うになった。

1949（昭24）年に第三次の「明星」に参加し、与謝野晶子に師事した深尾須磨子（1888〜1974）は、「旧日本に於けるおよそ命がけの行為であり、空前絶後のことである」と述べている。

川崎洋と同人誌「櫂」を創刊した茨木のり子（1926（昭1）年〜2006（平18）年）は『うたの心に生きた人々』第1巻で、次のように評している。

> 晶子の情熱と理性が同時にほとばしりでたような名作でした。「こうだから、ああである、したがってそうではないか」。まるで、幾何の証明のように理路整然としています。このように理屈をつみかさねた詩は、ふつう理くつっぽくなって、たいていは失敗するものです。けれど「君死にたまふこと勿れ」は、りっぱに成功しています。（中略）すぐれた詩が一民族の胸にほんとうに生きはじめるのは、詩人が逝って、五十年も百年もたってからだと、よくいわれます。「君死にたまふこと勿れ」はそのもっともよい例かもしれません。

個人的な感情があまりにも強く、決して傑作ではないと評した角田剣難と茨木のり子の批評がいかに異なるか明確であろう。

「君死にたまふこと勿れ」は、1969（昭44）年刊行の『日本反戦詩集』に所収される。伊藤信吉は同著の解説文「近代における戦争と詩人について」の中で与謝野晶子の詩について次のように言及している。

> 反戦詩の内面に強烈な自我意識が発生し、その自我意識によって権力に対峙したのは、おそらく「君死にたまふこと勿れ」が最初だった。

また、詩の第三連について、

壮烈なイロニによって、戦争における天皇の役割を批判したのである。[67]

と述べている。

日露戦争中に発表された「君死にたまふこと勿れ」は、後にベトナム戦争の最中に、世界中でベトナム戦争への反対運動の気運が高まる中、『日本反戦詩集』に取り上げられることによって、この作品の反戦の意味がより強調されることになった。巻頭に挿入された一枚の写真、「戦火の母たち」が暗示するように、この詩集は明らかにベトナム戦争を意識して編纂されている。同著は、有名無名を問わず様々な時代の作品を収集する方針を採っているため、各作品は誕生した時代背景から離れて、ベトナム戦争反対の風潮の中で新たな脈絡の中に置かれることになる。それによって、新たな反戦の意味や平和的メッセージを帯びる作品も出てきており、「君死にたまふこと勿れ」もその例外ではないと思われる。

このように戦前には決して高く評価されていなかったこの作品は、戦後の文学評論においては、日本人の平和主義の一代表作として挙げられるようになり、1950年代以降になると多くの教科書に記載されていくのである。

中村文雄は1990年代に刊行された高校の教科書を対象に、「君死にたまふこと勿れ」の記載頻度を調査し、天皇について述べる第三連が全体の3分の1にしか掲載されていないという意外な結果を証明する。

「君死にたまふこと勿れ」 第3連
君しにたまふことなかれ
すめらみことは戦ひに
おほみづからは出てまさね
かたみに人の血を流し
獣（けもの）の道に死ねよとは
死ぬるを人のほまれとは

大みこゝろの深ければ

　　もとよりいかで思されむ

　現在の日本人にとって、この作品は反戦を代表するイメージが定着してい
るようである。

　「君死にたまふこと勿れ」に対する評価の時代的変遷を総合して見ると、
発表直後に天皇と国家への侮辱と非難された場合も、後に平和を訴える詩と
して賛美された場合も、作者の意図とは別に一人歩きしてきた作品であると
いう印象が強い。

　「君死にたまふこと勿れ」に対する世論や批評は、日露戦争時代の文壇の
反応からプロレタリア文学における批評、さらには戦後の再評価に至るまで
常に変化してきた。それは20世紀の日本の時代背景とそこに根付いた思想
や文学的傾向が反映されていたからである。

　「君死にたまふこと勿れ」の戦後研究では、この作品が反戦詩か否かにつ
いての見解が下記のように分かれる。

　戦争批判として述べる評論
　　・深尾須磨子　『君死にたまふことなかれ──才華不滅──』改造社
　　　1949年
　　・吉田精一　『鑑賞現代詩　Ⅰ　明治』　筑摩書房　1961年
　　・本間久雄　『続明治文学史』　東京堂　1964年
　　・伊藤信吉　『日本反戦詩集』　太平洋出版社　1969年
　　・茨木のり子　『うたの心に生きた人々』　筑摩書房　1967年
　　・野田宇太郎　「晶子における戦争と死」『定本　與謝野晶子全集』月報
　　　5　1980年
　　・田口佳子　「《君死にたまふこと勿れ》の詩的論理」『日本文学論叢』

第三章　「君死にたまふこと勿れ」をめぐって　79

1982年12月

・赤塚行雄　『与謝野晶子研究』　學藝書林　1990年

作者に戦争批判の意図は特にないと述べる評論[69]

・佐藤春夫　『みだれ髪を読む』　講談社　1959年

・島本久恵　『明治の女性たち』　みすず書房　1966年

・伊藤整　『日本文壇史』8巻　講談社　1966年

・田辺聖子　『千すじの黒髪』　文藝春秋　1974年

・逸見久美　『評伝・与謝野鉄幹晶子』　八木書店1975年

・渡辺登美子　「晶子の思想とその限界」『与謝野晶子全集』月報12、
　1980年

・新間進一　『与謝野晶子』桜楓社　1981年

・入江春行　『与謝野晶子の文学』　桜楓社　1983年

・猪野謙二　『明治文学史』下　講談社　1985年

・中村文雄　『君死にたまふこと勿れ』　和泉書院　1994年

　上記のリストを概観すると、戦後から1960年代までは「君死にたまふこ
と勿れ」に反戦の意味を認める傾向があり、1970年代後半から次第にその
傾向が弱まっていくという変化が読み取れる。

　入江春行は「君死にたまふこと勿れ」を発表した与謝野晶子の勇気を称す
る深尾須磨子と伊藤信吉について、次のように述べている。

　　いささか持ち上げ過ぎではないか。深尾も伊藤も昭和のいわゆる十五
　年戦争の時期の言論弾圧が念頭にあるから「空前絶後」とか「驚くべき
　もの」という最大級の誉め言葉がでるのであろう。（以下省略）[70]

深尾須磨子と伊藤信吉の批評では、第二次世界大戦争中の言論抑圧の時代

が生々しく意識され、それが日露戦争下の日本の現状に重ねられていると入
江は指摘しているが、読者と作品の関係を考えるとき、読者個人の歴史が作
品解釈に投影されるのはやむを得ないことであろう。

　入江の意見は、「君死にたまふこと勿れ」に平和の訴えを読み取っている
茨木のり子にもあてはまるのだろうか。茨木のり子の戦争体験は「私が一番
きれいだった時」等でも、若さを奪われた女性として回想される。

２．女性としての自我意識とその戦争観

　戦後から1981（昭56）年の『晶子詩篇全集』刊行まで、日本軍の戦争行為
を賛美する作品は長い間忘却されていた。その代表的な例として、「紅顔の
死」と「日本国民——朝の歌」が挙げられる。

　　「紅顔の死」
　　江湾鎮の西の方
　　かの塹壕に何を見る。
　　行けど行けども敵の死屍、
　　折れ重なれる敵の死屍。

　　中に一きは哀しきは
　　學生隊の二百人。
　　十七八の若さなり、
　　二十歳を出たる顔も無し。

　　彼等、やさしき母あらん、
　　その母如何に是れを見ん。
　　支那の習ひに、美くしき

第三章　「君死にたまふこと勿れ」をめぐって　81

許嫁さへあるならん。

彼等すこしく書を讀めり、
世界の事も知りたらん。
國の和平を希ひたる
孫中山の名も知らん。

誰れぞ、彼等を欺きて、
そのうら若き純情に、
善き隣なる日本をば
侮るべしと敎へしは。

誰れぞ、彼等を唆かし
筆を劍に代へしめて、
若き命を、此春の
梅に先だち散らせるは。

十九路軍の總司令
蔡 延 の愚かさよ、
今日の中にも亡ぶべき
己れの軍を知らざりき。

江湾鎭の西の方
かの塹壕に何を見る。
泥と血を浴び斃れたる
紅顔の子の二百人。

（右、読売新聞記者安藤覺氏の上海通信を読み感動して作る。）

「日本國民　朝の歌」
ああ大御代の凛凛しさよ、
人の心は目醒めたり。
責任感に燃ゆる世ぞ、
「誠」一つに励む世ぞ。

空疎の議論こゑを絶ち、
妥協、惰弱の夢破る。
正しき方に行くを知り、
百の苦難に突撃す。

身は一兵士、しかれども、
破壊筒をば抱く時は、
鉄条網に躍り入り、
實にその身を粉と成せり。

身は一少佐、しかれども、
敵のなさけに安んぜず、
花より清く身を散らし、
武士の名誉を生かせたり。

其等の人に限らんや、
同じ心の烈士たち、
わが皇軍の行く所、
北と南に奮ひ起つ。

わづかに是れは一の例。

第三章　「君死にたまふこと勿れ」をめぐって　83

われら銃後の民もまた、
おのおの励む業の為め、
自己の勇氣を幾倍す。

武人にあらぬ國民も、
尖る心に血を流し、
命を斷へず小刻みに
國に盡すは変り無し。

たとへば我れの此歌も、
破壊筒をば抱きながら
鉄条網にわしり寄り
投ぐる心に通へかし。

無力の女われさへも
かくの如くに思ふなり。
況やすべて秀でたる
父祖の美風を繼げる民。

ああ大御代の凛凛しさよ、
人の心は目醒めたり。
責任感に燃ゆる世ぞ、
「誠」一つに励む世ぞ。

　1932（昭7）年4月に雑誌「冬柏」に発表された「紅顔の死」は、同年1月に上海の戦いで殺された約200人の中国人学生について語る読売新聞記者安藤覺の通信から着想を得ている。作者は若い中国人学生の死に感銘を受け、

彼らの母の心情に同化しているだけでなく、戦死する若者への深い同情には、本来戦争に関わるはずのない学生の出兵を訴えるという点において「君死にたまふこと勿れ」との共通点が指摘できる。

（紅顔の死　第6連）	（君死にたまふこと勿れ　第2連）
誰れぞ、彼等を唆かし 筆を剣に代へしめて、 若き命を、此春の 梅に先だち散らせるは。	旅順の城はほろぶとも ほろびずとても何事か 君知るべきやあきびとの 家のおきてに無かりけり

　与謝野晶子は、上海の学生が日本軍の攻撃に立ち向かって自ら上海を守りに行った状況と、日露戦争で召された臣民の状況とをあまり識別しなかったが、当時の新聞から得た情報に基づいた作詩であったため、上海事変の背景をどの程度把握できていたかという問題もある。また「紅顔の死」を作詩した頃、国家に対する自身の姿勢は日露戦争の時から変化していたので、この詩は日本国の戦争行為に対する批判には至らず、むしろその批判を中国政府に回してしまう。そして学生を戦わせた十九路軍の蔡廷鍇総司令（1892（明25）年〜1968（昭43）年）と、日本に対する敵意識を中国人に唆す中国政府に、その学生の死の責任を問う。つまり日本軍の戦争行為についての、非難や反省の様子はないのである。

　「日本国民——朝の歌」は、1932（昭7）年6月号の「日本国民」誌別巻「日本女性」に発表された詩である。この詩は上海の中国兵を攻撃した爆弾三勇士の自殺行為を誉め、天皇の下で結束する日本国民を賛美する。山本藤枝が指摘するように、与謝野鉄幹の「爆弾三勇士の歌」との類似点がある。

与謝野鉄幹、「爆弾三勇士の歌」	与謝野晶子、「日本国民－朝の歌」
時なきままに點火して 抱き合ひたる破壊筒 鐵條網に到り着き 我が身もろとも前に投ぐ　　（第七連） ああ江南の梅ならで 裂けて散る身を花と成し 仁義の軍に捧げたる 國の精華の三勇士　　　　（第九連）	身は一少佐、しかれども、 敵のなさけに安んぜず、 花より清く身を散らし、 武士の名誉を生かせたり。　（第四連） 実にその身を粉と成せり。　（第三連） 身は一兵士 しかれども 破壊筒をば抱く時は 鉄条網に躍り入り　　　　（第八連）

　両作品では、爆発で破裂する身体が散る花に例えられている。また、この
イメージを表す語法も非常に似ている。なお、「日本国民——朝の歌」には、
「武士の名誉を生かせたり」など、与謝野晶子らしくない表現もみられる。

　「日本国民　朝の歌」では、与謝野晶子は自身を「無力の女」と称してい
るが、兵士になる国民を生む役割のみが女性に求められていた日露戦争時代
とは異なり、1930年代の女性が国家体制に対してもっと積極的な役割を果
たせるようになっていた。そのような背景で1942（昭17）年には、戦地に赴
いた息子に次の短歌を捧げている。

　　　水軍の大尉となりて我が四郎み軍にゆくたけく戦へ

　日露戦争中、弟に「親は刃をにぎらせて、人を殺せとをしへしや、人を殺
して死ねよとて、二十四までをそだてしや」、と叫んでいた同じ与謝野晶子
が、28年間後、息子の四郎（4番目のAuguste）に勇ましく戦うよう激励して
いる。まさに「君死にたまふこと勿れ」の戦争批判から国家主義へのドラマ
ティックな変化に見えるが、このような読み方は与謝野晶子の戦争観に関す
る間違った解釈を招く危険性がある。

まず、晶子の「君死にたまふこと勿れ」における反戦の性質を見極める必要がある。従来、反戦感情を表す詩として知られていた「君死にたまふこと勿れ」の位置付けは、戦後『晶子詩篇全集』に所収された戦争賛美の作品の数々によって変わってくるのではないだろうか。近年、この作品における反戦の意味が再検討され、伊藤信吉が既に指摘していた与謝野晶子の自我意識は、この作品を読むための鍵になった。

　逸見久美は、「君死にたまふこと勿れ」の根本に自我解放の精神があると説いている。すなわち、処女歌集『みだれ髪』と同様に、「君死にたまふこと勿れ」[75]の文学的姿勢にも近代的自我意識が現れると解釈している。逸見久美と同様に新間進一、中村文雄、入江春行も同様に、反戦の意味よりも自由に個人の感情を歌う近代自我の台頭を認めている。

　自我開放への願望の背景には、やはり新詩社の詩的精神があったと言えるだろう。与謝野鉄幹は「新詩社清規」において、[76]

　　われらは詩の内容たる趣味に於て、詩の外形たる調諧に於て、ともに自我独創の詩を樂しむなり。（省略）かかる我儘者の集りて、我儘を通さんとする結合を新詩社と名づけぬ

と述べ、伝統の権力に束縛されず、作者の自我を中心に置く新しい詩歌を生み出す目的で新詩社を設立し、機関誌「明星」を1900（明33）年4月に創刊した。「明星」は日本近代詩の成立に大変重要な役割を果たした。上田敏の『海潮音』、北原白秋の『邪宗門』、石川啄木の『あこがれ』等の詩集は、「明星」に投稿された作品を中心に編集された。雑誌創刊翌年に発表された与謝野晶子の歌集『みだれ髪』も、1900年から1901（明34）年にかけて「明星」に発表した作品を中心に、399首の短歌を収録している。つまり、日本近代詩の代表的な詩人の一部が「明星」から育ったと言っても過言ではない。

　1904（明37）年6月号の「明星」に発表された「所謂戦争文学を排す」と

題する評論で、平出修はこう述べている。

　　　今や我國、事を露國と構へ、海陸の將士は銃劍を執りて滿韓の野に善
　　闘し、一代の民心之に集注す。此時に當たり、所謂文藝の士と稱する者、
　　筆を以つて殉難の誠を盡くさんとす、其志や頗る可、しかも所謂文藝な
　　る假面の下に、俗惡なる述作を公にして、名づくるに戰爭文學なるもの
　　を以つてするに至りては、吾人實に堪ふ可らざるものあるなり。（中略）
　　　戰爭は戰爭なり、文學は文學なり、愛藝は愛藝なり、趣味は趣味なり、
　　各其職分を異にし、その意義を異にす。

　平出修の評論では、具体的な作品や作者を非難してはいないが、明らかに、
人気を目指す戦争舞台の作品や戦争プロパガンダの詩歌に対する反感を表し
ている。この評論では「明星」がいかに政治思想から離れていたかが窺える。
数ヶ月後に起こった大町桂月との論争、すなわち「君死にたまふこと勿れ」
をめぐる論争を予言していたように感じられる。
　日露戦争時代に与謝野鉄幹の作品以外、「明星」には戦争を賛美する詩や
短歌はみられない。しかし「明星」の女性歌人の中では、戦争に対する反感
を表す作品が見られる。与謝野晶子の「君死にたまふこと勿れ」が発表され
る以前に、既に山川登美子と石上露子が次の短歌を発表していた。

　みいくさの艦の帆綱に錨綱に召せや千すぢの魔も搦む髪
　　　　　　　　　　（山川登美子「夢」「明星」1904（明37）年 3 月 1 日号）

　みいくさにこよひ誰が死ぬさびしみと髪ふく風の行方見まもる
　　　　　　（ゆふちどり（石上露子）「明星」「あこがれ」明治1904（明37）年 3 月 7 日号）

　山川登美子の歌は 3 月 1 日の発表に向けて、おそらく 2 月下旬には「明

88　I　与謝野晶子

星」に提出されていたであろう。日本の宣戦布告は 2 月10日であったので、戦争に対する疑問を現す最も早い女性短歌だったと考えられる。なお、この歌は後に与謝野晶子と増田雅子の編集による『恋衣』（1905（明38）年）にも記載された。

　歌い手は「魔も搦む髪」で徴兵された恋人の乗る戦艦を束縛し、戦地へ行かせたくないという心情を表しており、男たちが国家に召されるのと同じように、女歌人は自分の髪に「召す」という動詞を使う。「魔も搦む髪」という表現は、女性の断念しない気持ちを現すと同時に、船が魔的な存在に変身していることを暗示するのであろう。

　一方、石上露子の作品は、与謝野晶子の「君死にたまふこと勿れ」と同じように、戦争と死を直接に結び付ける。また、この短歌においても「髪」は中心的な要素となる。戦争による不安は、風に乱れる髪になぞらえて表現される。[78]

　与謝野晶子、山川登美子、石上露子は、三人とも「明星」の代表的な女性歌人で、語彙にも共通点が見られる。上述した歌では、日露戦争に対する姿勢も共通している。しかし与謝野晶子の場合は「君死にたまふこと勿れ」の作詩の動機は、徴兵された弟、籌三郎が旅順港に派遣される不安という個人的な事情にも拠っていた。[79]

　当時の新聞では、旅順港は日露戦争勝利のための決定戦となると報道されていた。1904（明37）年 8 月19日に、日本軍は旅順に第一回目の総攻撃を行い、24日まで戦いが続いた後、作戦が失敗に終わっていた。旅順港を落とすために日本軍は決死隊への志願兵を募集していたという情報も報道されていた。与謝野晶子は弟が戦死の覚悟をしていたことを知り、身内を失う不安を通じて、「君死にたまふこと勿れ」の作詩の動機を感じていただろう。また「君死にたまふこと勿れ」の発表前に第二子を出産していたので、命の価値に対す感性がさらに深まっていたとも言えるだろう。

　「君死にたまふこと勿れ」の感情表現の強さは、上記の個人的な事情にも

第三章　「君死にたまふこと勿れ」をめぐって　89

拠っている。この詩にみられる直接的かつ大胆な表現は、日露戦争中の他の女性詩人の作品には見られない。

　例えば、1905（明38）年1月号の「太陽」に発表された大塚楠緒子の詩「お百度詣」と比較すると、二人の詩人は戦争に対する姿勢に顕著な違いが見えてくる。

　　「お百度詣」
　　ひとあし踏みて夫思ひ
　　ふたあし國を思へども
　　三足ふたたび夫思ふ
　　女心に咎ありや

　　朝日に匂ふ日の本の
　　國は世界に只一つ
　　妻と呼ばれて契りてし
　　人も此世に只一人

　　かくて御國と我夫と
　　いづれ重しととはれなば
　　たゞ答へずに泣かんのみ
　　お百度詣あゝ咎ありや

　大塚楠緒子の詩は、国の勝利を願いながらも夫の無事を祈願してお百度参りをする妻のジレンマを描いている。戦線に身内がいる女の気持ちを表現しているという点で、当時の読者に共感されたことだろう。しかし与謝野晶子の「君死にたまふこと勿れ」とは違い、この詩には想像上のモティーフが歌われている。実際、夫の大塚保治は東京大学の教授で、徴兵されることなく

東京で美学を教え続けていた。こうした個人的な事情の違いも、二篇の文体に反映されている。大塚楠緒子の作品には、国民として戦争中の国家が勝利をすることを祈る義務と妻として夫の無事を祈る義務との内面的な葛藤を表現する。この作品は、伊藤信吉編集による『日本反戦詩集』に収録された。

また、『世界大百科事典』では、「〈お百度詣で〉は日露戦争下に夫の無事を祈る妻の心情をえがき、与謝野晶子の〈君死にたまふこと勿れ〉と並ぶ反戦詩としてのこされた」と井手文子が記している。確かに「お百度詣」には、戦争による女性の辛い思いを描くという幅広い意味での反戦の要素は認められるが、「太陽」1904（明37）年6月号に当時流行した軍歌と同じような調子を示す「進撃の歌」という長詩も発表した経緯があるので、彼女の戦争観は決して反戦の視点から動かなかったわけではない。しかし、1905（明38）年12月刊行の『左右修竹』[80]に記載されたインタービューで、与謝野晶子について次のように語っている。

　　和歌の體も幾派にも分れて参りました、鐵幹風もありますし、竹柏會派もありますが、何れもよからうと存じて居ります、晶子さんは中々豪い方ですね、「君死にたまふな」の句では随分攻撃があつた様ですが、戦争の裏面は彼様だらうと思ひますよ、晶子さんなんかは頑くるしい漢字を並べてありますが、讀んで少しも、耳障りが致しませんのが、上手なので御座いませう。

つまり、大塚楠緒子は「君死にたまふこと勿れ」が戦争の裏にある女性の感情をよく把握している作品だと評価している。与謝野晶子と同様に女性の視点で戦争を歌っても表現の仕方に明確な違いが出てくるのは、やはり「竹柏会」派と「新詩社」派との作風の違いによるものであろう。

そして「お百度詣で」には、夫の無事と国家の勝利のどちらが重要かという内面的葛藤が表現され、換言すれば「義理」と「人情」の間に立つ妻のス

トイシズムが中心的なモティーフとなり、大塚楠緒子の戦争に対する疑問は
中庸化されている。その反面、与謝野晶子の戦争に対する姿勢は明確であり、
誠の心を隠さず国家の勝利より、明らかに弟の無事を重んじる詩を書いたの
である。

3．第三連になぜ「すめらみこと」が使われるか

　「君死にたまふこと勿れ」の感情的緊迫度は、戦場に派遣された弟がいた
ことで説明ができるが、この詩の語法を説明するのには十分ではない。この
詩の内容と語法は、与謝野晶子の『みだれ髪』と初期の詩の文体に比べて未
曾有の特徴を孕んでいる。まず、その一つは「君死にたまふこと勿れ」特有
の語法である。

　「君死にたまふこと勿れ」は、文壇で与謝野晶子の名を立てた短歌集『み
だれ髪』と比べて、内容、文体と形式が大きな相違点を示す。これに関して
は1904（明37）年6月27日に、英国新聞「ロンドン・タイムス London
Times」に発表されたトルストイの反戦評論「Bethink Yourselves！－a
letter on Russian Japanese war」からの影響が、多くの学者によって認め
られている。

　トルストイは1896（明29）年から『戦争と平和』の翻訳で日本に紹介され
ていたが、この作品の第1篇の抄訳「泣花怨柳　北欧余塵」は、さほど注
目されていなかった。しかし後にその他の作品も翻訳されるにつれて、トル
ストイ作品に関する評論も増え、徳冨蘆花や小西増太郎等がトルストイを熱
狂的に勉強したことも手伝って、日本では早くも作家としてのみではなく、
思想家としても大いに尊敬されていた。与謝野晶子も数年後、評論「私の貞
操観」に「十七、八歳から後は露西亜（ロシヤ）のトルストイの翻訳物など
を読んで」いたと記している。

　1904（明37）年6月に「ロンドン・タイムス」にトルストイの非戦論の英

訳が出ると、比較的早く他の国々でもこの評論が訳された。日本では同年8月2日から15日にかけて、「日露戦争論」という題名のもと杉村楚人冠の訳によって順次、「朝日新聞」に発表されたが、それに先立ち全訳を発表したのは「平民新聞」であった。1904（明37）年8月7日号に「爾曹悔改めよ」と題して、幸徳秋水と堺利彦によって翻訳された。

トルストイ Bethink Yourselves (London Times) 81	朝日新聞 「日露戦争論」 82	平民新聞 「爾曹悔改めよ」 83	与謝野晶子 「君死にたまふこと勿れ」
Like wild beasts on land and on sea are seeking out each other in order to kill, torture and mutilate each other in the most cruel way. （第1章）	而して両者互に野獣の如く海に陸に他を虐殺し残害せすんば己まざらんとすること是れ抑も何事ぞや （第1章、明37年8月2日）	今や極めて猛悪なる方法を以て、互ひに惨害殺戮を逞しくせんが為に、陸に海に野獣の如く相逐ひつつ、 （第1章、明37年8月7日）	かたみに人の血を流し／獣の道に死ねよとは／死ぬるを人のほまれとは／ （「君死にたまふこと勿れ」第三連）
But how can so-called enlightened men preach war, support it, participate in it, and, worst of all, without suffering the dangers of war themselves, incite others to it, sending their unfortunate, defrauded brothers to fight? （第1章）	然れども彼の世に有識者と称せられるゝ所の者が、如何にして戦ひを説き、戦ひを賛し、戦ひに加はり、甚だしきは自ら戦ひの危険を蒙るとなくして他を教唆して戦ひに出でしめ無告の同胞を之に臨ましめ得べしとする乎 （第1章、明37年8月2日）	但だ怪しむ、彼の所謂識者てふ人々は、如何にして能く戦争を唱道し、助成し、之に参興するのみならず、甚だしきは即ち自家は戦争の危険を冒すことなくして、従て他を煽揚するに力め、其不幸蒙昧なる同胞兄弟を戦場に送遣するに忍び得る乎 （第1章、明37年8月7日）	すめらみことは戦ひに／おほみづからは出でまさね／かたみに人の血を流し／獣の道に死ねよとは／死ねるを人のほまれとは／大みこゝろの深ければ／もとよりいかで思されむ （「君死にたまふこと勿れ」第三連）

第三章　「君死にたまふこと勿れ」をめぐって　93

They cannot but know that besides the senseless, purposless expenditure of miliards of rubles i.e. of human labor, on the preparations for war during the wars themselves millions of the most energetic and vigorous men perish in that period of their life wich is best of productive labor. （第 1 章）	其戰争準備中人類の労力より成れる巨萬財寶を無意義無目的に費消するにあるのみならずその戦争継續中人生最も生産的労働に適したる幾百萬屈強の壮丁を之に死せしむるにあると所謂識者の知らざる能はざる所 （第 1 章、明37年 8 月 2 日）	彼の戦争の準備の為に、人間労働の結果たる數十億留の財貨が無意味に無目的に濫費せらる、のみならず、更に戦時に於いては、数百万強健なる壮丁が、其生涯中最も生産的労働に的する時期に於いて、無残に殺戮せらる、ものなることは識者之を知らざる筈なし。 （第 1 章、明37年 8 月 7 日）	親は刃をにぎらせて／人を殺せとをしへしや／人を殺して死ねよとて／二十四までをそだてしや （『君死にたまふこと勿れ』第一連） ほろびずとても何事か／君知るべきやあきびとの／家のおきてに無かりけり （『君死にたまふこと勿れ』第二連）
The Mikado also reviews and rewards his troops; various generals boast of their bravery, imagining that having learned to kill they have acquired enlightenment. So, too, groan the unfortunate working people torn from useful labor and from their families. （第12章）	無し	日本皇帝も又其軍隊を点閲し、賞賜し、幾多の将官は其殺人を学べることを以て、高尚なる知識教育を得たるが如くに思惟してんにその武勇相誇負す、不幸なる労働者が必要なる職業とその家族をより離されて呻吟することも露国と同じく （第 1 章、明37年 8 月 7 日）	君死にたまふことなかれ／すぎにし秋を父ぎみに／おくれたまへる母ぎみは／なげきの中にいたましく／わが子を召され家を守り／安しと聞ける大御代も母のしら髪はまさりけり （『君死にたまふこと勿れ』第四連） 暖簾のかげに伏して泣く／あえかにわかき新妻を／君わするるや思へるや／十月も添はでわかれたる （『君死にたまふこと勿れ』第五連）

When this will cease and the deceived populations at last recover themselves and say :" Well, go you yourselves, you heartless Czars, Mikados, ministers, bishops, priests, generals, editors, speculators, or however you may be called, go yourserlves under these shells and bullets, but w do not wish to go and we will not go.　（第12章）	無し	欺かれたる人民が遂に己に返りて、何れの時にか能く左の言を発すべき、「汝、心なき露国皇帝、○○皇帝、大臣、牧師、僧侶、将官、記者、投機師、其他何と呼ばる、人にもあれ、汝等自ら彼の砲弾銃弾の下に立てよ、我等は最早行くを欲せず、また決して行かざるべし」（第1章、明37年8月7日）	すめらみことは戦ひに／おほみづからは出てまさね／かたみに人の血を流し／獣の道に死ねよとは／死ぬるを人のほまれとは／大みこゝろの深ければ／もとよりいかで思されむ（「君死にたまふこと勿れ」第三連）

　トルストイの「Bethink Yourselves」における非戦論は、彼の倫理的思想と宗教的信念に基づいており、君主制と上流階級は戦争を以て国民を征服し利益を計ると世に訴えたのである。トルストイの非戦論と与謝野晶子の「君死にたまふこと勿れ」にはいくつかの類似点が認められ、次のようにまとめることができる。

　①戦争で戦う人間が、お互いに殺傷する獣に例えられる。

　②徴兵された男たちとその家族は、戦争本来の目的とまったく無縁で、戦争による利益を一切得ずに、戦争がもたらす被害を体験するのみである。

　③君主、大臣などは戦地に赴かず、国民に敵を憎むように教え、敵を殺すのも戦死するのも栄誉に値すると臣民を教唆する。

　与謝野晶子はトルストイの評論から上記の内容を「君死にたまふこと勿れ」に取り入れているが、その内容を女性の観点から表現する。したがって、トルストイの評論にもみられる個人と国家の利益との対立には、女性と戦争

との対立が重なる。与謝野晶子の詩には、弟の母だけでなく弟の若い妻も登場する。これらの女性の心情を汲み取り、戦争によって身内の一人と家庭の経済的な支えが失われたことによる女性の不安を訴える。

「君死にたまふこと勿れ」においては、トルストイの評論との類似点が顕著だが、重要な相違点もある。それは君主体制に対する認識である。トルストイの「Bethink yourselves」には「heartless Czars, Mikados, ministers」とあり、ツァーリ（帝政時代のロシア君主の称号）、御門、大臣は心無き人として扱われているのに対して、与謝野晶子の詩の第三連では、「すめらみことは戦ひに／おほみづからは出てまさね／かたみに人の血を流し／獣の道に死ねよとは／死ぬるを人のほまれとは／大みこゝろの深ければ／もとよりいかで思されむ」とあり、作者は天皇の御心の深さを確信している。[84]

つまり、心の深い天皇が戦地に出向かないという発言は、天皇が血生臭い戦争を求めたり、臣民を殺傷に教唆したりするはずがないと言いたかったのではないだろうか。評論の矛先になったこの第三連は、天皇を批判するのではなく、戦争の苦悩と残虐行為の責任から解放するという意味もあったのであろう。

トルストイの評論は「朝日新聞」と「平民新聞」両紙に発表されたが、前者の場合1904（明37）年　月15日に掲載された評論第11章以後、第12章（最終章）が続いていない。その意味については今後更に調査すべきだが、おそらく第12章には帝についての言及があるので、新聞の編集方針としてこの部分を省くことにしたのであろう。天皇を直接に述べることは禁忌であったことは「平民新聞」の翻訳にも「○○帝」と書いてあることでわかる。これに対して、与謝野晶子の詩では「すめらみこと」という表現が使われているが、これは伊藤信吉が指摘するように特筆に価する。ただし「スメラミコト」は「天皇」や「オオキミ」に比べると、一般人があまり使わない単語であろう。『世界百科辞典』には、次のように記されている。

スメラミコトは天皇のみをさす尊称で，それは旧来のオオキミに代わって，王権の聖性と尊厳を内外にあらわすべく，6世紀末ないし7世紀初めのころ，とくに定められたものと思われる。スメラミコトの用例が対外的文書や詔勅といった公式的・儀礼的機会に限ってみられ，歌の中にいっさい出てこないのはこの語の特性にもとづく。《万葉集》中の天皇賛歌においても，天皇はやはりオオキミと呼ばれており，これは当時の歌が生活の言語を基本とするための，神聖な権威をあらわすスメラミコトとなじまなかったのである。そこからスメラミコトが日常語とは次元の異なる宮廷専用の，天皇を政治的・宗教的に聖別する用語として機能したことを知りうる。

古典に詳しい与謝野晶子は「すめらみこと」、「大君」、「天皇」それぞれに含まれる意味の違いを知っていたはずだが、何故あえて「すめらみこと」を採用したのであろうか。

第一に挙げられる理由は、詩の七・五調のリズムにある。6音節の「スメラミコト」は詩のリズムに最適だったのであろう。また、第三連の中での「S」の歯茎音と「Shi」の摩擦音との調和を守るために、この単語は「テンノウ」や「オオキミ」より、語感の面では相応しかったのであろう。しかし音声的な理由のみではないと思われる。

「君死にたまふこと勿れ」は戦争への反感を表す作品である。作者はその戦争を求めておらず、天皇もまた血生臭い戦争など求めていないだろうと訴えている。その訴えの相手は天皇の名を利用して、軍歌、戦争の歌、戦争のプロパガンダを行う所謂愛国者である。この考えは「君死にたまふこと勿れ」への非難に反論するために書いた「ひらきぶみ」に顕著である。[85]

なにごとにも忠君愛國などの文字や畏れおほき教育勅語などを引きて論ずることの流行は、この方かへつて危険と申すものに候はずや。私よ

くは存ぜぬことながら、私の好きな王朝の書きもの今に残りをり候なかには、かやうに人を死ねと申すことも、畏おほ勿体なきことかまはずに書きちらしたる文章も見あたらぬやう心得候。いくさのこと多く書きたる源平時代の御本にも、さやうのことはあるまじく、いかがや。[86]

「君死にたまふこと勿れ」は危険な思想を表現すると大町桂月に非難されたが、それに対して、教育勅語を挙げて天皇のために戦死を国民に教唆する者は、かえって天皇に対する反感を生じさせてしまうので、そうする人々の方が天皇にとっては危険だと反論する。また、天皇のために死ぬべきという道徳観は古典文学にも軍記物語にも出てこないので、教育勅語以来決まったことであると述べている。

　1882（明15）年に分布された「軍人勅諭」、ならびに1890（明23）年に分布された「教育勅語」は、戦争のために命を捧げることは軍人や臣民の義務であると説いている。これらには「スメラミコト」という単語はないが、「天皇」と「皇室」がある。日露戦争時の軍歌にも「天皇」が使われているが、「スメラミコト」はない。前掲の『世界百科事典』にあるように、「スメラミコト」は特別な名称で、一般的に使われない言葉である。この言葉は天皇の聖なる次元と権力を合わせて指すものであるが、一方で、戦争を賛美する軍歌と流行歌の脈絡で歌われていたのは、臣民に戦死を戒める「軍人勅諭」と「教育勅語」の天皇である。だからこそ詩の第三連には、「天皇」ではなく、政治的霊的存在である「スメラミコト」を使うことにしたのであろう。

４．女性としての自我意識と戦争観・国家観との関連（第一次世界大戦まで）

　この作品の中で一番問題になったこの第三連は、天皇批判の意味ではなく、天皇が臣民に戦死を望んでいるはずがないという意味を持つ。にもかかわらず、「君死にたまふこと勿れ」が発表された時は、当時の文壇で議論が起こ

り、天皇に対する皮肉と解釈され、与謝野晶子は多くの非難を浴びた。

「君死にたまふこと勿れ」が「明星」に発表された1ヶ月後、大町桂月は1904（明37）年10月号の「太陽」で次のように述べている。

　　挙國一致、旅順口の陥落翹望するに當り、旅順出征の人に向ひて、旅順落ちやうが、落ちまいが、どうでも無し。

　　旅順を落とすは商家の法に非ずといふは、奇矯に過ぎて、国家を嘲るも、亦甚し、又弟を懐ふに、縁の遠き　天皇を引き出し、大御心の深かければ、國民に戦争せよとは宜給はじといふに至ては、反語的、もしくは婉曲的の言ひ方と判断する外無し。

特に、与謝野晶子の詩の第二連「堺(さかい)の街のあきびとの／舊家をほこるあるじにて／親の名を継ぐ君なれば／君死にたまふことなかれ／旅順の城はほろぶとも／ほろびずとても何事か／君知るべきやあきびとの／家のおきてに無かりけり」について、大町桂月の解釈は次のようであった。

　　家が大事也、妻が大事也、國は亡びてもよい、商人は戦ふべき義務なしと言ふは、余りに大胆すぐる言葉也

　　（同上）

　　「戦爭を非とするもの、夙に社會主義を唱うるものゝ連中ありしが、今又之(これ)を韻文に言ひあらはしたるものあり。晶子の「君死にたまふこと勿れ」の一篇、是也[87]

翌月、与謝野晶子は「ひらきぶみ」と題された記事を「明星」に投稿し、大町桂月の批評に反論した。この「ひらきぶみ」には、日露戦争に対する晶子の基本姿勢を理解するのに役にたつ有用な情報が含まれている。ここで晶子はまず、かの作品はある一篇の詩であると明言したうえで、文学的な問題

を取り上げる。ありのままの感情表現は詩に置いては必須条件だと説き、自身も詩人である大町桂月に、この原理を否定できるかと挑む。

　政治的および思想的問題に関しては、晶子自身の愛国心と、家族の下で培われた天皇への伝統的な忠誠心を表明したうえで、数々の批判に応えている。また「平民新聞」の社会主義者たちの議論には身震いがすると記し、公然と立場を異にする。そして最後に、詩の内容に関する根拠を、女なら誰でも戦争を憎むという点に置きながらも、戦争が国にとって必至なら、勝利して出来る限り早く終結することを望むと加えている。

　「ひらきぶみ」は、「君死にたまふこと勿れ」に平和主義的イデオロギーが介在しないことを明らかにした。その中で、次の二点に注目したい。

・戦争への反感と詩人の女性としての立場の間に切り離せない関係がある。
・国家にとって必要なら、この戦争を避けられない不運として受け止める用意がある。

　1905（明38）年1月に大町桂月は雑誌「太陽」において、再び与謝野晶子を批判する。「詩歌の真髄」と題する評論の中で彼は「君死にたまふこと勿れ」は不道徳な詩であるだけでなく、文学的な駄作でさえあると主張している。義理と人情の関係から生じる情感的な緊張がないと指摘し、この主題の好例として歌舞伎と浄瑠璃で有名な登場人物、すなわち1777（安永6）年に奈河亀輔によって書かれた『伽羅先代萩』を挙げている。この劇において主人公、政岡は我が子の死を目撃したものの、若き君主への忠誠心を最後まで深く貫き、陰謀が暴かれてから初めて小さな我が子の死に対して涙に暮れる。大町桂月はさらに、女性の美徳の例として、先に引用した大塚楠緒子の詩「お百度詣で」を挙げ、戦時下の自国を支えなければならない義務と夫の生還への願望との間の内面的な葛藤を評価している。両作品の女性像との比較において、与謝野晶子の詩は教養のない「だだつこの悪口」だと評価されるに至っている。言い換えれば、与謝野晶子にとって真の感情表現は、大町桂

月にしてみれば文豪には足らないものだったのである。「詩歌の真髄」の結論は次の通りである。

> もしわれ皇室中心主義の目を以て、晶子の詩を検すれば、亂臣なり、賊子なり、國家の刑罰を加ふべき罪人なりと絶叫せざるを得ざるものなり[89]

　大町桂月の批評は、ストイシズム、ならびに夫、家族、国家への服従、個々の感情を抑える資質といった、当時の社会が女性に求めたものを良く表している。当時の法律では、女性は二次的な位置に置かれていた。1889（明22）年の憲法では女性の選挙権は認められておらず、1900（明33）年の治安維持法では女性の政治集会や組織への参加が禁止されていた。「教育勅語」が出た1890（明23）年以降、日本の教育システムは、女子に「良妻賢母」の理念に基づく教育方法を適用した。すなわち、女子教育は家庭内とほぼ同様の社会的空間に追いやられたのである。

　このような背景から、与謝野晶子の詩的表現は、当時の社会的慣習を打破するものとなったので、大町桂月は彼女を攻撃して国家に刑罰を求めている。他方で大町桂月は「現代不健全なる二思想」（「太陽」、1903（明36）年11月号）等で木下尚江、中里介山、内村鑑三などの男性詩人の社会主義や非戦論の思想を非難していたが、彼らのために同じような口調で国家に罰を求めることはしなかったのである。

　与謝野晶子は、日露戦争に関して女性の視点から発言し、社会規範を破壊した。処女作『みだれ髪』では、愛の精神的かつ肉体的の悦びを女性の立場で表現したことで、既に物議を醸したが、それはとりわけ肉体的愛という主題が、常に男性文学の特権であり続けたからである。自己の短歌を通じて与謝野晶子は、性の平等を文学世界に創り出した。当時の文壇の一部の反応は、晶子の詩を娼婦の言葉に例えている佐々木信綱の言葉に要約できるであろう。[90]

　与謝野晶子は『みだれ髪』ならびに「君死にたまふこと勿れ」において、

女性が従わなければならなかった文学と社会の伝統を打破している。この姿勢は、1911（明44）年に平塚らいてう率いる女性団体「青鞜」に加わった時に、さらに発展することになる。それ以来、女性問題に関する多くの詩、記事、評論を発表している。この段階で、与謝野晶子は新たな女性認識について論考しており、それは『みだれ髪』と「君死にたまふこと勿れ」において表現されたものを、さらに発展させたものである。

　女性の社会的地位を扱う評論、記事等では、戦争と男性の権力への欲望との関連についても言及している。例えば、1911（明44）年に雑誌「太陽」に「婦人と思想」を投稿し、次のように述べている。

　　現今の男子は皆金銭を欲して物質的の利を得ることに努力してゐる。それがために澤山の営利事業が起り、幾多の資本家を富ましめ、多數の労働者が働いてはゐるが、さて何故に金銭を要するかといふ根本問題について考へてゐる人は極めて少いのである。唯盲目的に金銭の前に手足を動かしてゐるに過ぎない。
　　　従つて今の富と云ひ經濟といふものは人生の最も有用なる目的のために運用せられずに、皮相的、虚飾的、有害的な方面に蓄積し交換せられる結果となり、これを蓄積し交換する手段方法においても、罪悪と不良行爲とを敢てして愧ぢず、いわゆる經濟學とか社會學とか商業道徳とかいふ事は講壇の空文たるに留つて毫も實際生活に行はれてゐないのである。
　　　　91

続けて、男性の権力への欲望を日露戦争と繋げている。

　　また日露の大戦争に於て敵味方とも多くの生靈と財力とを失つたといふ如き目前の大事實についても、日本の男子は唯その勝利を見て、かの戦争に如何なる意義があつたか、如何なる効果をかの戦争の犠牲に由つ

て持ち来したか、戦争の名は如何様に美くしかつたにせよ、眞實をいへば世界の文明の中心理想に縁遠い野蠻性の發輝ではなかつたか、といふやうな細心の反省と批判とを徐ろに考へる人は少いのである。[92]

1915（大4）年、「男と女」において男女平等の権利を求め、賄賂と売春、戦争は男性社会の産物だと明言する。[93]

1917（大6）年には、「大阪毎日新聞」に「選挙に対する婦人の希望」を投稿する。この評論では、国家体制および社会における権利の獲得を要求する女性にとっては、男性の指導権への欲動と横暴な行為が最も大きな壁だと主張している。さらにここでは、ヨーロッパにおける戦争は、男性一般が持つ権力に対する理性のない欲望の一例として挙げられている。

　男子といふものは太古以来聡明を以て自任してゐる割に、一旦衆を恃(たの)むと、どうしてそのやうに低級野蠻な盲目的感情を固執して羞恥(しゅうち)を感じないのでせうか。現在の戦争にしても、常識を以てしては欧洲の先進文明國の間に到底起りさうにないことであつたのですが、それが数年にわたつて継續し科學を悪用した新式の強暴な武器を以て人と人とが互に殺し合いながら、まだその平和回復の時機さへ予想されないといふのは、要するに権勢を獨占して支配者の位地に立たうとする男子の専制欲が第一の動機となつてゐるのです。盲目的感情は婦人の所有する所といはれてをりますけれども、婦人の感情的妄動は自己と少數の周圍とを禍(わざわひ)するに過ぎませんが、男子のそれは幾百萬の人類を殺傷し、幾百億の財力を消耗し、幾千年來の文明を一朝にして破壊します。[94]

女性解放を掲げる多数の記事において、男性による容赦のない支配と横暴さの産物として戦争が説明されているが、戦争批判は女性解放に関する議論全体の一部となっている。その中心的なテーマは、国の政治および社会的生

第三章　「君死にたまふこと勿れ」をめぐって　103

活への女性参加である。

　与謝野晶子の戦争に関する考察は、次のような三段論法によって説明できるだろう。

　第一に、戦争は男性による行為である。

　第二に、戦争は支配への欲望による行為である。

　第三に、よって男性は支配を欲望するものである。

　つまり、戦争批判は彼女が行う男性社会への批判の一つの前提に過ぎない。戦争は、女性抑圧の原因である男性の横暴な本性を示すのに役立っている。その頃「青鞜」と後に「新婦人協会」によって打ち出された自由主義フェミニズム思想に沿って、女性が国の社会的政治的生活に参加することが彼女の主張の論点であった。

　彼女が吸収したフェミニズム運動のアイディアは、国家体制に対する認識の変化をもたらした。これによって、国家の行いである戦争に対する認識も徐々に変わってくる。

　そして、そこに批判から支持への戦争観の可能性を既に含まれていただろう。

　例えば1914（大3）年7月に大隈内閣がドイツに宣戦布告をした時、与謝野晶子は「読売新聞」に「戦争」と題する詩を投稿した。

　　「戦争」
　　大誤算の時が来た、
　　赤い恐怖の時が来た、
　　野蠻が潤い羽を伸し、
　　文明人が一齊に
　　食人族の假面を被る。

　　ひとり世界を敵とする、

日耳曼人(ゲルマンじん)の大膽さ、
健氣(けなげ)さ、しかし此様(こんやう)な
悪の力の偏重(へんちやう)が
調節(ちやうせつ)されずに已(や)まれよか。

いまは戦ふ時である、
戦嫌(いくさぎら)ひのわたしさへ
今日此頃(けふこのごろ)は氣(き)が昂(あが)る。
世界の霊と身と骨が
一度に呻(うめ)く時が來た。

大陣痛(だいじんつう)の時(とき)が來(き)た、
生みの悩みの時が來た。
荒(あら)い血汐(ちしお)の洗礼で、
世界は更に新しい
知らぬ命を生むであろ。

其(そ)れがすべての人類に
眞の平和を持(も)ち来(きた)す
精神(アアム)でなくて何(な)んであろ。
どんな犠牲を払ふても
いまは戦ふ時である。

　第一連では、文明が野蛮に熟した大きな過ちの時期としてこの戦争を述べ
ているが、続く第四連では新たな平和の時代を洗礼する血の海を連想し、最
後に「いまは戦ふ時である」と結んでいる。野蛮な行為としての戦争認識は、
「君死にたまふこと勿れ」と本質的には変わらない。にもかかわらず、この

第三章　「君死にたまふこと勿れ」をめぐって　105

野蛮さは避けることのできない悪事として受け入れられているのである。

　結論として、戦争批判と与謝野晶子における女性的観点との間に、二つの明確な側面を特徴付けることができる。

　「君死にたまふこと勿れ」においては、両側面を融合する作家の詩的精神が存在する。戦争の横暴さと女性的観点は一つのメダルの表裏のようなものである。このメダルは、社会的な慣習を破ってでも、真実を以って個々の感情そのものを吐露しようとする文学的な欲求の現れである一方、フェミニスト的な評論や新聞記事、戦争批判、女性的観点は社会活動と結びつき、文学的範疇を越えるものとなっている。野蛮行為としての戦争認識は、「君死にたまふこと勿れ」と本質的な変化はないが、男性社会への反論という一面を示し、与謝野晶子の女性論として機能している。

　このようにして、不動の天皇崇拝と結びついた国家の政治と社会への参加要求に、彼女の戦争批判は次第に犠牲になっていく。そしてそれは、1930年代の国家主義的な詩作品誕生への道を開くことになるのである。

第四章　女権拡張論と国家主義を結ぶ晶子

　「君死にたまふこと勿れ」から30年代の戦争賛美の作品に至るまで、晶子の戦争観における大きな変化がみられる。本節では、その変化の過程をたどりながら、女権拡張の訴えと帝国主義の時代に入った国家の肯定とは、いかにして結びついてきたかという問題について考察する。

1．出産する身体

　まず、1911（明44）年に「青鞜」の創刊号に掲載された「そぞろごと」と題する12篇の詩の中で、「山の動く日が來る」と「一人稱」と題する詩は、女性の社会的地位に関する問題意識を表した代表的な作品であろう。

　　　「山の動く日が來る」
　　山の動く日が來る
　　かく言へど、人われを信ぜじ。
　　山は姑く眠りしのみ。
　　その昔に於いて
　　山は皆火に燃えて動きしを。
　　されど、そは信ぜずともよし。
　　人よ、ああ、誰これを信ぜよ。
　　　すべて眠りし女
　　　今ぞ目覺めて動くなる

　　　「一人稱」
　　一人稱にてのみ書物かばや

われは寂しき片隅の女ぞ
　　一人稱にてのみ書物かばや
　　われは　われは。

「一人稱にてのみ書物かばや」に関しては、入江春行が指摘する通り、平安時代の日記文学のような古典の伝統以降では、著名な女性作家でも「藤原道綱の母」、「藤原俊成の女」等の筆名は家元の男の関係によって認められていたように、文学の世界における女性の抑圧の長い歴史を暗示している。これに対して、晶子は文学者として自立したアイデンティティを持つ女性の立場を訴えている。この詩を書いた頃、晶子は『源氏物語』の現代訳に着手しはじめ、古典講座も依頼されていたことから上記の発想が生まれたと考えられる。最後にある「われは　われは」という表現に見られるように、主体としての女性を明確に描いており、良妻賢母の理念によって〈女性〉を定義しようとする男性中心の社会を挑発していると言えるだろう。しかし、文学者としての女性の立場を訴えるだけでなく、「山の動く日が来る」においては、山のイメージが女性の力の隠喩として表現されている。その山は昔のように、再び火山のような力を示す時期になったと表現しており、女性の力を強調するのである。

　同誌に、平塚らいてうの「元始、女性は太陽であつた」と題する詩も掲載され、両作品は女性の原型的な力の復帰を求め、「青鞜」の宣言と共に掲載されていた。その原型的な力が如何なる女性の意識を示しているかという点について考察するために、作品における身体表現に着目する。

　まず、らいてうの詩において「現代の日本の女性の頭脳と手によつて初めて出来た「青鞜」は初声を上げた」とある。ここでは、母胎から人民を生む肉体ではなく、思想と文芸という創造的な身体が描かれている。この詩の次に掲載された創刊宣言では、「青鞜」が出産のイメージを通して読者に紹介されている。

私共は今日の女性として出来る丈のことをした。心の総てを尽してそし
て産み上げた子供がこの「青鞜」なのだ。よし、それは低能児だらうが、
奇形児だらうが、早生児だらうが仕方がない、暫くこれで満足すべきだ[96]

　このように、「青鞜」は身体の機能が未熟な早産児に例えられている。す
なわち、らいてうは身体の隠喩を以て、国民の衛生と人種の純粋さを守ろう
とする国家の優生学的な理念を否定していると言えるだろう。平塚らいてう
の言葉が呼び起こす女性像の原型においては、身体と出産は中心的なイメー
ジとなっているのである。
　晶子の場合を見てみると、〈動く山〉に例えられている女性の力の所有者
は、「一人称」の〈われ〉という主体である。そして晶子の〈われ〉は、次
の一篇において身体と結びついている。

　　「自問自答」
　　「我」とは何か、斯く問へば
　　物みな急に後込し、
　　あたりは白く静まりぬ。
　　いとよし、答ふる聲なくば
　　みづから内に事問はん。

　　「我」とは何か、斯く問へば
　　愛、憎、喜、怒と名のりつつ
　　四人の女あらはれぬ。
　　また智と信と名のりつつ
　　二人の男あらはれぬ。

　　われは其等をうち眺め、

第四章　女権拡張論と国家主義を結ぶ晶子　*109*

しばらくありてつぶやきぬ。
「心の中のもののけよ、
そは皆われに映りたる
世と他人との姿なり。

知らんとするは、ほだされず
模ねず、雑らず、従はぬ、
初生本來の我なるを、
消えよ」と云へば、諸聲に
泣き、憤り、罵りぬ。

今こそわれは冷かに
いとよく我を見得るなれ。
「我」とは何か、答へぬも
まことあはれや、唖にして、
踊を知れる肉なれば。

多様な感情が宿る〈我〉には、女性的ならびに男性的な側面が共存する。また、最後の連に見られるように、〈我〉の真の正体は踊る肉体である。翌年、「第一の陣痛」と題する詩においても身体は中心的な位置を占める。

　「第一の陣痛」
わたしは今日病んでゐる、
生理的に病んでゐる。
わたしは黙つて目を開いて
産前の床に横になつてゐる。

なぜだらう、わたしは
度度死ぬ目に遭つてゐながら、
痛みと、血と、叫びに慣れて居ながら、
制しきれない不安と恐怖とに慄へてゐる。

若いお医者がわたしを慰めて、
生むことの幸福を述べて下された。
そんな事ならわたしの方が餘計に知つてゐる。
それが今なんの役に立たう。

知識も現實で無い、
經驗も過去のものである。
みんな默つて居て下さい、
みんな傍觀者の位置を越えずに居て下さい。

わたしは唯だ一人、
天にも地にも唯だ一人、
じつと唇を嚙みしめて
わたし自身の不可抗力を待ちませう。

生むことは、現に
わたしの内から爆ぜる
唯だ一つの眞實創造、
もう是非の隙も無い。

今、第一の陣痛……
太陽は俄かに靑白くなり、

第四章　女権拡張論と国家主義を結ぶ晶子　111

世界は冷やかに鎮まる。

さうして、わたしは唯だ一人………

[98]

『みだれ髪』に見られた女性の身体の歌い方を通して、晶子はエロスを肯定し、性的なタブーを破ると同様に破っただけではない。上記の詩では出産を生々しく描き、生理的なタブーまでもを破る女性の身体の歌い方を見せている。そして女性の身体は命を産み、真実を創造すると述べるのである。このように、「自問自答」と「第一の陣痛」においては、身体は真実であるとされている。このような晶子の身体認識は、『産屋物語』の中で次のように具体的に叙述されている。

　　國家が大切だの、學問がどうの、戦爭がどうのと申しましても、女が人間を生むという大役に優るものはなかろうと存じます。昔から女は損な役割に廻つて、こんな命掛の負擔を果しながら、男の方の手で作られた經文や、道德や、國法では、罪障の深い者の如く、劣者弱者の如くに取扱われているのはどういう物でしょう。縦令如何なる罪障や欠点があるにせよ、釋迦、基督の如き聖人を初め、歴史上の碩學や英雄を無數に生んだ功績は大したものではありませんか。

[99]

　ここでは、道徳、学問等を作った男は皆女に作られたという事実が述べられ、出産が出来る身体はすべての源だと論じる晶子の姿勢が見えてくる。同評論において晶子は、「私は男と女とを厳しく区別して、女が特別に優れた者のように威張りたくて申すのではありません。同じく人である」（以下略）と述べるが、そこに含意される男女平等の発言は国家が定める男女区別を否定するものである。

　そして、前節に挙げた詩、「戦争」を本節で引用した作品と関連付けて読めば、晶子の作品における身体と出産の意味がさらに明確に理解できるであ

ろう。すなわち、〈世界の霊と身と骨が〉呻き、戦争は陣痛に例えられている。その陣痛を体験している世界は、出産する身体というイメージである。『みだれ髪』において生命力の意味として頻出する「血汐」のイメージは、この詩「戦争」においても戦争に伴う〈荒い血汐の洗礼〉に例えられ、命を産むと共に流れる血という意味を持つ。このように、世界の再生に導く平和な時代を構築するのである。前節において述べたように、「戦争」という詩は戦争賛美の作品とは言い切れず、そこに晶子の戦争観における大きな矛盾がみられると言えるだろう。戦争は野蛮な行為でありながら、その行為によって新しい秩序を形成し、平和の新時代が実現されるという論理がこの詩にはあるからである。

　一方でまた、これは1937（昭12）年に文部省が編集した『國體の本義』と極めて類似する点がある。

　　　我が武の精神は、殺人を目的とせずして活人を眼目としてゐる。その武
　　　は、万物を生かさんとする武であつて、破壊の武ではない［…］戦争は、
　　　この意味に於て、決して他を破壊し、圧倒し、征服するためのものでは
　　　なく、道に則とつて創造の働をなし、大和即ち平和を現ぜんがためのも
　　　のでなければならぬ。　　　　　　　　（『國體の本義』、四「和とまこと」）

　大和の帝国の下では、武力は平和な世界を作る手段であるとする『國體の本義』の理念は、晶子の詩、「戦争」と共有するものであるが、晶子の場合は平和を作るのは国家ではなく、女性の身体である。この段階において晶子は、国家主義よりも「青鞜」に近い精神を持っていたと言えよう。晶子にとって女性の力は、動く山（「山の動く日」）、再生する地球そのもの（「戦争」）、踊る肉体（「自問自答」）及び出産する身体（「第一の陣痛」）なのであり、いずれにも女性の身体の生産力が中心的なイメージになっている。しかし、これは国家が求める女性の生産力（人民を産むこと）とは性質的に異なり、女性の

力は国家以前に存在する普遍的なものなのである。また、山、地球の再生等の大規模なイメージによって宇宙と一体化するものでもある。この点では、浪漫主義的な生命主義と通ずる側面も見せている。

２．男女平等を訴える晶子

このように、晶子の女性としてのアイデンティティの構築は、国家が定める消極的な女性の役割から逸脱した、能動的な女性意識に基づいている。先述したように、その意識は動く山、再生する地球、命を産むという動的なイメージによって表現されている。

晶子が求める女権拡張は、このような動的な感覚に結ばれている。これは、1921（大10）年２月号の「婦人倶楽部」に掲載された「「女らしさ」とは何か」という評論における重要な側面である。

　日本人は早く佛教に由つて「無常迅速の世の中」と教えられ、儒教に由つて「日に新たにしてまた日に新たなり」といふことを學びながら、それを小乗的悲観の意味にばかり解釈して來たために、「萬法流転」が人生の「常住の相」であるという大乗的樂觀に立つことが出來ず、現代に入つて、舶載の學問藝術のお蔭で「流動進化」の思想と觸れるに到つても、動もすれば、新しい現代の生活を呪詛して、黴の生えた因習思想を維持しやうとする人たちを見受けます。たとへていふなら、その人たちは後ろばかりを見てゐる人たちで、現實を正視することに怠惰であると共に、未來を透察することにも臆病であるのです。そういふ人たちは保守主義者の中にもあれば、似非進歩主義者の中にもあるかと思います。
　私のおりおり顰蹙することは、その人たちがしばしば「女子の中性化」というやうな言葉を用いて現代の重要問題の一つである女子解放運動を善くないことのやうに論じることです。［…］

「男子のすることを女子がすると、女らしさを失ふ」といふのですが、人間の活動に、男子のする事、女子のする事といふ風に、先天的に決定して賦課されてゐるものがあるでせうか。私は女子が「妊娠する」といふ一事を除けば、男女の性別に由つて宿命的に課せられてゐる分業といふものを見出すことが出來ません。
[100]

　国家の良妻賢母の理念に基づく女らしさの標準は男性によって定められたものであり、先天的なものではないと論じる晶子は、仏教、儒教の引用を以て流動性の必然性を主張する。その流動性を社会の革新に適応させる晶子は、国家体制によるジェンダー区別を否定する。「女らしさ」の標準は流動するものであり、時代と共に変化すると述べている。これは近代社会における女性は男性と同じことをするべきと訴える晶子の論の前提である。そして近代社会が唱える「女らしさ」を破壊する男女平等の最も極端な例として、日本の歴史における女性天皇、女兵等を採り上げる。

　政治や軍事は昔から男子の専任のやうに思つてゐますけれども、我國の歴史を見ただけでも、女帝があり、女子の政治家があり、女兵があり、幕末の勤王婦人等があつて、それが「女子の中性化」の實例として批難されていないのみならず、神功皇后は神として奉祀され、その他の女子も倫理的の価値を以て、それぞれ國民の尊敬を受けてゐます。
[101]

　また、上記の発言を更に強調するために、第一次世界大戦に戦場まで積極的に出で英国の勝利に貢献したイギリスの女性の例を挙げる。このように社会における男女性別を否定する晶子は「女らしさ」という概念そのものを否定する。
　「女らしさ」という言葉から解放されることは、女子が機械性から人間性に目覚めることです。人形から人間に帰ることです。
[102]

第四章　女権拡張論と国家主義を結ぶ晶子　*115*

晶子は男女区別による行動範囲が社会的に構築されたものであると明確に述べ、「女らしさ」という行動の標準こそが女性の解放を妨げているという。そして、ここで注意すべき点は、晶子は男女平等を目差す女権拡張論を初めて国家の戦争行為と結びつけていることである。母性のみによって女性を定義する国家の理念を晶子は否定するが、その一方では国家の戦争行為を肯定する論を示してもいる。すなわち、男女平等は教育、参政権、政治と共に、帝国に全面的に貢献する権利を含むからである。換言すれば、国家が定める〈女らしさ〉によって受動的に国家に協力するのではなく、女性が主体として、自分の意志によって国家に協力する権利を獲得するという立場が述べられているのである。

3．帝国主義肯定の背後にある様々な精神

　「女らしさとは何か」という評論において、母性は女性の主要条件ではないという見解が述べられる。既に、1918（大7）年から1919（大8）年にかけて繰り広げられた「母性保護論争」において、平塚らいてうは妊娠、出産、育児に対する国家の保護を訴えるのに対して、晶子はそれが〈依頼主義〉であると断定し、平塚らいてうとは異なり母性を社会的な貢献ではなく、個人の問題として捉えている。従って、国家の援助に依存する女性は社会的地位を向上できないと論じ、また平塚らいてう等から晶子の個人主義的な視点に対する反論が出されもした。しかし、この時期の晶子の世界観には、個人主義の枠に収まり切らない側面もある。「君死にたまふこと勿れ」以降、トルストイの人道主義を受容していた晶子は、「青鞜」に加わった翌1912（明45）年に鉄幹と一緒に約半年欧州の旅に出る。その折に、晶子が国際的な環境を体験し、日本を愛することは世界を愛することと矛盾しないという意識が芽生えるようになる。すなわち、世界の市民という意識が形成されてくる。そして、先述した「戦争」という詩も世界の平和を賛美する内容からみると、

一種の博愛的な人道主義の精神を認めることができる。女性の解放問題を採り上げる詩作品と文章においても、宇宙や地球と一体化する女性の身体の表現が見られ、それは晶子の浪漫主義的また人道主義的精神がフェミニズムの思想を表現する一つの手段となっていることを物語っている。

　このように、人道主義、国際的精神ならびに女権拡張論には、昭和時代の日本帝国主義に出会う時に、戦争を肯定する晶子の姿勢が見えてくる。その最も顕著な作品は、先述した「紅顔の死」と「日本国民　朝の歌」であるが、この帝国を肯定するような姿勢は、満州とモンゴルを旅した時から表れる。1928（昭3）年に晶子と鉄幹は南満州鉄道株式会社に招待され、満蒙の旅に出る。当時の満州は日本帝国の国際的な発展の象徴であり、晶子自身『満蒙遊記』において長春（Changchun）という地名の国際的な雰囲気に言及し、カリフォルニアかブラジルより見たいところだと述べている。また、ハルビンに向かう汽車の中でロシア料理とドイツビールが出され、晶子が数年前に欧州に向かった旅を思い出す。満州とモンゴルを走る鉄道は、植民地の経済発展をもたらす日本帝国の文明と技術を表すものであった。その経済的発展によって日本が満州の人々に平和と生活状況の改善をもたらすという期待が『満蒙遊記』には見られる。満州を走る日本の国鉄は、山が動くことに例えられた女性の動的な力と同様に、動く日本の帝国の象徴である。そして他者である満州、韓国、中国との国際講和を作ろうとする帝国は、晶子の目から見ると人道的で、国際的な性質を持っていたはずである。1931（昭6）年の満州事変と1932（昭7）年の上海事変に対する晶子の反応が示すように、晶子の見解では、日本に対する敵意識を持つ中国軍は日本帝国が実現させようとする国際講和を妨げている。それに対して、身体を桜の花のように散らす日本の兵士は、〈北と南〉に行く日本の帝国の平和のための殉教として描かれている。

　30年代の戦争に対する晶子の姿勢について述べた論は少ないのだが、その中で入江春行は戦争行為を支持する晶子を次のように説明する。

所謂十五年戦争の時代における文学者の生き方としては三つ考えられる。
一つは、たとえ生命の危険にさらされても自分を曲げない。[…] それ
に対極的なのは、どうせ売文業だから、時の流れに合うように書いて稼
げばよい [...] 第三の道として筆を折るしかないが、それは自己全面的
否定であるし、生活の手段を失うということでもある [...]
　　晶子の場合は筆一本で与謝野家の生活と名誉を守らなければならない
という立場であるので、用心深くならざるを得なかった。
　　　　　　　　　　　　　　　　　　　　　　　　　　　　　104

　入江が指摘する生活手段にも関わる具体的な事情は、晶子の内面的葛藤の
種にならざるを得なかったのであろうが、本節ではいわゆる15年戦争時代
における日本フェミニズムの姿勢を視野に入れることに重点を置きたいと思
う。
　評論「「女らしさ」とは何か」に見られるように、国家が求める消極的な
女性を機械に例える晶子は、女性の能動的な役割を訴え、男女同権を主張す
る。1920年代より「新婦人協会」は、女性の結社権を禁じる治安維持法の
5条の全廃を求める活動を開始する。また、参政権を訴える婦人団体によっ
て、1930（昭5）年に「全日本婦選大会」が行われた。その際に晶子が下記
の歌を披露したのである。　　　　　　　　　　　　　　　105

　　　同じく人なる我等女性　　今こそ新たに試す力
　　　いざいざ一つの生くる権利　　政治の基礎にも強く立たん
　　　我等は堅實、正し・清し　　女性の愛をば國に擴む
　　　人たるすべての義務を擔ひ　　賢き世の母、姉とならん

　　　男子に偏る國の政治　　久しき不正を洗ひ去らん
　　　庶民の汗なる國の富を　　明るき此世の幸に代へん
　　　けはしき憎みと粗野に勝つは　　我等の勤勞、愛と優美

女性の力の及ぶ所　はじめて平和の光あらん

　男子の政治は国民の富を奪い、不公平な社会を作るのに対して、愛と純粋さに満ちる女性の力によって、平和が光る国を作ろうと呼びかける詩である。

　30年代に日本はいわゆる15年戦争の時期に入るが、国家が求める総動員において母や労働者としての女性の協力が以前より必要となる。この歴史的な状況の上で、女性の参政権の運動も更に積極的に国家に対する交渉力を活かす傾向がみられる。1930（昭5）年と1931（昭6）年に女性参政権の提案は帝国議会に通され、否決となり、翌年も廃案となったが、参政権の訴えを議会まで届けることができたことは、当時の婦人団体の交渉力の進歩を多く物語っている。このように、当時の婦人団体のほとんどは帝国に対する協力が女権獲得のための交渉手段だと考えていたのではないだろうか。そして、晶子の所謂ナショナリズムの場合も、平和主義から戦争主義への転向という思想展開ではなく、当時の歴史的な流れを反映したフェミニストとしての姿勢であったと言えるだろう。

　上記のように、晶子の戦争観の変化は、次にまとめる様々な精神の結合に由来すると考えられる。まず、（A）彼女の戦争観は帝国主義への傾斜に密接に関わっている。（B）帝国主義の肯定は『満蒙遊記』から次第に明確になるが、晶子が求める帝国は普遍主義で、日本国民と他者（植民地の人民）との講和を目指すものである上、人道的で、国際的な抱負を持っていたのである。この点について、「明星」時代の晶子の浪漫主義精神と通ずる側面がある。また、（C）地球や宇宙と一体化する女性の身体の隠喩を以て表現していた女性の力は、広まる日本帝国に通ずる側面がみられる。その動的な感覚は女権獲得、社会の革新と帝国を結ぶ一つのキー・ワードとして見ることができる。最後に、（D）戦時下の帝国はますます女性の協力を必要とする時代となり、女権を訴える団体の交渉力も高まる。晶子にとって現状の帝国政治体制の肯定は、女性の権利を主張する手段として認識されていたのであ

第四章　女権拡張論と国家主義を結ぶ晶子　119

る。

　以上の通り、戦争に対する晶子の認識は平和主義から戦争主義への転向という単純なものではなく、そこに「明星」の浪漫主義から女性問題への感心に至るまで、彼女の文学的な自我の形成の背後にある様々な精神に基づくものである。

I 注

1　与謝野鉄幹「亡国の音」野田太郎編『明治文学全集』第51巻、筑摩書房、1958（昭33）年、230-231頁

2　芳賀徹『みだれ髪の系譜』講談社、1988（昭63）年、10-21頁

3　入江春行『与謝野晶子とその時代：女性解放と歌人の人生』2003（平15）年、17頁

4　与謝野晶子「清少納言の事ども」『一隅より』木俣修（他）編『定本與謝野晶子全集』第14巻、1980（昭55）年、60-61頁

5　木俣修（他）編『定本與謝野晶子全集』第1巻、1979（昭54）年、299頁

6　佐藤亮雄『近代作家研究叢書104　みだれ髪攷』日本図書センター、1990（平2）年、209頁

7　『薔薇物語』は40年間にわたって書かれたフランスの寓意物語であり、1230年代にギヨーム・ド・ロリス（Guillaume de Lorris）によって、その後、1270年代にジャン・ド・マン（Jean de Meung）によって完成された。次第にこの物語はヨーロッパの諸国に広まり、1360年からイギリス作家・詩人のジェフリー・チョーサー（Geoffrey Chaucer,1343年頃-1400年）によって翻訳され、さらに彼が中英語（11世紀から15世紀後半頃までの英語）に翻訳し、イギリスで「The Romaunt of the Rose」というタイトルで広まった。19世紀にエドワード・バーン・ジョンズはチョーサーが訳した物語を題材とする三部作の絵画を描いた。その最終部である「薔薇の心」は、詩人が困難を超えて恋してしまった薔薇の花に、ようやく出会える場面を描いたものである。

8　木股知史『画文共鳴る――『みだれ髪』から『月に吠える』へ』岩波書店、2008（平20）年、76頁

9　匠秀夫『近代日本の美術と文学：明治大正昭和の挿絵』木耳社、1979（昭54）年、56頁

10　木股知史『画文共鳴る――『みだれ髪』から『月に吠える』へ』前述、35頁

11　明石利代「「明星」8号の意義」大阪女子大学国文学科『女子大文学 国文編』（32）、1981（昭56）年、12頁

12　末松謙澄は当時伊藤博文内閣の内務大臣として、検閲機関の責任者であった

13　本論における『みだれ髪』の引用及び歌の番号は全て木俣修（編）、逸見久美
　　（校異）『定本與謝野晶子全集』第1巻、講談社、1979（昭54）年による

14　匠秀夫「雑誌「明星」と近代美術」『札幌大谷短期大学紀要』（2）、1964（昭
　　39）年、48頁

15　与謝野寛『新派和歌大要』逸見久美（他）編『鉄幹晶子全集』第2巻、勉誠
　　出版、2002（平14）年、165頁。鉄幹は1901（明34）年2月号の「明星」に掲
　　載された歌を引用している。『みだれ髪』に乗せられた同歌では「繪の具」とし
　　ている

16　佐竹寿彦『全釈　みだれ髪研究』有朋堂、1965（昭40）年、325頁

17　与謝野晶子『歌の作りやう』金尾文淵堂、1915年、34頁、『定本與謝野晶子全
　　集』13巻、講談社、1980（昭56）年、34−35頁

18　佐竹寿彦『全釈　みだれ髪研究』前述、289頁

19　川村邦光「晶子の身体への眼ざし」『ユリイカ　詩と批評──特集与謝野晶子』
　　（8）2000（平12）年、153頁

20　Cesare Lombroso, Guglielmo Ferrero共著、『*Criminal Woman, the Prostitute
　　and the Normal Woman*』, Duke University Press, 2004（平16）年, 71−72頁。
　　（初版は1895年（明28）年である）

21　三宅花圃『藪の鶯』第六回、金港堂、1888（明21）年、52−53頁

22　森鷗外『青年』1910（明43）年、第十二章、『森鷗外全集』第2巻、筑摩書房、
　　1963（昭38）年、52頁

23　逸見久美『新みだれ髪全釈』八木書店、1996（平8）年、36−40頁

24　佐々木信綱「歌集總まくり」『心の花』1901（明34）年9月号、77頁

25　与謝野晶子「歌の作りやう」1915（大4）、『定本與謝野晶子全集』13巻、7
　　頁

26　内山秀夫・香内信子編『與謝野晶子評論著作集』18巻、龍溪書舎、2002（平
　　14）年、217頁

27　斎藤茂吉「明治大正短歌史概観」『斎藤茂吉全集』第21巻、岩波書店、1973
　　（昭48）年、145頁

28　逸見久美『みだれ髪全釈』桜楓社、1978（昭53）年、35頁

29　高山樗牛「文芸時評」『太陽』1901（明34）年9月号、41頁。〈文学士高山林

次郎〉という名前で掲載

30　平出修「鬼面録」『小紫船』1902（明35）年3月号

31　皆川晶「『みだれ髪』の位置」『日本文学研究』（32）、1997年（平9）年、90頁

32　河野裕子「『みだれ髪』の読みにくさ」『与謝野晶子――自由な精神　国文学解釈と教材の研究』（44）、1999（平11）年、14頁

33　逸見久美「評釈上の問題から――難解歌など」『与謝野晶子――自由な精神　国文学　解釈と教材の研究』（44）、1999（平11）年、51頁

34　逸見久美『みだれ髪全釈』前述、138頁

35　人にそひて榲ささぐるこもり妻母なる君を御墓に泣きぬ（『みだれ髪』74番）

36　茨木のり子詩人の評伝シリーズ3『――君死にたもうことなかれ』童話屋、2007（平19）年、52 - 53頁

37　伊藤整『近代日本人の発想の諸形式』岩波文庫、1981（昭56）年、153頁

38　同上

39　惣郷正明、飛田良文編纂『明治のことば辞典』東京堂出版、1986（昭61）年、602頁

40　中村正直訳『西国立志編』第二編、十二、須原屋茂兵衛、1870（明3）年、13頁。英語の本文は次の通りである。「［…］the curate is said to have fallen deeply in love with a young lady of the village」である。Samuel Smiles,『Self Help; with Illustrations of Character and Conduct』Boston: Ticknor and Fields, 1863年、51頁

41　坪内逍遙　『当世書生気質』稲垣達郎、中村完、梅澤宣夫編『坪内逍遙集』角川書店、1974（昭49）年、283頁

42　津田左右吉『文学に現はれたる我が国民思想の研究――［第三］平民文學の時代 上』洛陽堂、1918（大7）年、529頁

43　北村透谷「厭世詩家と女性」小田切秀雄編『明治文学全集　29　北村透谷集』筑摩書房、1976（昭51）、66頁

44　同上、67頁

45　小田切秀雄著、小田切秀雄全集編集委員会編『小田切秀雄全集　近代文学史』第8巻、勉誠出版、2000（平12）年、165頁

46 平岡敏夫、『北村透谷研究』有精堂出版、1967（昭42）年、17－18頁

47 同上、7頁

48 岩井茂樹「恋歌の消滅──『百人一首』の近代的特徴について」『日本研究：国際日本文化研究センター紀要』(27)、2003（平15）年、217頁

49 中西進『日本人の祈りこころの風景』冨山房インターナショナル、2011（平23）年、136－137頁

50 島崎藤村『桜の実の熟する時』十一、『藤村全集』第5巻、筑摩書房、1968（昭43）年、552頁

51 巖本善治「非戀愛と非す」『明治文学全集　女學雑誌・文學界』32巻、筑摩書房、1973（昭48）年、40頁

52 德富蘇峰「非戀愛　青年男女の恋愛に就いて論を立つ」「國民之友」1891（明24）年7月号

53 重松信弘「源氏物語の倫理思想－2－罪の意識を中心として──」『国文学研究』(4)、梅光女学院短期大学国語国文学会、1968（昭43）年、23頁

54 後に『カンツォニエーレ』（Canzoniere）として知られる。

55 「Voi ch'ascoltate in rime sparse il suono /di quei sospiri ond'io nudriva 'l core / in sul mio primo giovanile errore / quand'era in parte altr'uom da quel ch'i' sono（…）」『カンツォニエーレ』1番、1－4行。日本語の翻訳は、池田廉『ペトラルカ　カンツォニエーレ』名古屋大学出版、1992（平4）年による。

56 磯田光一『鹿鳴館の系譜』文藝春秋、1983（昭58）年、131－132頁

57 同上

58 例えば、市川は『みだれ髪』38番「春雨にゆふべの宮をまよひ出でし小羊君をのろはしの我れ」と浮舟との関係を通して解釈する。市川千尋『与謝野晶子と源氏物語』国研出版、1998（平10）年

59 大町桂月「文芸時評」「太陽」1904（明37）年10月号

60 角田勤一郎（剣難）、「理情の弁」『理趣情景』東京東亜堂、1905（明38）年、102頁

61 黒島傳治「反戦文学論」『黒島傳治全集』第3巻、東京、筑摩書房、1970（昭45）年、120頁

62 1921（大10）年から与謝野夫妻と森鷗外を中心に「明星」は再刊され、1927

（昭 2）年に廃刊になった。

63　深尾須磨子『君死にたまふことなかれ』改造社、1949（昭24）年、96頁

64　茨木のり子詩人の評伝シリーズ 3『君死にたもうことなかれ——与謝野晶子の真実の母性』童話屋、2007（平19）年、70－77頁（原本：茨木のり子、『うたの心に生きた人々』さえら伝記ライブラリー、1967年）

65　秋山清、伊藤信吉、岡本潤編、『日本反戦詩集』太平出版社、1969（昭44）年

66　同『日本反戦詩集』249頁

67　同『日本反戦詩集』250頁

68　戦争への反感、戦争否定、厭戦、戦争批判、天皇批判等を作者が意図的に表現していると指摘している批評は、本論において「戦争批判として述べる評論」に分類した。

69　本リストでは文学評論のみを扱うものとし、「新しい歴史教科書を作る会」の批評は入れていない。

70　入江春行『与謝野晶子とその時代』前述56頁

71　『定本與謝野晶子全集』第10巻、講談社、1980（昭55）年、443－444頁

72　Cài Tíngkǎi

73　爆弾三勇士についての一説は、上野英信「天皇陛下万歳——爆弾三勇士の序説」筑摩書房、1989（平元）年

74　1932（昭 7）年、「愛国婦人会」と「国防婦人会」は戦時体制づくりに積極的に協力していた。

75　逸見久美『評伝与謝野寛晶子　明治篇』八木書店、2007（平19）年、335頁

76　「明星」1900（明33）年 3 月号

77　『現代日本文学大系』25巻、筑摩書房、1971（昭46）年、350頁

78　この短歌は平出修に「戦争を謡うて斯の如く真摯に斯の如く悽愴なるもの他に其代を見ざる處、我はほこりかに世に示して文學の本質なるものを説明して見たい」（「最近の短歌」「明星」）と称賛された。

79　日本軍の行き先は極秘だったので、弟が旅順に派遣されていたか否か確実に知る術はなかった。しかし1904（明37）年 7 月および 8 月の新聞では、旅順の戦場に関する記事が目立ち、多数の日本軍が旅順に派遣され、日露戦争の勝利の決定的な戦いになるだろうと報道されていたため、与謝野晶子は弟が旅順に

派遣されると思っていた。

　しかし実際は旅順には行っていなかったことが旧陸軍大学の資料から明らか
になっている（入江春行『与謝野晶子とその時代　女性解放と歌人の人生』61
－62頁）

　　80　茅原廉太郎，茅原ふじ子著『左右修竹』隆文館、1905（明38）年、355－
356頁

81　Lev Tolstoi, *Bethink Yourselves – A letter on the russian japanese war*,
　Chicago, The Hammersmark Publishing Company, 1904年，第 1 章、5 頁，第
　12章.46－50頁

82　「朝日新聞」1904年 8 月 2 日

83　「週刊平民新聞」全64号、近代史研究所、1982（昭57）年、第 1 章：315頁、
　第12章：319頁

84　「深ければ」は「深し」の已然形で、現代語には「深いので」という意味で解
　釈が適切であろう

85　「明星」1904（明37）年11月号

86　「ひらきぶみ」「明星」1904（明37）年11月号、『定本與謝野晶子全集』12巻、
　講談社、 1981（昭56）、466頁

87　大町桂月「雑評録」「太陽」1904（明37）年10月号

88　大町桂月「詩歌の真髄」『わが筆』日高有倫堂、1905（明38）年、252頁

89　同上、256頁

90　「娼妓夜鷹の口にすべき乱倫の言を吐きて淫を勧めんとする」佐佐木信綱、『心
　の華』1901（明34）年 7 月号

91　与謝野晶子「婦人と思想」『一隅より』金尾文淵堂、1911（明44）年、22頁。
　『定本與謝野晶子全集』第14巻、前述、13－14頁

92　同上

93　与謝野晶子「男と女」『雑記帳』金尾文淵堂、1915（大 4 ）年、『定本與謝野
　晶子全集』第14巻、前述、336頁

94　与謝野晶子「選挙に対する婦人の希望」『定本與謝野晶子全集』第16巻、講談
　社、1980（昭55）年、222頁

95　入江春行『与謝野晶子とその時代』前述、78頁

96 「青鞜」1911（明44）年 9 月創刊号

97 『定本與謝野晶子全集』第 9 巻、講談社、1980（昭55）年、139頁。「読売新聞」1914（大 3 ）年 4 月18日初出

98 『定本與謝野晶子全集』第 9 巻、251頁。「読売新聞」1915（大 4 ）年11月 7 日初出

99 与謝野晶子『産屋物語』『定本與謝野晶子全集』第14巻、 4 頁。『東京二六新聞』1909（明42）年 3 月17日－20日初出

100 『定本與謝野晶子全集』第18巻、講談社、1980（昭55）年、253頁

101 同上

102 同上

103 「欧州の旅行中、到る処で私一人が日本の女を代表してゐるような待遇を受けるに及んで、最も謙虚な意味で私は世界の広場にゐる一人の日本の女であることをしみじみと嬉しく思つた。私の心は世界から日本へ帰つて来た。私は世界に国する中で私自身に取つて最も日本の愛すべきことを知つた。私自身を愛する以上は私と私の同民族の住んでゐる日本を愛せずにいられないことを知つた。そして日本を愛する心と世界を愛する心との抵触しないことを私の内に経験した。」「鏡心燈語」1915（大 4 ）年 2 月号の「太陽」初出。『定本與謝野晶子全集』第14巻、244頁

104 入江春行『与謝野晶子とその時代』前述、171頁

105 参加する婦人団体は「婦人参政権獲得期成同盟会」「日本キリスト教婦人矯風会」「東京連合婦人会」「全関西婦人連合会」であった

II

石川啄木

内面の発見から社会批評へ

第一章　啄木の初期創作

　石川啄木の文学的な成長過程において、「明星」の体験は大変重要な意味を持っていた。まだ中学生だった頃、与謝野晶子の『みだれ髪』が刊行され、その文学的な情熱が啄木に印象を与えた。「明星」が中心的な雑誌だった当時の日本の浪漫派に、啄木は強くひかれたのである。そして「岩手日報」、「爾伎多麻」等の地元の雑誌に短歌を投稿したのち、「明星」1903（明36）年10月号に石川白蘋の名前で最初の歌が掲載される。

　　血に染めし歌をわが世のなごりにてさすらひここに野にさけぶ秋

　この歌について、今井泰子は次のように解説する。

　　　そこに溢れ出ようとしている作者の若若しい情動と、悲壮に近いまでの孤高の精神とには、まがうかたない後年の啄木が現われている（…）表現の幼さはいまだおおうべくもなく、舌足らずな歌いぶりはいわゆる明星調の影響によるものである[1]

　歌の用語における「明星」派の影響が指摘されているが、当時まだ中学生だった啄木にとって、その歌風は習作時期における中心的な位置を占めていた。しかし、上記の歌は「明星」派らしい言い回しが受容されながら、その内容において、既に「新詩社」の特色であった恋愛至上主義との相違が窺える。「血に染めし歌」は、晶子の『みだれ髪』にも頻繁に出ている「血」のイメージとは性質が異なっている。晶子が歌う「血」は、抑えきれない恋の情熱を指しており、主体の情熱を官能的な歌いぶりによって表現する。これに対して、啄木の歌にある「血」のイメージは、対他的な恋愛感情ではなく、

歌を通して束縛がない自我の表現であると言え、特に恋愛感情には繋がらない。それよりも、むしろ鉄幹の数作品にみられる「血に染める」という表現からの影響が認められる。その例として、1901（明34）年4月に刊行された『鉄幹子』における「血に染める」の4つの作品、また『紫』における2つの作品を挙げてみたい。

やせやせて雄心をどる君がうた素帛を裂きて血に染めて見む
おく霜をはらへばのころくれなゐの血しほ手に染む山砲野砲
血に染みし軍の旗につゝまれて佐世保にかへる君がなきがら
手さぐりに血に染む女鬼火にやけし男鬼いだきて城に泣く夢　（『鉄幹子』）

ひだり手に血に染む頭顱_{かうべ}七つさげて酒のみをれば君召すと云ふ　　　（『紫』）

わが名咀ふ
何んの咎ぞ
わが戀しのぶ
何んの嫌ひ
歌口血に染む
短きも他人の笛か
無聊に堪へず
いざ宰相の駕横ぎらむ　　　　　　　　（「破笛」の最終連、『紫』）

　このように、先の啄木の短歌においてみられる「血」のイメージは、晶子らしい血の気高い情熱を表すというよりも、鉄幹の益荒男的な勇気を演じる血のイメージのほうに近い。また、この類似性について、太田登は「啄木が「鉄幹をつねに意識に置きつつ」敢えて鉄幹好みのよみぶりをしたのか、それとも鉄幹の加筆があるのか」と推測する。まだ若かった啄木の作品を「明

132　Ⅱ　石川啄木

星」らしい基調にあわせるために、鉄幹が加筆した可能性はないとは言えないであろう。

　また、この歌における「野」と「さすらい」の意味について、この歌を作った時期に啄木が中学校退学と上京を決定していたという事実に基づいて、桂孝二は次のように指摘する。

　　　しからば「さすらひここに野に叫ぶ秋」とある「野」は実は「都」または「東京」とすべきであった。それをこういったところに空想があるわけである。この壮士風悲壮感の歌は鉄幹の影響下に成ったもので、晶子のそれよりもこういう歌で成功していることに注意せねばならぬ。[3]

　つまり、上記の歌の「血に染めし」は、啄木の個人的な裏付けを通して読むと、自分の運命をかけて、退学し、故郷を離れて、歌の道を歩んでいこうという大決心を宣言する歌として解釈できよう。そうであるならば、啄木の歌に晶子との関連を求めるのであれば、歌の用語ではなく、歌のなかで演じられている命がけの大決心をとる姿にあると言えるのではないだろうか。例えば、家族から離縁されると分かっていながら、頼られていた駿河屋の家業を辞め、故郷を出て、歌と恋に自分の運命をかけた大胆な決心をテーマにした晶子の歌は、『みだれ髪』のなかに多数見ることができる。

　狂ひの子われに焔の翅かろき百三十里あわただしの旅

（初出『みだれ髪』50番）

　今ここにかへりみすればわがなさけ闇をおそれぬめしひに似たり

（『みだれ髪』51番、「明星」1900（明33）年10月）

　先に挙げた歌「血に染めし歌をわが世のなごりにてさすらひここに野にさけぶ秋」には啄木の後の作品にも頻出するイメージもある。例えば、「野に

第一章　啄木の初期創作　*133*

さけぶ」という表現について、今井泰子は高山樗牛との関連を指摘する。

　　ただしこの歌の「野」は、朝野の「野」、野史・野党などの「野」の
意味をこめた「野にさけぶ」という慣用句と理解される。詠出の約三ヵ
月前につぎの言がある。「彼が俗目以外に超脱して居る所、正に野にさ
けぶ預言者の姿である」（「五月及文壇」『岩手日報』明治35年6月1日）。樗
牛評であるが、その樗牛にもつぎの表現がある。「天の電光尚ほ此の国
に空しからずむば、吾等の言葉に聴くことの晩かりしを悔ゆるの時機は
早晩来らむ。吾等君と共に暫く野にさけぶ人たらざるべからずと存じ
候」（「感慨一東──姉崎嘲風に与ふる書」『太陽』明治35年9月）。とすれば啄
木の作品に頻出する「野」イメージには、人生一般の荒涼感だけでなく、
世の主流に立ちえぬ者の疎外感も潜むに違いない。
[4]

　啄木の自我表現の基盤は、自分を「野にさけぶ預言者」にたとえる高山樗
牛の思想に置かれている。これは彼の後の思想展開にも大きな影響がある。
ドイツ留学の体験を終えてから帰国した樗牛は、日本におけるニーチェ等の
西洋の哲学の紹介にも貢献しており、京都帝国大学と早稲田大学で教鞭を
とっていた。「帝國文學」と「太陽」の創刊にも貢献し、進化論に基づく樗
牛の日本主義の優勝劣敗という説は、井上哲次郎等と共に、後の日本の国家
主義の形成にも大変影響を与えた。当時の啄木は、樗牛の思想から天才主義
という概念を受け入れていた。しかし、後の「時代閉塞の現状」で明確に分
かるように、後年は樗牛に対する啄木の評価が変わり、樗牛が説いていた個
人主義、天才主義と日蓮信仰に対して批判的となる。しかし1903（明36）年
には、啄木にとって高山樗牛の思想は彼の自我の実現の基盤となりつつあり、
「明星」の文芸至上主義を基調とする浪漫主義から次第に離れていく理由は、
樗牛の影響にもよる。
　このように、啄木の初期の短歌において、「明星」の影響を認める研究が

多いが、上記の歌に関しては、晶子よりも鉄幹の精神に通ずる要素が指摘されている。しかし、晶子に対する啄木の尊敬は、彼の書簡等にも見られる事実である。例えば、菅原芳子宛の1908（明41）年8月10日の書簡に「明治の歌にては晶子さんの著と平野君の『若き日』などの外、これといふ価値あるものもあるまじく候」と書いている。「新詩社」同人になった啄木は当時の日本浪漫主義の精神にふれて、「明星」派のみではなく、北村透谷、島崎藤村、高山樗牛等の精神を受け入れていた。当時、自我の自由な表現を目指していたのは浪漫主義だけではなかった。同時代の正岡子規等の写実主義も和歌の革新を志していたが、自然主義の台頭まで浪漫主義が主流であったため、文学への情熱に目覚めた青年啄木は、その運動に惹かれたのである。そして、上述した彼の歌に「血に染めし」、「世のなごり」、「野にさけぶ」等の情熱を込めた表現はその影響を反映しているのである。

1．上京する啄木

　啄木の退学と脱郷の動機とはならなかったが、「明星」に歌を投稿した時期、啄木は16歳で、当時の教育制度では中学校5年生であった。1902（明35）年9月の数学試験の時、不正行為をしたため、譴責処分とされる。秋に啄木は退学の願いを盛岡中学校に届け、許可を得てから渋民村を出て東京に向かう。与謝野夫妻に会い、「明星」に作品を投稿し続けるが、鉄幹に新体詩の作品を書くよう勧められた。啄木の日記には、鉄幹のアドヴァイスが書き記されており、一方、このことについて鉄幹は「啄木君の思い出」のなかで、次のように回想している。

　　其頃の啄木君の歌は大して面白いもので無かつた。それで私は他の友人にも云ふやうに思ひ切つた忠告を書いた。『君の歌は何の創新も無い。失禮ながら歌を止めて、外の詩體を選ばれるがよからう、さうしたら君

自身の新しい世界が開けるかも知れない。自分は此事を君にお勧めする。』といふ意味の手紙を盛岡へ送つたのであつた。[8]

　啄木の1902（明35）年11月10日の日記には、鉄幹の記述に比べて表現が少し和らげられているが、この事実に関して次のように記されている。

　　（与謝野鉄幹）氏曰く文藝の士はその文や詩をうりて食するはいさぎよき事に非ず、由來詩は理想界の事也直ちに現實界の材料たるべからずと。又云ふ、和歌も一詩形には相異なけれども今後の詩人はよろしく新體詩上の新開拓をなさざるべからずと。又云ふ人は大なるたゝかひに逢ひて百万面の煩雑なる事條に通じて雄々しく勝ち雄々しく敗けて後初めて値ある詩人たるべし、と。又云ふ、君の詩は奔放にすぐと。[9]

　啄木が鉄幹の批判を省いたのか、鉄幹が記憶を誇張したのかどうかはわからないが、事実上では、その後、「明星」には啄木の新体詩と共に短歌も掲載される。例えば、初めて「石川啄木」という筆名で掲載した次の5首は、「明星」1904（明37）年3月号に掲載される。

　　大鐘を海に沈めて八百潮に巨人よぶべき響添へばや
　　しら甕を胸に羅馬の春の森上つ代ぶりのわが妻わかし
　　枯花に冬日てるごとわが歌ににほひ添ふとか戀燃えてくる
　　光さす天の柔羽の夢ごろも我をめぐりて春の夜下りぬ
　　小桔梗はすてて眞白の雛菊を妻に撰りつと「秋」の息鋭し

　鉄幹の指導の成果か、啄木の歌風は「血に染めし」歌よりも、花による共感覚（synesthesia）、遠い過去の世界を暗示するローマ時代の陶器等のイメージを材料にして、より象徴的な歌風となっている。このような啄木の成長と

実績は、「新詩社」で認められていたと考えられるだろう。鉄幹の勧告が啄木の初期の創作が取った方向に影響を与えたのも事実である。1904（明37）年3月12日、金田一京助宛の手紙を見ると、当時の啄木は鉄幹の助言をどう受け止めていたかが理解できる。

　　　大兄らの花々しい御活動に尾して、私もこの後は一意美の自由のために闘ひ、進んで雑兵乍ら名譽の戦死（…）私は詩神の奴隷の一人としてこの世に生まれたと信じて居ります。詩は我生命である。
　　　　　　　　　　　　　　　　　　　　　　　　　　　　　　　　10

詩と美の自由のために自分の命を捧げようという、浪漫的英雄主義に満ちた姿である。文学で身を立てる野心をもって東京に来ていた、啄木の個人的な成功の追求は、一見して自己を否定しているかにみえる「詩神の奴隷」意識に変容する。ここで、鉄幹と啄木の言葉の引用に基づいて、当時の社会における啄木の自己の位置づけにも繋がる、一つの重要な側面が指摘できる。
　鉄幹の言葉では、詩は理想の世界であり、生活を立てる手段ではない。このことを啄木は、美のために戦う精神として受け止めている。自己否定というよりは、個人主義の否定として読むことが出来る。そしてここにも、高山樗牛の影響の痕跡が窺える。1901（明34）年1月号の「太陽」において、高山樗牛は次のようにニーチェ風の天才主義を説いていた。

　　　人道の目的は衆庶平等の利福に存せずして、却て少数なる模範的人物の産出に在り。是の如き模範的人物即ち天才也、超人（ユーベルメンシュ）なり、即ち是無數の衆庶が育成したる文明の王冠とも見るべきもの也。されば若し衆庶にして自ら自己のために生存すと思はば、是大なる誤り也（以下略）
　　　　　　11

また、同年11月号に同時に掲載された文章において、「天才にして得られ

第一章　啄木の初期創作　137

るべくは、如何なる犠牲も決して貴からざる也」(「天才の犠牲」)と記し、「天才は正しく社會の名譽也、國家の寶冠也、人類の光明なり」(「天才無き世界」)と説いている。そして、樗牛はその天才の例として釈迦、イエス、ゲーテ、バイロン、日蓮などを挙げ、このような天才は超人の発生を助成することに生存の意義がある(「天才主義と天才」)と述べてから、ニーチェは学者でもなく、実践道徳家でもなく、生知の詩人であると述べている(「ニイチェの歓美者」)。

　若い啄木はこの天才主義の鼓吹に打れ、自我をこのような天才の夢にゆだねて構築しようとしていたので、「詩人」また人を育成する「教師」を天職として認識していたのである。そこで、自分が詩を書くことによって、生存の意義を見出すという認識が形成されてくる。金田一京助宛の上記の手紙では、一種の選民意識を表すこの使命感が窺える。それは、彼が後に述べる「天職」意識にも繋がる。

　啄木は、1903(明36)年「明星」に「愁調」という総題で新体詩を4篇発表する。そして、16歳から19歳の間に「帝國文學」と「太陽」に出した新体詩を集め、1905(明38)年5月に『あこがれ』と題する詩集を刊行する。同年同月の12日、啄木は堀合節子と結婚するが、「花婿不在結婚」事件を起こす。結婚生活が開始し、子どもも生まれ、生活状況は苦しくなる。それでも、当時の啄木にはその自覚の形跡がなく、1905(明38)年6月に「岩手日報」に連載したエッセイ「閑天地」で次のように述べている。

　　嗚、貧困は實に天才を護育するの搖籃なりき。敬虔なる眞理の帰依者スピノザも亦斯くの如くなりき。彼は眼鏡磨臼をひいて一生を洗ふが如き赤貧のうちに、静かに自由の思索に耽れり。詩人ウオルズウオルスも、亦ライダルの賤が家に愛妹ドロセヤと共に見るかげもなき生活を営みて、然も安らかに己が天職に奮進したりき。シルレル、若うして一友と共に潜かに郷関を脱走するや、途中一片の銅錢もなく一ヶのパンもなく飢と

勞れに如何ともすることなく人里遠き林中に倒れむとしたり。ゴールド
スミスは一管の笛を帶びて、洽ねく天下を放浪したり。我がリヒヤー
ド・ワグネルも亦、愛妻ミンナと愛犬ルッスを率ゐ、飄然として祖國を
去つて巴里に入るや、淋しき冷たき陋巷の客舍にありて具さに衣食の爲
めに勞苦を嘗めぬ。而して彼が從来の歌劇を捨て、其の藝術綜合の信念
と目的とを表現したる初めての獅子吼『タンホイゼル』は、實にこの慘
憺たる悲境に於て、彼の頭腦に胚胎したりし者なる也。例を現代に取る
も、人の普く知る如くマキシム・ゴルキーは、露國最下の賤民たる放浪
の徒たりき。

　上述した高山樗牛の評論には、樗牛が天才の人物を列挙したと同様に、啄
木はワーズワース（Wordsworth）を模範的な天才として採り上げて、貧困の
中で創作をし続けるという生き方を浪漫的な美談として描いた後に、苦しい
生活を送った偉大な人物の例を次々に取り上げる。樗牛と啄木による天才人
物の言及の数年前に、中村敬宇（正直）の『西洋品行論』（1878（明11）年）
と坪内逍遙の『文学その折々』（1896（明29）年）に天才と不幸という貧困談
の列挙が見られた。

　　　土班ニ塞爾萬的トイヘル著作家アリ。ソノ著ハセル小説「ドンクイッ
　　キソーテ」ト云ルモノ。之ヲ讀ムニ。笑フベク怪シムベキ一奇書ニシテ。
　　歐州ヲ舉ッテ。各ソノ國語ヲモッテ譯出シ。塞爾萬的トイヘバ誰知ラヌ
　　モノナシ。然ルニ。卑カナ。土班ノ人ハ。ソノ貧窮ヲ喜ビ。彼モシ貧窮
　　ナラザリセバ。コノ大著述ハ現出セザルベシト思ヘリ。（『西洋品行論』）
　　　　　　　　　　　　　　　　　　　　　　　　　　　　　　　　13

　『ドン・キホーテ』を書いた作者の不幸が描かれており、セルバンテス自
身が貧困の生活を送ったにもかかわらず、彼の作品は欧州の人に喜びを与え
たと語る文章である。その意味は、不幸と困難は天才を発育するということ

第一章　啄木の初期創作　　*139*

である。『西洋品行論』はスマイルズ（Samuel Smiles）の『Self-help』の比較的自由な翻訳であり、明治初期の立身出世の理念を鼓吹する作品として作られたのである。そして、1896（明29）年に坪内逍遙は次のように記している。

> 近時地方の文運漸く開け、雑誌の發刊、文學會の設立、殆ど到處に行はれんとす。思ふに明治文學發達の兆なるべし。されど、此等未來の文人の意中を察するに、中には財産豊にして、道楽に文學を嗜むもあらんが、或は文學を一種の新職業と思惟、名譽、金錢、地位を得るに最軽便なる者と思へるもあらん。　　　　　　　（「文学と糊口」、『文学その折々』）[14]

そして、坪内は文化文政の江戸戯作者の例（式亭三馬、柳亭種彦等）を挙げ、彼らが文学創作の傍らに本業もしており、経済的に安定していたのに対し、明治時代では文学で生活を立てることが出来ないと述べている。さらに、貧困と不幸の中で生きた西欧の歴史における有名な文人の例を挙げる。

> 明治の今日は其の頃を異にして、新聞屋といふ賣口のある爲に、文を賣りて口を糊することも、昔日より（…）一か月の下宿料も之を得ること容易ならず。（…）古今の實例を徴して明かなり。（…）詩祖ホーマルが事なり。その偉人、死後には不朽の榮名を擔ひたるも生前には物語歌を謠うて、街頭に食を乞ひ（同上、以下略）

次に、古代ローマの文人プラウトゥス（Plautus）、ボエティウス（Boethius）、テレンティウス・アフェル（Terentius）、16世紀のイタリアの叙事詩人トルクァート・タッソ（Torquato Tasso）の狂気、17世紀のセルバンテス（Cervantes）の餓死等の文学的な栄誉を得た文人たちの貧困と不幸について言及する。[15]

興味深いことに、中村正直、坪内逍遙、高山樗牛と啄木の文章において、いずれも貧困、不幸、犠牲の例を取り上げているが、それぞれは時代風潮に

よって帯びる意味合いが異なる。中村の場合は、立身出世の精神の観点から、勤勉さと天才があればどの困難にも耐えられると説き、自分の天才性を鍛えるべきという勧告を含んでいる。一方、坪内逍遙の場合は、経済的に安定していた江戸時代の戯作者と経済的に不安定な明治時代の作家との違いを強調しながら、貧困、病気等の不幸な体験をした作家の例を挙げて、彼等は生きているうちに自分の作品の栄誉を見ることが出来なかったと述べている。樗牛は天才の犠牲について述べるが、一人の実績は国家、社会、文明の昇華へ導くという理念に基づいている。そして啄木は、樗牛の延長線上に立ち、貧困において自分の天才を育成させ、天職を続けるのは詩人の生存の意義であるという信念をもっていた。その最も尊敬する例は、ワーズワースとそれまでのオペラの伝統を革新したワーグナーである。

２．『あこがれ』の作詩法について

啄木は、ワーズワースの貧困生活と文学的な天才性を模範として認識していた。そこに自分自身の現実の状況を投影することもあった。しかし、このような伝記的な状況だけではなく、日本の浪漫主義の発展過程におけるワーズワースの位置も考える必要がある。人間と自然の一体化を理想とするワーズワースの浪漫的な抒情詩は、早くから日本に受容され、国木田独歩の『武蔵野』（1901（明34）年）においては、ワーズワースの「泉（対話）」（The Fountain）からの引用がある。

　　しばらくすると水上がまばゆく煌いてきて、両側の林、堤上の桜、あたかも雨後の春草のやうに鮮かに緑の光を放つてくる。橋の下では何ともいひやうのない優しい水音がする。これは水が両岸に激して發するのでもなく、また淺瀬のやうな音でもない。たつぷりと水量があつて、それで粘土質のほとんど壁を塗つたやうな深い溝を流れるので、水と水と

第一章　啄木の初期創作　*141*

がもつれてからまつて、揉みあつて、みづから音を發するのである。何
たる人なつかしい音だらう！

" ── Let us match

This water's pleasant tune

With some old Border song, or catch,

That suits a summer's noon."

の句も思ひだされて、七十二歳の翁と少年とが、そこら櫻の木蔭にでも
坐つてゐないだらうかと見廻はしたくなる。自分はこの流れの両側に散
点する農家の者を幸福の人々と思つた。

　武蔵野の風景を抒情的散文で描き、自然の生命力を賛美する国木田独歩は、
川の流れがもつ人間の心に共通する美しさをワーズワースの詩と連想させて
いる。人間の内面と自然との交流を理想とする姿勢は、北村透谷の「内部生
命論」をはじめ、日本浪漫主義も共鳴するものであり、大正時代の生命主義
へ繋がる要素となる。

　啄木は学生の時からワーズワースの詩に触れており、当時のその影響が啄
木の新体詩創作にも見られる。天才詩人としての生存の意義を求める啄木は、
1905（明38）年に出した処女詩集『あこがれ』において、源水のイメージが
頻出した、ワーズワースの詩「The Fountain」と同じ題名の「泉」という
作品を載せている。

　　森の葉を蒸す夏照りの
　　かがやく路のさまよひや、
　　つかれて入りし楡の木の
　　下蔭に、ああ瑞々し、
　　百葉を青の御統と
　　垂れて浮けたる夢の波、

眞清水透る小泉よ。
いのちの水の一掬、
いざやと下りて、奥山の
小獼の如く勇みつつ、
もろ手をのべてうかがへば、
しら藻は髪にかざさねど
水神か、いかに、笑はしの
ゆたにたゆたにものの影、
紫　三稜草花ちさき
水面に匂ふ若眉や、
玉頬や、瑠璃のまなざしや。

（「泉」前半、初出「明星」1905（明38）年3月号）

　啄木のこの詩の冒頭では、自然の風景への憧憬がワーズワースの「The Fountain」、また国木田独歩の「武蔵野」と共通している。しかし、その続きは物語的であり、森にさまよい疲れた主人公が泉で体力を回復しようとしたところ、女神のような乙女に出会う。夢と現実の境目がはっきりしない幻想的な展開は、水のイメージを中心としている。森、水、超世界の女性の具現などのモティーフによって、泉鏡花の『高野聖』を思い出させる現世と別世界の交差が描かれている。

　『あこがれ』のその他の作品においても、現世と別世界という二つの範疇が詩の構造を支えている。例えば、序詩となる「沈める鐘」（初出「時代思潮」1904（明37）年4月号）では、水は原型的な生命の力に繋がるイメージとして表れる。天地開闢の「闇を地に／光を天にも劃ちしその曙」の時、神が海の底に投げた鐘を永遠の生命の証として詩人の王座にするよう、詩人は神に祈る。自分が「光に溢れて」、天上の世界と一体化するという憧れを表現する。『あこがれ』においてはこの二元性を表す作品が多く、その最も顕著な表現

は次に採り上げるものである。

　　いにしへ聖者が雅典の森に撞きし、
　　光ぞ絶えせぬみ空の『愛の火』もて
　　（…）
　　霊をぞ守りて、この森不斷の糧、
　　奇かるつとめを小さき鳥のすなる。

　　　　　　　　（「啄木鳥」、初出「明星」1903（明36）年12月号）

　この作品はプラトンの恋愛論を踏まえているが、本来のプラトンの説と違い、天上的愛と地上的愛は森のイメージによって結ばれている。そして、森は啄木鳥の永遠の糧であると同様に、天上の霊は地上の生命の源水である。
　また、次に集録される「隠沼」では、森に隠れた沼は地上の悲しみの例えとして歌われ、そこに下る白鷺が次のように言う。

　　あこがれ歌ふよ。――『その昔、よろこび、そは
　　朝明、光の搖籃に星と眠り、
　　悲しみ、汝こそとこしへ此處に朽ちて、
　　我が喰み啣める泥土と融け沈みぬ。』――

　そして、地上の悲しみに共感し、泥の餌食をついばむ白鷺の行為は、悲しみが取り除かれる行為に見立てられる。上記の作品では地上は心を結ぶ悲しみ、苦しみの世界であり、『あこがれ』の作品においては、その鎖から解放される願望を表す表現が多い。天から降りた鳥に地上の苦しみを和らげられるイメージの表れ方である。また、以下の「樂聲」では、音楽、つまり文芸にその意味が与えられている。

光と暗とを黄金の鎖にして、

いためる心を捲きては、遠く遠く

見しらぬ他界の夢幻に繋ぎよする

力よ自由樂聲、あゝ汝こそ

天なる快樂の名殘を地につたへ、

魂をしきよめて、世に充つ痛恨訴ふ。

　　　　　（「樂聲」、初出「帝國文學」1904（明37）年2月号、最後の連）

　上記の『あこがれ』からの引用で、啄木の詩において現世と形而上の世界
との対照的関係が描かれ、それは、光と闇、星と沼等のイメージによって表
現されている。『あこがれ』の作品では、天と現世が別れるという構造が頻
出しているが、これは、当時の啄木の作詩法の特色である。その二元性にお
いて、詩人は地上と天世を結ぶ存在である。これは『あこがれ』に集録され
た詩作品の根底にあるテーマである。

　このように、詩人は天職であるという啄木の認識が創作上、表現されてい
る。前章において考察した晶子の創作における天の世界と地上の世界の二元
性は、啄木の浪漫主義的な新体詩と共通する特徴でもあり、その根底に芸術
至上主義的な認識がある。しかし、両者の作品におけるこの二元性の構造は、
性質的な相違を含んでもいる。例えば、『みだれ髪』の場合は、両世界を結
ぶのは理想的な恋愛観であるが、これに対して、啄木の場合は、両者を直結
させることが詩人の使命なのであり、前節で既に述べた通り、詩を書くこと
が彼の天職なのである。ここに、晶子の文芸観との相違点が指摘できる。

　自我の解放を表現しようとする晶子は、自分が星の世界からくだった女神
のような存在であるというモティーフを用いている。晶子は、その星の幸せ
な世界を歌によって再現する。そこに、啄木の詩と同様に天地開闢というイ
メージが認められるが、それは恋愛によって「世」と「俗」、または「肉体」
と「精神」の一体化が行われ、天上と地上の交差が成立するからである。そ

第一章　啄木の初期創作　145

の一方で、『あこがれ』の場合は、恋愛が中心的なテーマではなく、啄木は詩人であることによって自然と精神の一体化を追求する。詩、または文芸はその一体化によって天世の「永遠の生命」に近づくことができるという発想は、啄木の作詩法の軸となっている。それは、前節で述べた、詩人の「天職」である。このような「天職」の概念を、啄木はどこから得たのであろうか。次の高山樗牛の文章に重要な手がかりを見ることができる。

　　詩人美術家が甘じて其好む所に殉したるの事例は讀者の既に熟知する所ならむ。畢竟藝術は彼等の生命也、理想也。是が爲に生死するは詩人たり美術家たる彼等の天職也。是の天職を全うせむが爲に、彼等の或者は食を路傍に乞へり、或者は其の故郷を追放せられたり、或者は帝王の怒に觸れて市に腰斬せられたり。あゝ死を以ても脅かすべからざる彼等の安心は貴き哉。富貴前にあり、名利後にあり、其の意に反して一足を投ぜむ乎、是れ盡く彼等の物のみ。而かも彼等は斯くして得たる生に較ぶれば、死の遙に幸なることを認めし也。請ひ問はむ、世の富貴に誇り、權威に傲るものの幾人か能く這般の消息を悟了せる。

（高山樗牛「美的生活を論ず」）

　上記の樗牛の言説が啄木に与えた影響については、次の啄木の書簡で確認できる。

　　我望む所は富ではなかつた、世上の名譽でも幸福でもなかつた、我はたゞ、この世を超え、この軀を脱して、「永遠」を友とし生命とするが爲めに、此土に送られ、又去るべきである。（…）かくの如くして我は世の苦痛をも樂しみと見、苦痛のうちに却つて眞の光明の囁やきを聞く事が出來るのである。神が故なくしてこの自分を作つた筈はない。乃ち或る使命は必ず自分の呱々の聲と共にこの世に齎らされたに相違ない。

その使命こそ我生涯の精力健闘によつて、永遠の建設を成就すべき者ではあるまいか。斯く考へて來れば、自分乍ら自分の聲に悦惚として醉ふ様な氣がする。(…)

　前に云つた「眞人」乃ち宗教的人格はキリストや佛陀や乃至凡ての古來偉大なる「人」のうちに見る事が出來、自己發展と自他包融、換言すれば意志と愛との、完全に表示された者の謂である。兄よ、生の生涯の基礎たる信仰は、大抵叙上の様な者である。詳しく云へば限りがないけれど、要するに「我」の生存の意義は天與の事業のために健闘努力して「眞人」の人格に到達しやうと云ふにあると信ずるのである。

(1904（明37）年 8 月 3 日、伊藤圭一郎宛の手紙)[18]

　上記の手紙は現像される前のネガ・フィルムのように、『あこがれ』の基本的な輪郭と作詩法の動機を表している。ところが、上記に引用した「美的生活を論ず」と併せて見ると、いかに青年啄木が高山樗牛の影響を受けているかが明確になる。樗牛の文芸観とその神秘主義は、ほぼそのまま啄木の言葉に現れ、生と死を超える詩人の使命、あるいは天職が啄木の創作の基盤にある。

　そして、このような人生観がこの時期の啄木における自己探求にも、多大な影響を及ぼしたという点は、もう一つ重要な側面である。

　「我望む所は富ではなかつた、世上の名譽でも幸福でもなかつた」、また「かくの如くして我は世の苦痛をも樂しみと見、苦痛のうちに却つて眞の光明の囁やきを聞く事が出來るのである。」と述べる啄木の言葉はまた、下記の高山樗牛の「美的生活を論ず」に一致する側面を示している。

　　是の如きは美的生活の二三の事例也。金錢のみ人を富ますものに非ず、權勢のみ人を貴くするものに非ず、爾の胸に王國を認むるものにして、初めて與に美的生活を語るべけむ。　　　　　（高山樗牛「美的生活を論ず」）

第一章　啄木の初期創作　147

上記の樗牛の言葉は、啄木の天才主義、つまり文芸は何よりも優先され、存在そのものに意義があるという思想は、物質的な富と個人的な成功を勧める「立身出世」という理念と大きく異なり、これは啄木にとって、「天職」とする選民意識から疎外感への転用の種にもなったと考えられる。そして、後の啄木の現実観は、上記まで述べた啄木の文芸観から大きく離れ、「永遠の生命」にあこがれる自我から「自己及び自己の生活を改善する」精神への変容を表すという、興味深い展開が生じる。もちろん、この変化は、永遠の生命にあこがれる詩人としての挫折に深く関わるものである。その結果、啄木は以前より「現在」、つまり現状のことを凝視するようになっていく。

第二章　自己の再認識をする啄木
——アイデンティティを再構築する日本において——

　詩集『あこがれ』が刊行されてから、啄木の活動は以前より多様化する。詩歌の創作は次第に中心的ではなくなり、代わって、随筆、小説、日記、新聞記者としての活動が活発になる。1905（明38）年 9 月に日露戦争が終わり、その後、日本の社会も日本の政治体制も、さらには日本文学も大きな展開を示すのである。

　戦争のために多大な犠牲者が出て、国民生活が苦しくなっていたことにより、それまでの社会的秩序も大きく乱れる。日露講和条約に反対する国民の暴動は、まさにその証であろう。国民の国家に対する支持がアプリオリではなくなったことが明確になり、国家体制は次第に権力的な対策を強め、特に風俗壊乱といわゆる危険思想に対して、更に厳しくなる。文学の面では、1906（明39）年に島崎藤村の小説『破戒』が発表され、日本の自然主義文学の道が開拓されていく。

　維新後の文明開化の風潮のなかで、日清戦争はアジアにおける近代国家としての日本の配置を定めていた。そして日露戦争は、世界政治の舞台における日本の再配置を求め、明治時代における新たな転換期をもたらした。さらに、次の節に触れる「大逆事件」という出来事もまた、日本の近代化の新たな方向を定めることになる。これらの出来事は当時の日本にとって無痛ではなく、トラウマ的な側面でもあった。これは単なる日本と西洋との接触による問題ではなく、日本の文化的アイデンティティの再構築に関わる問題である。その再構築における伝統と近代との交渉は、思想、衣服や食生活などの物資的な文化、ならびに日本の言葉とその表記に用いる文字についての論争等、様々な分野を巻き込んでいった。日露戦争の後、文学において最も大きな変化は、自然主義の台頭であり、1907（明40）年に刊行された田山花袋の

小説『蒲団』と共に、日本の自然主義文学のいわゆる第二期が始まり、その後の基調が方向づけられる。

　啄木の人生は短かったものの、日本における上記の変化を体験しており、その状況は彼の思考と文学的創作に強く反映されている。本節では、当時の時代背景と啄木との接触について論じるという枠の中で、アイデンティティを再構築しようとする日本において、啄木はどのように自己の認識を追及していたのかという問題について考えたい。なお、その分析のための視点を、主に『一握の砂』の形成期の短歌と『ローマ字日記』に置いて進めていく。

1．1908年の短歌再開：『一握の砂』への架け橋の歌

　啄木はまず、当時の文学の世界において、自然主義が主流になったことについて、次のように述べている。

　　　自然主義は勝つた。確かに勝つた。然し今其反動として多少ロマンチックな作にあこがれて居る人は決して少なくない。けれども此反動は自然主義の根本に對する反動では無く（僕の見る所では）唯自然主義が余りに平凡事のみを尊重する傾向に対する反動だ。今は恰度自然主義が第二期に移る所だ。乃ち破壊時代が過ぎて、これから自然主義を生んだ時代の新運動が、建設的の時代に入る。僕は実際よい時に出て來たよ。そして、第二期の自然主義の時代の半分以上過ぎた時、初めてホントウの新しいロマンチシズムが胚胎するに違ひない。
　　　その二つが握手して、茲に初めて眞の深い大きい意味に於ける象徴藝術が出來あがる。　　　　　　（1908（明41）年5月7日、吉野章三宛ての手紙）[19]

　上記の書簡では、時代を読み取る啄木の鑑識眼が見て取れる。自然主義の台頭の後の展開を予想しており、真の象徴芸術についての言及は、まだ文壇

にデビューしていなかった萩原朔太郎の『月に吠える』を思い浮かばせるが、啄木自身の創作の方向を指していると考えたほうが妥当であろう。しかし、上記の文章からもう一つ分かることは、自身の『あこがれ』時代の作詩法は真の象徴芸術としての認識がない、ということである。そして、『弓町より』のなかで、『あこがれ』の作詩法について次のように述べるのである。

　　自分でその頃の詩作上の態度を振返つて見て、一つ言ひたい事がある。それは、實感を詩に歌ふまでには、随分煩瑣な手續を要したといふ事である。譬へば、一寸した空地に高さ一丈位の木が立つてゐて、それに日があたつてゐるのを見て或る感じを得たとすれば、空地を廣野にし、木を大木にし、日を朝日か夕日にし、のみならず、それを見た自分自身を、詩人にし、旅人（りょじん）にし、若き愁ひある人にした上でなければ、その感じが當時の詩の調子に合はず、又自分でも滿足することが出来なかつた。[20]

この頃の啄木には、短歌創作を再開するにあたって、新しい歌の作り方を見出そうとしていた姿勢が窺える。高山樗牛の天才主義と天職の概念に対する情熱が消えていたのは、次の『弓町より』（1909（明42）年）にある主張からも分かる。

　　「我は詩人なり」といふ不必要な自覺が、いかに從來の詩を堕落せしめたか。「我は文學者なり」という不必要な自覺が、いかに現在において現在の文學を我々の必要から遠ざからしめつつあるか。[21]

そして、詩人は「人」でなければならないと述べ、「自己の心に起き来る時々刻々の變化を飾らず僞らず、極めて平気に正直に記載し報告するところの人でなければならない」という。つまり、『あこがれ』に見られる詩人の形而上的な性質は徹底的に捨てられ、現在、今のことに着目するというもの

第二章　自己の再認識をする啄木　*151*

こそが、啄木が考えている詩の在り方である。貧困、病気等の事実に迫られたという個人的な事情だけでは、このような急激な変化が説明できない。啄木の事実に対する眼差しは、一部は彼の新聞記者としての仕事によるものであるが、その一方では当時の文化的な風潮に対する反応でもあると言えるだろう。文学的創作の面では、しばらく中断していた短歌創作を再び始める。1908（明41）年7月号の「明星」に「石破集」と第する114首もの短歌を掲載する。この時期の創作は翌年の『一握の砂』への架け橋だと考えられる。

A　ただ一目見えて去りたる彗星のあとを追ふとて君が足踏む
B　靴のあとみなことごとく大空をうつすと勇み泥濘を行く
C　牛頭馬頭のつどひてのぞく大香炉中より一縷白き煙す
D　はてもなき曠野の草のただ中の髑髏を貫きて赤き百合咲く
E　大空の一片をとり試みに透せどなかに星を見出でず
F　血を見ずば飽くを知らざる獣の本性をもて神を崇めむ
22

Aは彗星を目で追って、「君」の足を踏んでしまう瞬間を取り上げた歌であるが、足を踏まれたのは妻の節子か、啄木が馴染んでいた釧路の芸者、小奴であるかは不明である。この歌には、後の啄木の短歌の大きな特徴がある。まず、彗星は瞬間的なものである。浪漫的な詩集、『あこがれ』のなかで表現した永遠の生命への憧憬の代わりに、ここでは「今」が歌われる。しかしながら、彗星は大空という無限のものであるのに対して、相手の足を踏むという有限の、ある刹那が展開する。換言すれば、星の大宇宙と人間の小宇宙との対照関係が確認できる上で、『あこがれ』にもあった天と地上のコントラストが見えるが、以前の啄木の浪漫風な歌い方に比べると、憧憬、詠嘆、永遠の生命への憧れという要素はないのである。他方、Bには、『あこがれ』と同様に地上の苦しみを指す沼のイメージは大空と結ばれ、それを勇ましく渡るというイメージがあるが、ここにも無限と有限の直結を暗示する内容が

見られる。しかし、天才主義の詩風に比べると、神秘的な要素は目立たない。1908（明41）年の歌には超世界を暗示するような表現は見当たらず、「死」と「生命」の対照性はDの歌のように、髑髏から生える花のイメージによって表現される。赤い百合は「生命」の意味であり、髑髏の中から咲いているイメージは、オーブリー・ビアズリー（Aubrey Beardsley）のハムレットの挿絵に頻出する髑髏と花模様を思わせる。その一方では、はてもない広野は日本の墓場を思わせる。Dと同様に「死」をテーマとするCの歌では、仏教の地獄の番卒である牛頭馬頭は、香炉に刻まれた絵であろう。その香炉から上昇する煙は、死者の霊であろう。「死」をテーマとするこれらの作品は啄木の伝記的な事件にも関係があると指摘されている。1906（明39）年の長女サダの死去、そして啄木が8才だった時の初恋の相手と思われる沼田サダの死去は、彼の作品における「死」のテーマと関連している。

　以上、見てきたように、この時期の創作は「明星」派のマンネリズムから逸脱し、奇想なイメージを大胆に作り出す傾向を示している。このようにして、『一握の砂』に繋がる作風が形成されていくのである。

2．自己を再確認する啄木——『ローマ字日記』と『一握の砂』——

　1908（明41）年に「明星」は終刊となり、翌年の1月に啄木は創刊された「スバル」に小説「赤痢」を投稿する。同誌において、おどけた短歌を記載し、平野万里との短歌論争が起きる。万里の抗議に対する啄木の返事は次の通りである。

　　　小生は第一號に現はれたる如き、小世界の住人のみの雑誌の如き、時代
　　　と何も關係のない様な編輯法は嫌ひなり。その之を嫌ひなるは主として
　　　小生の性格に由る、趣味による、文藝に對する態度と覺悟と主義とに由
　　　る。小生の時々短歌を作る如きは或意味に於て小生の遊戯なり。

その遊戯として作る歌の例は、下記の通りである。

A　尋常の戯けならむやナイフ持ち死ぬ真似をするその顔その顔
B　今日も亦をかし帽子うちかぶり浪漫的が酒のみに行く
C　歌へるは誰そや悲しきわが歌をすこし浮れし調子とりつつ
D　いつも逢ふ赤き上衣を着てあるく男のまなここのごろ氣になる
E　我が歌の堕落の道を走せ来しに瘋癲院の裏に出でたり

　上記の歌は1909（明42）年5月号の「スバル」に掲載された「莫復問」と題する作品群に収録され、ちょうど啄木が『ローマ字日記』を書いていた頃に作られたと思われる。『ローマ字日記』においては、おどけた歌に関するいくつかの言及がみられる。

　Yo wa, kyō, Yosano-san no Taku no Utakwai e yukaneba naranakatta no da.
　　Muron omosiroi koto no ari-yō ga nai. Sakuya no ' Pan-no-kwai ' wa sakan datta to Hiraide-kun ga hanasite ita. Ato de kita Yosii wa, 'Sakuban, Eitai-basi no ue kara yopparatte Syōben wo site, Junsa ni togamerareta.' to itte ita. Nandemo, minna yopparatte Ō-sawagi wo yatta rasii.
　　Rei no gotoku Dai wo dasite Uta wo tukuru. Minna de 13 nin da. Sen no sunda no wa 9 ji goro dattarō. Yo wa kono-goro Mazime ni Uta nado wo tukuru Ki ni narenai kara, aikawarazu Henabutte yatta: Sono hutatu mitu :　　　　　　　　（『ローマ字日記』1909（明42）年4月11日）[24]

　与謝野鉄幹の歌会にあまり気が進まずながらも行った啄木は、この頃、真面目に歌が作れなく、へなぶりの歌しか作れないと記している。このおどけ

154　II　石川啄木

た歌は「スバル」が目指していた浪漫主義の精神から少し離れたものであったので、平野万里との対立を招いたと考えられる。4月11日の記録に啄木が列挙する、へなぶりの歌の例の中で、上述したDの歌は次のように表記される。

Itu mo ō akaki Uwagi wo kite aruku,
Otoko no Manako kono-goro Ki ni naru.

また、おどけた動作をして死ぬ真似をする内容のAの歌について、4月16日の記録に次の言及が見られる。

Kesa wa Iyō naru Kokoro no Tsukare wo idaite 10 ji-han goro ni Me wo samashita. Soshite Miyazaki kun no Tegami wo yonda. Ah ! Minna ga shinde kureru ka, Yo ga shinu ka : Futatsu ni Hitotsu da ! Jissai Yo wa sō omotta. Soshite Henji wo kaita. Yo no Seikwatsu no Kiso wa dekita, tada Geshuku wo hikiharau Kane to, Uchi wo motsu Kane to, sore kara Kazoku wo yobiyoseru Ryohi ! sore dake areba yoi ! Kō kaita. Soshite shini-taku natta. (…)

Yoru ni natta. Kindaichi kun ga kite, Yo ni Sōsaku no Kyō wo okosase yō to iro-iro na Koto wo itte kureta. Yo wa nan to yū koto naku, tada mō Muyami ni Kokkei na koto wo shita.

"Jibun no Shōrai ga Futashika da to omō kurai, Nin-gen ni totte Anshin na koto wa arimasen ne ! Ha, ha, ha, ha ! "

Kindaichi kun wa Yoko ni taoreta.

Yo wa Mune no Abara-bone wo ton-ton Yubi de tataite, " Boku ga ima Nani wo nan no Kyoku wo hiiteru ka, wakari masu ka ? "

Aran kagiri no Baka-mane wo shite, Kindaichi kun wo kaeshita.

第二章　自己の再認識をする啄木　155

Soshite sugu Pen wo totta. 30 pun sugita. Yo wa Yo ga tōtei Shōsetsu wo kakenu Koto wo mata Majime ni kangae neba naranakatta. Yo no Mirai ni Nan no Kibō no nai koto wo kangaeneba naranakatta. Soshite Yo wa mata Kindaichi kun no Heya ni itte, Kazu-kagiri no Baka-mane wo shita. Mune ni ōkina Hito no Kao wo Kai-tari, iro-iro na Kao wo shitari, Kuchibue de Uguisu ya Hototogisu no Mane wo shitari ------ soshite Saigo ni Yo wa Naifu wo toriagete Shibai no Hito-goroshi no Mane wo shita. Kindaichi kun wa Heya no soto ni nigedashita ! Ah ! Yo wa kitto sono toki aru osoroshii koto wo kangaete itatta ni Sōi nai !

その頃、啄木は親友の金田一京助の世話になっていた。啄木は金田一に自分の厳しい経済的な状況を隠さず、自分の不安定さについて冗談を言う。そして、自分の胸に顔を描き、殺人の真似をして、親友に恐ろしい思いをさせる。この出来事がAの歌の素材となったことが考えられる。

しかし、それに続いて啄木は「Yo wa, Jisatsu to yū koto wa kesshite kowai koto de nai to omotta.」と述べている。このように、日記に記されているAの歌の前後と併せて読めば、おどけた自殺、あるいは人殺しの真似の歌は、単なるへなぶりではなく、そこに啄木の精神的な苦しみも収斂されていることが分かる。

3. 『ローマ字日記』における啄木の自己認識——ローマ字に含意されること——

啄木は『ローマ字日記』の初日に、「余は妻を愛している。愛しているからこそこの日記を読ませたくないのだ」と記しているが、これが本当の理由でないことは、啄木自身が次の行で明確にする。少なくとも、彼は公開するために日記を書いていないということを読者に伝えている。にも関わらず、桑原武夫は「日本の日記文学中の最高峰の一つといえるが、実はそれではい

い足りない。いままで不当に無視されてきたが、この作品は日本近代文学の最高傑作の一つに数えこまねばならない」と評価する。つまり、作者の意図を超えて、『ローマ字日記』を文学作品としてみなすべきかという見解の問題が生じるのである。桑原と同様に、日記の動機について言及する啄木を信じない研究者が他にもいる。例えば、池田功は「私はこれがきわめて意識的な日記であり、作品化をしたものである」と述べている。

『ローマ字日記』は啄木の文学体験と共に自己の心の観察を整った文体で語るので、作者の意図を超えて文学作品として認められたと考えられる。また、啄木の短歌の形成についての情報も含まれている。上記の理由で、本節で論じる啄木の自己の再認識というテーマのために、大変貴重な資料として参考にしたいと思う。

日記の冒頭で、啄木は日記をローマ字表記で書く動機について述べるが、それは5月14日の記事に仮名遣いとローマ字の表を書いたことと矛盾する。当時、日本にはローマ字に親しんでいない人が多かったという事実もあり、日本人にとってローマ字の文章を読むことは、現代人にとってエスペラント語を読むことと同様に難しかったはずだ、とドナルド・キーン（Donald Keene）は指摘する。

明治維新以前からも、日本語の表記の問題が取り上げられていた。1866（慶2）年に前島密は国民普及のためになるべく簡易な文字を用いるべきと唱え、漢字を廃止して西洋諸国のような表音文字の五十音を用いるように「漢字御廃止之議」を徳川慶喜公に提出した。前島の提案は平仮名中心であった。1874（明7）年に西周は「洋字ヲ以テ国語ヲ書スルノ論」を「明六雑誌」に掲載する。西周は、日本の政治的・経済的発展のために、日本は漢字より効率が良い文字表記を採用する必要があると唱え、その具体的な利益の中で、ローマ字は26字で、子どもにも簡易であり、言文一致を可能にし、西洋から入る学術用語も訳す必要はなく、日本の近代化が進展すること等を説明する。さらにラディカルな提案は、欧米先進国の英語を用いて、日本語

第二章　自己の再認識をする啄木　*157*

を全廃させる森有礼の「日本の教育」(1873（明 6 ）年）という論であった。日本語を廃止して、ローマ字を採用するという提唱は、西洋文化を支配的な潮流として見なし、日本文化はその端にあるという認識に基づいていたのである。森有礼の提唱は成功しなかった。が、西周のローマ字論は1905（明38）年に創立された「ローマ字ひろめ会」に継承されていた。そして、ちょうど啄木が『ローマ字日記』を書いていた年に「日本のローマ字社」が設立され、その機関誌「ローマ字の世界」も創刊されていたことは、こうした末端的な認識がまだ拭えていなかったことを示す。

　このような背景において、啄木にとってローマ字で書くことは、単に妻に日記を読まれないための対策ではなく、表現の地平を広げて、新しい知識の世界を発見し、獲得するという意味もあったのであろう。それは啄木自身の自己観察による自己の発見という手段にもつながっていく。

　秘密の文章として日記を書くという設定は、作者が行う分析と描写の力を高める。また、日本語の表記の視覚的な性質の代わりに、完全に音声的な文字であるローマ字を用いることは、さらにその努力を必要とするのである。啄木は自己の内面を観察するのみではなく、外部にいる他者をも観察する。その観察の記録を他の人が読めないという前提は、彼を非常に特権的な位置におく。そして、観察する主体としての啄木は、自己を含める観察対象に関する知識を日記に書き記すことによって、その知識の所有者となる。このような設定において、日記の読者は作者の知識を特権的に共有することになる。これは、ある意味では私小説と同様な構造ではあるが、私小説は小説なので、そこに描かれている語り手の自我が演じられている部分を含むという前提に立つ。なおさら、現実を傍観する（長谷川天渓、「自然派に対する誤解」「太陽」1908（明41）年 4 月号初出）自然主義の場合も、啄木が目指す現実への眼差しと一致しないのである。これは啄木の日記にも明確に記されている。

Sizen-syugi wa hajime Warera no mottomo Nessin ni motometa

Tetugaku de atta koto wa arasoware nai. Ga, itu sika Warera wa sono Riron jō no Mujun wo miidasita: sosite sono Mujun wo tukkosite Warera no susunda toki, Warera no Te ni aru Turugi wa Sizen-syugi no Turugi de wa naku natte ita. --------- Sukunaku mo Yo hitori wa, mohaya Bōkwan-teki Taido naru mono ni Manzoku suru koto ga dekinaku natte kita. Sakka no Jinsei ni taisuru Taido wa, Bōkwan de wa ikenu. Sakka wa Hihyōka de nakereba naranu. De nakereba, Jinsei no Kaikakusya de nakereba naranu.

　啄木が求めている作者の態度は傍観ではなく、批評、改革である。これは、この志をどこまで『ローマ字日記』にも当てはめることが出来るか、日記を作品として見なすかどうかという問題に深く関わっている。日記を書く時に啄木が読者を想定していなかった場合、彼の赤裸々な内面世界が表れ、望まれてもいない読者は最終的に作者の秘密を特権的な立場から共有することになる。一方、読者の存在を想定しながら日記を書いていた場合、やはりローマ字を用いることによって、特権的な読者を想像していたはずなので、読者と作者が秘密を共有するという特権的な関係は消えないのではないだろうか。要するに、作者の意図はさておき、それを読むことが出来る時点で、作者と読者との関係が成り立ってしまうのである。しかし、この関係において、さらにローマ字表記という要素に特別な意味を指摘することができる。日記を通して啄木が行う自己の観察は、それまで隠されていた自己の内面性を発見することにも繋がる。その自己の発見は、止むを得ず外部及び他者との接触によって行われる。換言すれば、柄谷行人が国木田独歩の『忘れえぬ人々』（1898（明31）年『国民之友』初出）について述べるのと同様なパターンを啄木の『ローマ字日記』にも見出すことが出来る。つまり、国木田独歩の作品には何等かの意味か象徴性のある風景が描かれるのではなく、普通の風景の描写があるが、そこに作者が意味を見出すのである。この作業によって、主体

第二章　自己の再認識をする啄木　*159*

と対象との間では「転倒」が生じると柄谷行人は指摘する。すなわち、「風景の発見」は「内面の発見」に繋がる。また、音声優位の新しい文体を目指す言文一致運動は、「風景」と「内面」の間の「転倒」を支えるようになり、言葉と内面との関係を直接にし、内面が存在しやすくなったと柄谷は指摘する。このような外部と内面の「転倒」は音声優位の言葉表記制度を使用する『ローマ字日記』にも見出すことができるのではないだろうか。啄木のローマ字の実験は、言文一致よりさらに言葉とその表記が近くなり、観察の対象の発見が表現し易くなるだけではない。ローマ字の使用は、対象の発見とその表現に介在する内面の存在を確立させようとする啄木の実験であったと考えられるのである。

4．『ローマ字日記』における内面の発見

　次に、啄木の観察対象の発見についての具体的な例を挙げてみたい。まずは、4月10日の記録の引用を通して、次の内面描写を見ていく。

> Yo wa kono 100 niti no aida wo, kore to yū Teki wa Me no mae ni inakatta ni kakawarazu, tune ni Busō site sugosita. Tare Kare no Kubetu naku, Hito wa mina Teki ni mieta : Yo wa, iti-ban sitasii Hito kara jun-jun ni, sitteiro kagiri no Hito wo nokorazu korosite simai taku omotta koto mo atta. Sitasikereba sitasiidake, sono Hito ga nikukatta. ' Subete atarasiku,' sore ga Yo no iti-niti iti-niti wo Sihai sita ' atarasii ' Kibō de atta. Yo no ' atarasii Sekai ' wa, sunahati, ' Kyōsya -------'' Tuyoki-mono "no Sekai ' de atta.
> (…)
> Yo no Seikaku wa Hukō na Seikaku da. Yo wa Jakusya da, tare no nimo otoranu rippa na Katana wo motta Jakusya da. Tatakawazu ni

wa orarenu, sikasi katu koto wa dekinu. Sikaraba sinu hoka ni Miti wa
nai. Sikasi sinu no wa iya da. Sinitaku nai！Sikaraba dō site ikiru？

（『ローマ字日記』1909（明42）年 4 月 10 日）

　ここでは、誰でも区別なく敵に見え、自分が支配できる新しい世界を作る
ために親しい人から次々に皆殺しにしたいという衝動が描かれている。啄木
の力への欲望がこのように表出されているが、これは言葉通り解釈すれば、
彼が求める新しい世界を作る手段は人を殺すこととなるが、その言葉に隠さ
れているのは文学表現者として現実をコントロール出来ることを求めるとい
う意味であろう。しかし、数行の後、弱者の意識に伴う挫折感が表現されて
いる。そして、同日の記録において、自己強化の衝動は性欲を通して現れる。
当てもなく歩く啄木は、淫らな思いを抱いて、もう何回も行ったことがある
娼婦がいる地区に向かう。次に、何百人の男と性的交際したことがあるはず
の、若くない娼婦の醜い身体に対する軽蔑を込めた思いを描く。とうとう
18 歳の女性と寝ることにするが、彼女の性器への接触はまた軽蔑の気持ち
へと展開する。

Onna wa Ma mo naku nemutta. Yo no Kokoro wa tamaranaku ira-ira
site, dō site mo nemurenai. Yo wa Onna no Mata ni Te wo irete,
tearaku sono Inbu wo kakimawasita. Simai ni wa go-hon no Yubi wo
irete dekiru dake tuyoku osita. Onna wa sore de mo Me wo samasanu:
osoraku mō Inbu ni tuite wa nan no Kankaku mo nai kurai, Otoko ni
narete simatte iru no da. Nan-zen-nin no Otoko to neta Onna! Yo wa
masu-masu ira-ira site kita. Sosite issō tuyoku Te wo ireta. Tui ni Te
wa Tekubi made haitta. "U -- u," to itte Onna wa sono toki Me wo
samasita. Sosite ikinari Yo ni daki-tuita. "A -- a -- a, uresii！motto,
motto -- motto, a -- a -- a！"Juhati ni site sude ni Hutū no Sigeki de wa

第二章　自己の再認識をする啄木　*161*

nan no Omosiromi mo kanjinaku natte iru Onna! Yo wa sono Te wo Onna no Kao ni nutakutte yatta. Sosite, Ryōte nari, Asi nari wo irete sono Inbu wo saite yaritaku omotta. Sate, sōsite Onna no Sigai no Ti-darake ni natte Yami no naka ni yokotawatte iru tokoro Maborosi ni nari to mi tai to omotta! Ah, Otoko ni wa mottomo Zankoku na Sikata ni yotte Onna wo korosu Kenri ga aru! Nan to yū osorosii, iyana Koto da rō!

(『ローマ字日記』1909（明42）年 4 月 10 日）

　国木田独歩の作品における「風景」の発見と違って、啄木の発見の領域には女性の身体がある。そして、自己強化という衝動は、劣等の存在としての他者との接触によって行われる。その劣等的な立場にある者は女性であり、しかも社会的に疎外される娼婦の身体である。そこに明確に見られる女性嫌悪的な姿勢を発見する主体は男性で、発見される対象は女性というジェンダー的なパラダイムが反映されている。ここで、ジェンダー的なパラダイムとは、啄木の自我の形成に深く関わっている男性としてのアイデンティティの認識という意味で用いられている。上記の例では、ジェンダー・パラダイムは次の構造を見せている。A男性は主体であり、それに対して女性は対象である。B男性は繊細な人間であり、女性は身体まで感覚が鈍くなった感受性のない娼婦である。C男性が能動的に女性の身体を裂き開けるというイメージに対して、女性はその動作の受動的な対象である。このようなジェンダー・パラダイムを通して、作者は軽蔑する対象を作ることによって自己強化を追及していく。この過程においては、性的描写が中心的な位置を占めている。『ローマ字日記』における露骨な性の描写は、啄木の他の作品では見られないため、先行研究において注目されている一つの側面である。これについて、川並秀雄の論では1908（明治41）年の 5 月 3 日の書簡で述べられている小説『True Love, Its First Practice』は、『ローマ字日記』にみられる性描写に刺激を与えたと指摘されている。この『True Love, Its First

Practice』は、1908（明41）年に『欧米恋の深層』という題で訳されたが、当時発禁本になっていた。作者はJohn Smithだとされているが、この本について川並も情報が少ないと述べている。この作品は19世紀末のポルノ文学の先駆であるという評価を現在でも得ているものである。小説は卒業式の後の学生の食事会を舞台とする。友だちはまだ童貞だったEton（イトン）を裸にし、縛る。彼を興奮させるために男女とわず参加者が告白と懺悔という形で自分の初体験を語り、Etonに性に関する知識を与えようとする。

啄木の1908（明41）年5月3日と7日の書簡において『True Love, Its First Practice』に関する言及がみられる。

> 平野君の室。八時に起きて、十時四人でパンを噛る。平野君はTrue love, its first practice と云ふ西洋の春情本を出して、頻りにその面白味を説いた。その人達は、一體に自然主義を攻撃して居るが、それでゐて好んで所謂其罵倒して居る所の自然主義的な事を話す
>
> （1908（明41）年5月3日の日記）

> 平野君は、米国版のツルーラブという春情本（発売禁止の）を出して頻りにその面白味を説いた。一寸見たが、それはそれはひどい事を全く無縁慮に書いたものだ。君、この書を愛讀して居る人が自然派の小説を罵倒することができやうか。僕の創作上の態度は所謂自然派の人々と全く同じでない。しかし、面白ぢやないか。時代が新しくなつて居る。自然主義を罵る人が、いつしかついに自然主義的な人間に変わつて居るとは!!
>
> （1908（明41）年5月7日の、吉野章三宛）

啄木は欧米のポルノ小説を春情本と定義すると同時に、彼と一緒にいた他の三人（平野万里、吉井勇、北原白秋）について、皮肉を込めて自然主義派に変わろうとしていると述べており、『True Love, It's First Practice』の告

白風で露骨な描写は、田山花袋の『蒲団』を初めとして、当時の日本の自然主義派に共通する要素であることを見出していたのである。なお、この小説に関して啄木は、決して称賛の立場を取っていたとは言えないのだが、それなら、この小説がどのように啄木の日記に影響を与えたかを考える必要がある。

　池田は、啄木が『True Love, Its First Practice』の露骨な性描写の印象を受けていることも認めてはいるが、その一方で啄木の書簡に「一寸見た」とあるので、じっくり読んだとは特に記されていないと指摘する。そして『ローマ字日記』における性の描写は、『True Love, Its First Practice』よりも、江戸時代の好色本からの影響の方がより明らかだと述べている。確かに、４月14日の日記に啄木は創作の意欲と性欲との類似性について言及[33]してから、貸本屋から春情本を借りたことを記している。

Sōsaku no Kyō to Seiyoku to wa yohodo chikai yō ni omowareru. Kashihon-ya ga kite Myō na Hon wo miserareru to, nandaka yonde mitaku natta : soshite karite shimatta. Hitotsu wa "Hana no Oboroyo", hitotsu wa "Nasake no Tora-no-maki". "Oboroyo" no hō wo Rōma-ji de Chōmen ni utsushite, 3 jikan bakari tsuiyashita.

（『ローマ字日記』1909年（明42）年４月14日）

　貸本屋から借りた本は『花の朧夜』と『情けの虎の巻』であるが、両方とも江戸時代の艶本である。啄木は三時間をかけて『花の朧夜』をローマ字で写したと記す。池田功はこれらの作品にある赤裸々な性描写は啄木に刺激を与えたと指摘する。[34]

　まず、前頁に挙げた４月10日の描写の外に（つまり、貸本屋から艶本を借りる前の）、『ローマ字日記』の性的描写に関する例をいくつかを挙げてみよう。

164　Ⅱ　石川啄木

Ina ! Yo ni okeru Setsu-ko no Hitsuyō wa tan ni Seiyoku no tame bakari ka ? Ina ! Ina !Koi wa sameta. Sore wa Jijitsu da : Tōzen na Jijitsu da ------. kanashimu beki, shikashi yamu wo enu Jijitsu da !

Shikashi Koi wa Jinsei no Subete de wa nai : sono ichi-bubun da, shikamo goku Wazuka na ichi-bubun da. Koi wa Yūgi da : Uta no yō na mono da. (…)

Yo wa sono Uta bakari wo utatteru koto ni akita koto wa aru : shikashi, sono Uta wo iya ni natta no de wa nai. Setsu-ko wa Makoto ni Zenryō na Onna da. (…) o wa Setsu-ko igwai no Onna wo koishii to omotta koto wa aru : hoka no Onna to nete mitai to omotta koto mo aru : Gen ni Setsu-ko to nete-i-nagara sō omotta koto mo aru. Soshite Yo wa neta ------ hoka no Onna to neta. Shikashi sore wa Setsu-ko to nan no Kwankei ga aru ? Yo wa Setsu-ko ni Fumanzoku datta no de wa nai : Hito no Yokubō ga Tanichi de nai dake da.

（『ローマ字日記』1909（明42）年 4 月 15 日）

　上記の部分において、妻節子に対する気持ちと性的な衝動を区別する論理が見える。他の女と寝ただけではなく、その後も啄木は節子以外の女との交際を求めるのである。

　4 月 26 日に金田一と一緒に浅草へ遊びに行った記録によると、啄木は〈たまこ〉という品のある女性と話す。女性は自分の過去のことを語り、店のお上さんに酷い扱いを受けていることなどを言う。そして仕事をやめると決意した〈たまこ〉に同情する啄木は、彼女を励まそうとするが、彼女が抱えている借金の高さを聞くと、啄木は泣くか、冗談を言うか、どのような行動をとるべきか分からなくなり、ためらう。そして、自分が淵に陥るような気がする。

Jiishiki wa Yo no Kokoro wo fukai fukai tokoro e tsurete iku.　Yo wa sono osoroshii Fukami e shizunde ikitaku nakatta.　Uchi e wa kaeri taku nai : nani ka iya na Koto ga Yo wo matteru yō da. (…)

　Sake wo meijita.　Soshite Yo wa 3 bai gui-gui to tsuzuke-zama ni nonda.　Ei wa tachimachi hasshita.　Yo no Kokoro wa kurai Fuchi e ochite yuku-mai to shite yameru Tori no Habataki suru yō ni mogaite ita.

　Iya na Okami ga kita.　Yo wa 2 yen dashita.　Soshite Rinshitsu ni itte Oen to yū Onna to 5 fun-kan bakari neta.　Tama-chan ga Mukai ni kite sen no Heya ni itta toki wa, Kindaichi kun wa Yoko ni natte ita.　Yo wa Mono wo iitaku nai yō na Kimochi datta ………. Tōtō Fuchi e ochita to yū yō na …… !　　（『ローマ字日記』1909（明42）年 4 月26日）

　前述した女性の身体に対する啄木の侮蔑は、自己強化という結果をもたらすが、上記の部分においては、〈たまこ〉に対して同情するので、同様な仕掛けが成り立たないのである。その主体性が作れない心境を啄木は淵に陥るという気持ちに例える。その結果、〈おえん〉という女と 5 分だけ寝たことは自虐的な姿勢をもたらす。啄木が淵に陥る感覚を覚えたのは、節子ではない女と寝たからではなく、自己が主体性を持たない状態になり、能動的にものごとを考える姿勢が取れないからである。性的な衝動、女性の肉体との接触は今回は自分自身に対する軽蔑の気持ちへと展開する。『ローマ字日記』の性描写に関する一貫した側面ではないが、すべての根底に流れるのは「自意識」、すなわち自己の意識に伴う内面への眼差しである。

　5 月 1 日の記録では、啄木は〈はなこ〉という女性との交際について記しているが、その前にツルゲーネフの小説に関する言及がみられる。

　その日の午前、啄木はツルゲーネフの最初の長編小説『ルジン』（Rudin、1856（安 2）年）を読んで、「Rudin no Seikaku ni tsuite kangaeru koto wa, sunahachi Yo-jishin ga kono Yo ni nani mo okoshi enu Otoko de aru to yū koto wo Shōmei suru koto de aru」と日記に書いている。ツルゲーネフが19世紀の20代のインテリをモデルにしたルジンという人物は、理想と情熱にあふれるが、実際には何の能力もない人である。彼に恋する女を捨てて、その後色々な職業等に携わるが、どれも成功しない。このような人物に同化する啄木は、自分もそのような敗北者のインテリに共通する疎外意識を感じていたのではないだろうか。その疎外感は啄木の経済的不安定によるものであるが、それと共に彼の自己の探求にも深く関わっている。そして、啄木は殆ど無意識的にまた浅草へ向かい、女遊びをする。

"Iku na！ iku na！"to omoi nagara Ashi wa Senzoku-machi e mukatta. Hitachi-ya no mae wo so' to sugite, Kinkwatei to yū atarashii Kado no Uchi no mae e yuku to Shiroi Te ga Kōshi no aida kara dete Yo no Sode wo toraeta. Fura-fura to shite haitta.

"Ah！sono Onna wa！Na wa Hana-ko. Toshi wa 17. Hitome mite Yo wa sugu sō omotta：

"Ah！Koyakko da！ Koyakko wo futatsu mitsu wakakushita Kao da！" Hodo naku shite Yo wa, O-kwashi-uri no usu-gitanai Bâsan to tomo ni, soko wo deta. Soshite hōbō hippari-mawasarete no ageku, Senzoku Shōgakkō no Urate no takai Rengwa-bei no shita e deta. Hosoi Kōji no Ryōgawa wa To wo shimeta Ura-nagaya de, Hito-dōri wa wasurete shimatta yō ni nai：Tsuki ga tette iru.

"Ukiyo-kōji no Oku e kita！" to Yo wa omotta.

（『ローマ字日記』1909（明42）年5月1日）

　啄木は娼婦の世界を〈浮世小路の奥〉と呼ぶが、この表現は先述の自分が〈淵に陥る〉感覚と同様に疎外的で不安定な感覚を示している。そこで、釧

第二章　自己の再認識をする啄木　*167*

路で親しんでいた小奴という芸者に顔が似ている17歳の〈はなこ〉という
女性に出会う。

> Fushigi na Ban de atta.　Yo wa ima made iku-tabi ka Onna to neta.
> Shikashi nagara Yo no Kokoro wa itsu mo nani mono ka ni
> ottaterarete iru yō de, ira-ira shite ita, Jibun de Jibun wo azawaratte
> ita.　Konya no yō ni Me mo hosoku naru yō na uttori to shita, Hyōbyō
> to shita Kimochi no shita koto wa nai.　Yo wa nani goto wo mo
> kangaenakatta : tada uttori to shite, Onna no Hada no Atatakasa ni
> Jibun no Karada made attamatte kuru yō ni oboeta.　Soshite mata,
> chikagoro wa itazura ni Fuyukwai no Kan wo nokosu ni suginu
> Kōsetsu ga, kono Ban wa 2 do tomo kokoro-yoku nomi sugita.
> Soshite Yo wa ato made mo nan no Iya na Kimochi wo nokosanakatta.
>
> （『ローマ字日記』1909（明42）年5月1日）

　先述した熟女の娼婦の肉体への軽蔑に比べると、〈はなこ〉との性交は快
楽の発見のような記録である。これも啄木の女性遍歴の側面であると共に、
啄木の内面の発見の記録である。したがってここで、ジェンダー・パラダイ
ムを通して、『ローマ字日記』に見られる女性遍歴の意味について考えてみ
たい。
　まず、池田は日記の性の描写について、江戸時代の艶本の影響を受けてい
ると指摘し、啄木自身がそれらの作品の好色の主人公に同化しているとして、
次のように指摘する。

　　つまり、啄木が性的に激しく興奮し、妻がありながら他の女性と寝た
　　いと書いているのは、明らかに『花の朧夜』の助十郎や半七に自分を同
　　化させてしまったからなのである。[35]

168　Ⅱ　石川啄木

また、江戸時代の艶本と啄木が使う表現に類似性があるとも池田は指摘する。

　　　『ローマ字日記』の「股に手を入れて、手荒くその陰部をかきまわした」というような表現に見合うものが数多くある。例えば『秘蔵の名作艶本』の第五集を例にとってみれば（…）五カ所もある。つまり、ごく普通の艶本なら一冊に一カ所以上はそのような挿絵があると言ってもよいのである。
　　　　36

　池田の指摘を受けながらも、本節では江戸時代の春本と啄木の日記に見られる性描写の根本的な違いに重点を置きたい。啄木の日記における性は、〈雅〉の美的観念に満ちている光源氏の女性遍歴と違い、浮世小路の奥の世界を舞台とする。その点では江戸時代の春本に近いと言えるが、池田も指摘するように、近世の好色本には挿絵に大事な役割があるといえよう。為永春水や山東京伝の作品の挿絵というヴィジュアルな要素は、作品中の主人公の冒険の物語に参与する。これに対して、啄木は『花の朧夜』という近世の春本を貸本屋から借りてから、３時間をかけて全部ローマ字で書き写す必然性を感じたという。このことは大事な意味を持っている。そこに、挿絵と露骨な表現を以て性を露出する近世の作品をそのまま取り入れるのではなく、ヴィジュアルな面を省き、漢字と仮名の視覚的な性質の代わりに音声中心のローマ字を用いて、啄木は性の内面化を行おうとしているのである。また、近世の露骨な性描写は主に滑稽な要素をまじえ、性の冒険は遊びであり、過去の有名な作品のパロディであるような春本も見られる。それに比べて、女性との性交を通して行われる啄木のエロスの発見は始終真面目であり、自己強化と自己嫌悪という２つの方向の間に揺れ動く、不安定で自分自身がない自我の輪郭を表している。それは近代の男子のセクシュアリティというジェンダー的な位置づけに当てはめることもできよう。この意味では、『ロー

マ字日記』における啄木の内面の発見は、近代国家における男子の自我の形成という流れに位置するのである。ローマ字で春本を書き写したことにその象徴的な意味を見出すことができる。すなわち、近世のセクシュアリティを作り直すことによって近代の男子の性の在り方を追い求めるという意味を見出すことができる。

　二葉亭四迷の『浮雲』の内海文三と尾崎紅葉の『金色夜叉』の間貫一のように、近代化に伴う新しい文化的ステレオタイプへの過渡期に適応できず、受動的、自己言及、無気力という男性のイメージが浮かび上がる。啄木の内面の発見において、性の描写を通して自己についての知識を深めようとしており、〈浮世小路〉の奥とは自己の内面の淵に一致するものだと言えるのではないだろうか。

5．啄木の短歌における自己の表れ——身体表現とラカン的パラダイムを通して——

　『ローマ字日記』に見られる啄木の内面の発見は、近代日本の男子としての自己認識の前提に到達する。このように他者と自己の位置づけにおいて、女性との性交ならびにその身体についての知識を得ることで、自己についての知識も形成される。そして自虐と自己強化のあいだで揺らぐ啄木の内面が浮き彫りになる。例えば、娼妓に通う啄木は、〈たまこ〉との出会いの際に〈深い淵〉の感覚を覚えているのに際して、〈はな子〉との性交で発見する歓喜な気持ちは、その淵からの救済である。これらの体験を日記に記すことによって、自己の内面を文字によって客体化するという試みがなされる。この客体化の実施のために、啄木が日記という形を選んだことも重要である。小説は作者（自己）と読者（他者）という関係を想定するが、日記の場合は、作者も読者も自己であり、日記を書く主体と日記に記述された客体としての自己は同一のものとなるからである。そこで次に、短歌表現では自己がどのように表れてくるかという問題について考察する。

まず、『一握の砂』に収録された次の短歌を引用する。

　鏡とり

　能ふかぎりのさまざまの顔をしてみぬ

　泣き飽きし時　　　　　　（『一握の砂』、「新天地」1908（明41）年12月号の）
　　　　　　　　　　　　　　　　　　　　　　　　　　　　　　　　　　37

　岩城之徳と今井泰子が編集した『石川啄木集』の解説では、「重い現実に
あえぎ不如意な人生や自己の非力を嘆く毎日の中で突如起こる傍観的で自嘲
的な態度」を歌う作品である。悲しさで泣くことに飽きた啄木は、鏡を取っ
　　　　　　　　38
て、そこに映る様々な自分の顔の表情を眺める。歌人としてユーモアを込め
て自分を傍観するという行為が描かれているが、そこに自分が自分を見つめ
るという自己客体化の傾向を認めることができるだろう。鏡で自分をみるこ
とが自己認識と深く関わる動作であることをジャック・ラカン（Jacques
Lacan）が「鏡像段階論」の中で指摘している。主体の構造において、鏡像
段階は自我の最初の輪郭を形づくるということであるが、育児の認知発達を
説明するラカンは「その鏡像を歓喜の表情で誇らしく引き受け自分のものに
すること、また鏡像による同一化を我がものとするさいの遊戯的な自己満
足」であると指摘する。悲しみに追われ、鏡を取りおどけて様々な表情する
　　　　　　39
啄木の動作は、主体の構造過程におけるその遊戯的な満足を覚える体験と非
常に類似するのではなかろうか。従って、鏡をとることは、自己をみつめて、
自己を認識することに深くかかわる動作に違いない。これは啄木の短歌創作
の一つの重要な側面である。特に、『一握の砂』は、身体の一部を対象とす
る歌が多いのである。その中で、最も代表的な作品として次の１首を挙げ
てみたい。

　はたらけど

　はたらけど猶わが生活樂にならざり

第二章　自己の再認識をする啄木　*171*

ぢつと手を見る　　　　　　　（『一握の砂』、「朝日新聞」1910（明43）年 8 月 4 日）

　上記の短歌を書いた時、啄木は「朝日新聞」の校正係として勤めていたので、〈ぢつと〉見る手は肉体労働をする手ではなかったはずである。しかし、橋本威が指摘するように、この歌が新聞に掲載されるほぼ 1 カ月前に、歌人の宮崎郁雨宛ての手紙にこの歌の背後にある啄木の現状が示されている。[40]

　　それでも今年になつてからは、何だ角だと言つて月に総計四十円から四十五円位とれる勘定だ、以前にくらべると余程楽にならねばならぬのだが、不思議に何處も樂になつたやうな所も見えない。

　この頃、啄木は「朝日新聞」の仕事によって、東京の滞在の基盤を作っていたが、前年の下宿代の返済、家族のための経済的負担、また自分も含めた家族の医薬料等の出費が多かったのである。そこで、収入を上げるために同年 1 月から『二葉亭四迷全集』の校正や地方の新聞に通信を書く仕事を受けおっていた。それにも関わらず、経済的に困難な時代がなかなか終わらない現実があり、上記の歌がその心境を表現しているのである。そして、この心境は自分の身体の一部である手のイメージに収斂される。すなわち、見る主体である自分と見られる対象である自分の手とは、同一のものであるが、自分の心境を手に投影することによって、自分の心の状態を客体化するというメカニズムが生まれるのである。
　次の歌の場合も〈手〉のイメージに同様な意味を認めることができる。

　　よごれたる手をみる──
　　ちやうど
　　この頃の自分の心に對ふがごとし

　　　　　　　　　　（『悲しき玩具』、「早稲田文學」1911（明44）年 1 月号）

上述した岩城之徳と今井泰子の指摘の通り、手を見ることは自分の非力を指している動作であるが、この歌においては心と身体の一体化が明確に示唆されている。

　身体を通して心の状態を表す歌は、『一握の砂』にも『悲しき玩具』にも頻出する。その中で、自分の身体を見つめるという知覚を中心とする歌が最も多い。特に、『石川啄木事典』において〈手〉という項目が作成されるほど、啄木の作品において〈手〉を詠んだものは非常に多いのである。そして、次の短歌においては、身体と内面性の関係がさらに明確に歌われている。[41]

　　　ふと深き怖れを覺え
　　　ぢつとして
　　　やがて静かに臍をまさぐる　　　　　　　　　　（『一握の砂』初出）

　深い恐怖を覚えることと臍を触ることの関係が不明な歌である。深い恐怖を歌うこの短歌の原型は、1908（明41）年7月号の「明星」に掲載された「ふと深き怖れおぼえてこの日われ泣かず笑はず窓を開かず」という歌である。これについて「国際啄木学会」の会長として勤めた近藤典彦は同年の8月に歌が「ふと深き怖れおぼえぬ昨日までひとり泣きにし我が今日を見て」にさらに変化したと指摘する。3首を合わせてみると、その恐怖の原因が明確になるわけではないが、[42]その不安感に対する反応は、A〈窓開かず〉、B〈我が今日を見て〉、C〈静かに臍をまさぐる〉という流れになる。Aは自己と外部との交流を断ち切る様であり、Bはもう少し前向きな姿勢を示しているように見えるが、Cでは身体の中心の臍を触る行為は安心感を求めるという意味、ないし母胎回帰願望の意味としてとれる。Aと同様に現実による不安に立ち向かわず、自己の中で閉じこもる反応が示されている。そして、このような心の状態は『一握の砂』においては身体表現を通して具体化されている。この短歌の校異にたどり着くと、啄木が最終的に〈臍〉という身体

第二章　自己の再認識をする啄木　173

表現を選んだことは、彼の歌作における身体の重要さを物語っている。同様に『悲しき玩具』に収録されている短歌の中でも身体表現は重要な位置を占め、特に病気による啄木の疎外感は、身体の部分のイメージを通して示唆される例が多いのである。

啄木の短歌における身体と自我の形成との関係を解明するために、改めてラカン的なパラダイムを参考にしてみたい。本節の冒頭に取り上げたラカンの「鏡像段階論」による自我は、次の3つの段階を通して形成される。

1）切断された身体がある。つまり、統一した自己の身体的なイメージがない。
2）鏡の中に映る他者の像を自己として認め、自己の同一性を得ることができる。
3）他者（育児の場合は母）との交流によって理想の自己が形成する。[43]

『一握の砂』と『悲しき玩具』の形成時期の短歌においては、身体が手、爪、足、腹、胸、臍等の部分的なイメージによって表現される例が多く、上記の1）の〈切断された身体〉と類似性をもっている。その身体の部分に自分の心を収斂させることによって、心身の統一、つまり2）の自己同一性を得ようとしている啄木の姿勢を見出すことができる。そして、自虐的な内容の歌が多いからこそ、その背後に3）の理想の自我、つまりナルシシズムの存在が示されている。

上記から、見る主体と見られる対象との統一性を求める啄木の短歌の作り方が確認できた。啄木の短歌における身体の部分は彼の心の姿、つまり心理を具体化させる技巧として見ることができるが、それだけではなく文学表現上の彼の内面の発見と深くかかわる側面でもある。また、「時代閉塞の現状」等の後の評論における現実への眼差しにも深くかかわるのである。

1909（明42）年10月7日から11月3日にかけて、7回にわたって「東京

毎日新聞」に掲載した「食らふべき詩」という評論では「実人生と何等の間隔なき心持を以て歌ふ詩」と啄木は述べている。『ローマ字日記』の記録が同年 6 月 6 日までで、『一握の砂』と『悲しき玩具』に収録された短歌作品はこの前後に形成されている。前節に述べたように、「食らふべき詩」は、啄木における現実と芸術との関係において大きな視点の変化を見せる。これによって詩歌創作は現実に一致しなければならないと訴えているが、この姿勢は浪漫主義の形而上性からの決別、自然主義に対する疑問、そして近代国家強権に対する批判的な精神へと繋がるのである。

第三章 「時代閉塞の現狀」について

　本章では、1910（明43）年 8 月から 9 月の間に、石川啄木が執筆した評論について論じる。当時、彼は朝日新聞社に評論を投稿していたが、掲載される機会はなかった。啄木が「時代閉塞の現狀」を書いた切っ掛けは、8 月22、23 日の朝日新聞に載った魚住折蘆の評論「自己主張の思想としての自然主義」にあった。魚住は次のように日本自然主義を評価した。

　　自己主張と云へば意志を予想する。然るに自然主義は寧ろデテルミニスティックな傾向である。此二つは一見調和しがたい矛盾に見える（…）。恰も近世の初頭に当つて、相容れざるルネツサンスと宗教改革との両運動が其共同の敵たるオーソリティに当らんが爲めに一時聯合したる如く、現實的科學的從つて平凡且フェータリスティックな思想が、意志の力をもつて自己を拡充せんとする自意識の盛んな思想と結合して居る。此の奇なる結合の名が自然主義である。彼等は結合せん爲には共同の怨敵を有つて居る。即ちオーソリティである。今日のオーソリティは早くも十七世紀に於てレビアタンに比せられた國家である、社會である。廟堂に天下の枢機を握つて居る諸公は知らぬ。自己拡充の念に燃えて居る青年に取つて最大なる重荷は之等のオーソリティである。殊に吾等日本人に取つてはも一つ家族と云ふオーソリティが二千年來の国家の歴史の權威と結合して個人の獨立と發展とを妨害して居る（以下略）
　　　　　　　　　　　　　　　　　　　　　　　　　　　　　44

　魚住の見解によると、因果関係に基づく決定論的な科学的思考と個人の意志の力によって自己を主張とする意識は、本来矛盾してはいるものの、結合して自然主義の中心的な理念となり、それは国家強権と旧道徳の遺産である家族制度に反抗的な姿勢を示しているという。

啄木はこのような自然主義の定義に賛成できず、当時の自然主義を批判するために「時代閉塞の現状」を書いたが、それは文学評論に留まらない、明治末期の文壇及び社会の背景を取り上げた時代批評の内容となった。

1910（明43）年には、自然主義の風がますます日本の文壇に吹き込み、大逆罪の疑いで逮捕された幸徳秋水等の事件、韓国併合、加えて日露戦争後の不安定な生活による犯罪率と失業率の増加などの社会現象も現れた。このような背景において、日本近代国家の強権的な姿勢が次第に明確になっていった。石川啄木の「時代閉塞の現状」は、文学と社会、双方の観点から明治末期の日本に対する分析を行ったものである。

啄木の評論において、政治・社会問題と日本文学における自然主義に対する批判が重なる部分もある。そこで便宜上、「時代閉塞の現状」の内容を二つのレベルに分けて論じる。すなわち、一つは社会・政治の事情を扱うレベルであり、もう一つは当時の文壇の状況を扱うレベルである。本章では、両レベルにおいて、啄木の評論における「閉塞」の意味は何か、または「閉塞」の現状を超えるために、どのような見解を示していたかを論じていきたい。

1．政治・社会批評としての「時代閉塞の現状」と啄木の国家観

1905（明38）年に日露戦争が終わり、ポーツマス条約に反対する都市民衆が暴動を起こし、同年9月5日に「日比谷焼打事件」が起きる。約1ヶ月の間、その影響で日本の他の主要都市に反対運動が広まり、戦争のために大きな犠牲を負担した国民の不満が高まった。当時の新聞各紙にも、同様の不満感情を訴える記事が見られ、この時、初めて明治国家と日本国民の間に危機状態が表れたとも言える。戦争による社会問題は主要都市のみではなく、農業によって生活手段を得る地方にも存在していた。

1906（明39）年、石川啄木は岩手県にある渋民村の小学校で教員を勤めていた。現地の若者は貧困の生活環境にあり、そのため北海道の開拓地へ出稼

ぎに行く者や、都市部の工場へ勤務する者がおり、啄木はそのような状況を直接、目にしていたのである。都会の人口増加が「恐るべき伝染病の蔓延をもたらし、若者たちの寿命を縮めた」と指摘する石井寛治は、『病気の社会史』によるデータを取り上げ、その主な死因は結核であったことを明らかにする。地方と都市のどちらにおいても生活事情が悪化し、人民の貧困化に伴って犯罪率が上がったことを指摘する研究もある。当時のこのような背景について、啄木も次のように触れている。

戦争とか豊作とか饑饉とか、すべてある偶然の出來事の發生するでなければ振興する見込のない一般經濟界の状態は何を語るか。財産とともに道徳心をも失つた貧民と賣淫婦との急激なる増加は何を語るか。將又今日我邦に於て、その法律の規定してゐる罪人の數が驚くべき勢ひをもつて増してきた結果、つひにみすみすその國法の適用を一部において中止せねばならなくなつてゐる事實（微罪不検擧の事實、東京並びに各都市における無數の淫賣婦が拘禁する場所がないために半公認の状態にある事實）は何を語るか。

このような現状の中で、「今日の小説や詩や歌の殆どすべてが女郎買、淫賣買、乃至野合、姦通の記録であるのは決して偶然ではない」と啄木は述べている。そして自滅の道を歩む社会と文学に対して、その現状を変える方向に自己の主張をする必要があると訴えている。彼の批評では、当時の青年の無為についても触れている。

前にも言つた如く、彼らに何十倍、何百倍する多數の青年は、その教育を享ける権利を中途半端で奪はれてしまふではないか。中途半端の教育はその人の一生を中途半端にする。彼らは實に其生涯の勤勉努力を以てしても猶且三十圓以上の月給を取ることが許されないのである。むろん

彼らはそれに満足する筈がない。かくて日本には今「遊民」といふ不思議な階級が漸次其數を増しつつある。今やどんな僻村へ行つても三人か五人の中學卒業者がゐる。さうして彼らの事業は、實に、父兄の財産を食ひ減すことと無駄話をすることだけである。[50]

　上記の引用箇所には、二つの大きな問題が挙げられている。つまり、学歴があるのに就職できない青年、または教育を得ることさえできない若い世代の問題である。後者については、渋民村で講師の仕事をしていた啄木は、直接にその問題を見ていたはずである。1906（明39）年4月18日に啄木がとった出席名簿を参考にすれば、230人の生徒のうち80人が欠席であったことが分かる。その大多数は女子である。地方の貧しい農民の子供の不登校問題は、啄木の小説「葉書」にもみられる。[51]これは貧困と農業の仕事のため、子供を学校に出さないという事実を描く短い小説である。

　　この歩合といふ奴は始末にをへないものである。此邊の百姓にはまだ、子供を學校に出すよりは家に置て子守をさした方が可いと思つてる者が少なくない。女の子は殊にさうである。急しく督促（せは）すれば出さぬこともないが、出て來た子供は中途半端から聞くのだから教師の言ふことが薩張（さつぱり）解らない。　　　　　　　　（「葉書」、「スバル」1909（明42）年10月号）

　ある村の小学校に派遣された教師は、その校長の不熱心な教え方と学校の管理、また欠席の割合を知る。国家の教育制度を代表する校長の無関心さには、恵まれていない地方に対する明治国家の姿勢がうかがえる。19世紀末から1907（明40）年まで続いていた足尾銅山の環境汚染事件も、地方に対する国家体制の無関心と横暴な側面が現れたものだったと言える。「時代閉塞の現状」を執筆した頃の啄木の中では、国民の健康を得る権利のみならず、教育の権利をも守ろうとしない近代国家のイメージが既に定着していたと考

えられる。

　次に、「時代閉塞の現状」に見られる「遊民」という表現について見ていきたい。「高等遊民」という表現は、大学や高等学校などで高い教育を受けたにもかかわらず、一定の職に就かず、自分の趣味を楽しみ求める非生産的な人物の意味である。この現象についての最も古い言及は、徳富猪一郎（蘇峰）による「書を読む遊民」という記事にみられる。

　　　地方に行けば高等小學を卒業したる無數の少年、皆その業なきに苦しめり（…）帝國大学の卒業生すら尚ほ其賣れ口なきに困り居れり（以下略）。[52]

　その後、「遊民」という表現は、1903（明36）年9月25日、「東京朝日新聞」に掲載された「官吏学校を設立すべし」という記事に見られる。すなわち、「官吏の養成所猶可なれども需要が供給の十分の一にも當らざる結果は、所謂落第の失意者を生じて、社會に何等の効能無きの高等遊民を作ることとなる。」とあり、国家公務員の仕事を目指して、就職できなかった青年の問題を取り上げている。さらに、1909（明42）年出版の夏目漱石の小説、『それから』においても「遊民」という言葉がみられる。小説の主人公は長井代助という三十代の男である。世間離れし、美の世界で自己の充実感を求める代助は、「三十になって遊民として、のらくらしているのは、如何にも不體裁だな」と父親に咎められる。しかし、語り手は気ままな暮らしをする遊民と呼ばれた代助の心境を次のように説く。

　　　代助は決してのらくらしているとは思はない。ただ職業の爲に汚されない内容の多い時間を有する、上等人種と自分を考へてゐるだけである。

　代助という人物は、その後の漱石の小説にも登場する、独立した自分の意志通りに行動するインテリの典型的な要素も含んでいる。したがって、社会

問題としての「遊民」に焦点を当てているというよりも、世間に対する一つの態度として描かれていると言えるだろう。

　小説「それから」は、1909（明42）年6月から10月まで「東京朝日新聞」に連載されていたが、当時、「東京朝日新聞」の校正係として勤めていた啄木は、漱石の作品を読んだに違いない。ただし「時代閉塞の現状」にある「高等遊民」は、漱石と違って、明らかに社会問題の一端として述べられている。自己の趣味に没頭し、仕事に従事しない非生産的な「遊民」は、社会的な役割や貢献を果たさないという点では、「時代閉塞」の現状の中で受け身的な姿勢をもっているので、啄木の論の中で決して肯定的な意味を帯びてはいないのである。

　しかし、「遊民」問題は個人的な生活態度のみならず、失業率が高くなった日本社会の危機によって悪化した現象でもあった。特に日露戦争の軍事費のために日本は大量の国債を発行し、その影響で借金が増え、日本の経済的な成長が留まり、国も企業も人材を雇わない事実があった。こうした背景は明治期の教科書にも反映されていた。明治維新直後に出た福沢諭吉の「學問ノスヽメ」(1872（明5）年）によって勧められた「立身出世」というエートスは、明治20年代の学校の修身の教科書にも受容されており、さらに、故郷を離れて江戸で商業に成功した塩原多助という人物は、立身出世譚の代表的存在として修身教科書に採用されていた。これに対して、1902（明37）年から、つまり日露戦争期の修身の教科書では、二宮尊徳（金次郎）という人物が次第に強調されていく。二宮は勉強しながら親を支えて農業の仕事をするという勤勉な子供の体現である。塩原多助は、中村正直の『西国立志編』等の作品にもみられる立身出世の理念を表し、彼の活動範囲は「都会」と「商業」である。一方、二宮の場合は、「家」と「仁義」という価値観が重んじられ、彼は農業で活動し、家族から離れたりはしない。塩原に比べると、二宮の方が儒教的な要素を示している。この特徴は明治中期の「家族國家」という原理の形成に繋がっている。また、生産力の低下、失業率の増加等の

問題を抱える社会では、次世代の国民の育成を担う教育制度にとって、「立
身出世」というエートスがもはや時代に適合していなかったということが、
当時の修身教科書における変容に反映されていたと考えられる。

　啄木の「時代閉塞の現状」は、上記の社会問題を日本資本主義の歪みとし
て非難しているが、何よりもその現状を自覚しない彼の世代こそが批評の対
象となる。その世代の主流となる考え方を次のように述べている。

　　國家は強大でなければならぬ。我々は夫を阻害すべき何らの理由も有つ
　てゐない。但し我々だけはそれにお手傳するのは御免だ！」これ實に今
　日比較的教養あるほとんどすべての青年が國家と他人たる境遇において
　もちうる愛國心の全體ではないか。さうしてこの結論は、特に實業界な
　どに志す一部の青年の間には、さらにいつさう明晰になつている。曰く、
　「国家は帝國主義でもつて日に増し強大になつていく。誠に結構なこと
　だ。だから我々もよろしくその眞似をしなければならぬ。正義だの、人
　道だのといふ事にはお構ひなしに一生懸命儲けなければならぬ。國のた
　めなんて考へる暇があるものか！」

　自己主張は民権を訴える方向に向かうのではなく、個人の儲けと一致する
という青年の姿勢の皮肉な描写である。啄木は、このような個人主義は国家
の強権と帝国主義の野心に対して抵抗感を持っていないことを強調する。そ
して、本当の敵（国家強権）が認識できない青年は、日本の帝国主義を敵と
して認識する韓国と台湾の青年より不幸だという。

　　我々日本の青年は未だ嘗てかの強權に對して何らの確執をも醸したこと
　が無いのである。したがつて國家が我々にとつて怨敵となるべき機會も
　いまだかつて無かつたのである。さうしてここに我々が論者の不注意に
　對して是正を試みるのは、蓋し、今日の我々にとつて一つの新しい悲し

みでなければならぬ。何故なれば、それは實に、我々自身が現在に於て有つている理解のなほきわめて不徹底の狀態にあること、および我々の今日および今日までの境遇がかの強権を敵としうる境遇の不幸よりも更にいつそう不幸なものであることをみずから承認するゆゑんであるからである。[59]

啄木の国家観は「オーソリティー国家」、「強権」、「既成強権」等の表現によって表され、閉所恐怖症に近いニュアンスを帯びるような表現が用いられる。

我々青年を圍繞〔いじょう〕する空氣は、今やもうすこしも流動しなくなつた。強権の勢力は普〔あまね〕く國内に行わたつてゐる。現代社會組織はその隅々〔すみずみ〕まで發達してゐる。[60]

このように国家は強権であり、社会を支配するという観念がうかがえる。つまり、国家というのは、社会の外部にあるものであり、個人の自由を迫害する統治組識として啄木は見ているのである。このような見解は既に評論、「性急な思想」(1910(明43)年2月13「東京朝日新聞」)に見られる。

日本はその國家組織の根底の堅く、かつ深い點に於て、何れ〔いず〕の國にも優〔まさ〕つてゐる國である。從つて、もしも此処〔ここ〕に眞に國家と個人との關係に就いて眞面目〔しんめんぼく〕に疑惑〔いだ〕を懷いた人があるとするならば、その人の疑惑乃至反抗は、同じ疑惑を懷いた何れの國の人よりも深く、強く、痛切でなければならぬ筈〔はず〕である。[61]

「性急な思想」は、大逆事件が報道されるほぼ3ヶ月前に書かれ、基本的に当時の日本文学における自然主義への批判として読むことができる。道徳

や慣習を挑発する日本自然主義の小説は検閲に触れた例が多いものの、その道徳と慣習を司る強権にこそ立ち向かわなければ、日本の自然主義は権力に抵抗していると言えない、というのが啄木の論である。そして、日本においては強権的な性格が過去にも強く根差しているからこそ、それに対する疑問と抵抗はさらに強く出なければならないという。

　国家という概念が社会の外部にあるとする見解は、ベネディクト・アンダーソン（Benedict Anderson　1936年－2015年）の『想像共同体（Imagined Communities: Reflections on the Origin and Spread of Nationalism）』等、20世紀（1980年代）に発表された国家の概念形成に関する説に共通する側面もある。これは、啄木の鋭い時代の読み方を多く物語っていると言えよう。

　アンダーソンの説は、国家という概念の形成には資本主義経済と印刷技術の発達が欠かせない貢献をし、「国民」という新しい政治的共同体の意識の形成に関与したというものである。それと一部の意見において重なるエリック・ホブスボーム（Eric Hobsbawm　1917年－2012年）とテレンス・レンジャー（Terence Ranger 1929年－2015年）の説では、主導のエリートは近代化に伴う経済的、政治的な必要に応じて、伝統を創造したことによって、国家とナショナリズムの概念を構築させたとしている。ホブスボームとレンジャーの共著『創られた伝統（The Invention of Tradition）』においては、日本の近代国家は、伝統を作る手段をもって、近代化に伴う社会的な変化の中で、政治的社会的秩序の維持に成功した例であると述べられている。

　西洋で行われている国家の起源に関する研究は、様々な観点から論じられており、日本に完全に該当しない部分もあるものの、上記の説において、国家概念は社会の基盤から成立したものではなく、その外部にある主導階級によって垂直的に、つまり上から下へ形成されたものとして論じられている。これは、市民社会に主導されたものではなく、社会の外部にある強権組織によって作られたものであるという、啄木の国家観に通ずる側面があると指摘できるだろう。

小川武敏が指摘するように、浪漫的で自堕落な姿勢から社会性を自覚した啄木の鋭い批評への展開は、1909（明42）年以降の作品から現れてくる。例えば、文芸雑誌「スバル」1909（明42）年12月号に掲載された「きれぎれに心に浮かんだ感じと回想」という評論に、「從來及び現在の世界を觀察するに當たつて、道德の性質及び發達を國家といふ組織から分離して考へることは日本人に最も特有なる卑怯である」と述べている。そして、国家に服従する人も、国家思想に不満を抱いている人も、もっと国家という組織に立ち向かい、国家に関して熟慮する必要があることを訴えていた。当時の自然主義に対する疑問を表す「きれぎれに心に浮かんだ感じと回想」では、文学は人生および社会を考察する手段であり、その問題を正面から扱わないで回避するのは卑怯の論理であるとしている。この啄木の考えは、彼の後の評論にも一貫して表れており、「大逆事件」以降の執筆においては、国家はますます強権として認識されていく。

　このような国家の認識において、クロポトキン（Kropotkin）の読書などの影響が認められることは、既に先行研究によって指摘されている。しかし、受け身的な思想の受容ではなく、その意識の根本的なところは、彼の体験や現実への眼差しによったものだと考えられる。例えば、「時代閉塞の現狀」には、次のような言及がみられる。

　　此處に一人の青年があつて教育家たらむとしてゐるとする。彼は教育とは、時代が其一切の所有を提供して次の時代の爲にする犧牲だといふ事を知つてゐる。然も今日に於ては教育はただ其「今日」に必要なる人物を養成する所以にすぎない。さうして彼が教育家として爲しうる仕事は、リーダーの一から五までを一生繰返すか、或は其他の學科の何れも極く初歩のところを毎日々々死ぬまで講義する丈の事である。若しそれ以外の事をなさむとすれば、彼はもう教育界にゐることができないのである。又一人の青年があつて何等か重要なる發明を爲さむとしてゐるとする。

しかも今日に於ては、一切の發明は實に一切の勞力とともにまったく無價値である——資本といふ不思議な勢力の援助を得ない限りは。[66]

資本主義に対する非難があるが、ここに含まれている当時の教育制度への非難も見逃すことができない。

明治国家の教育制度に対する疑問は、啄木の思想形成において早い段階に現れている。1906（明39）年に、啄木は『雲は天才である』という小説を書いたが、死後に発表された作品である。主人公は新田耕助という若い教師である。Sという村（渋民であろう）を舞台にするこの作品の前半には、新田の教育方針と校長の考え方との対立が語られる。作品中に、次のような校長の皮肉な描写がみられる。

午後三時前三－四分、今迄矢張り不器用な指を算盤の上に躍らせて、『パペ、サタン、パペ、サタン』を繰返して居た校長田島金藏氏は、今しも出席簿の方の計算を終つたと見えて、やをら頭を擡げて煙管を手に持つた。ポンと卓子の縁を敲く、トタンに、何とも名狀し難い、狸の難産の様な、水道の栓から草鞋でも飛び出しさうな、——も少し適切に云ふと、隣家の豚が夏の眞中に感冒をひいた様な奇響——敢て、響といふ——が、恐らく仔細に分析して見たら出損なつた咳の一種でゞもあらうか、彼の巨大なる喉佛の邊から鳴つた。次いで復幽かなのが一つ。もうこれ丈けかと思ひ乍ら自分は此時算盤の上に現はれた八四・七九といふ数を月表の出席歩合男の部へ記入しようと、筆の穂を一寸嚙んだ。此刹那、沈痛なる事晝寝の夢の中で去年死んだ黒猫の幽靈の出た様な聲あつて、
『新田さん。』
と呼んだ。校長閣下の御聲掛りである。
　自分はヒョイと顔を上げた。と同時に、他の二人——首座と女教師も

顔を上げた。此一瞬からである、『パペ、サタン、パペ、サタン、ア
レッペ』の聲の礎と許り聞えずなつたのは。女教師は默つて校長の顔を
見て居る。首席訓導はグイと身體をもぢつて、煙草を吸ふ準備をする。
何か心に待構へて居るらしい。然り、この僅か三秒の沈默の後には、近
頃珍らしい嵐が吹き出したのだもの。

『新田さん。』と校長は再び自分を呼んだ。餘程嚴格な態度を裝うて居る
らしい。然しお氣の毒な事には、平凡と醜悪とを「教育者」といふ型に
入れて鑄出した此人相には、最早他の何等の表情をも容るべき空虚が
ないのである。誠に完全な「無意義」である。若し強いて嚴格な態度でも
裝はうとするや最後、其結果は唯對手をして一種の滑稽と輕量な憐愍の
情とを起させる丈だ。
₆₇

　上記の引用にある「平凡」と「醜悪」の教育者は、1890（明23）年に分布
された「教育勅語」を体現する人物である。この時期、啄木は「新詩社」の
メンバーであり、明星派の浪漫主義の精神の影響を強く受けていたので、国
家の教育制度に対する反発はそれにもよるものであったが、「時代閉塞の現
狀」までその批判的な精神を持ち続けていたのである。そして、日本教育制
度に対する批判的な姿勢は国家強権という認識に結びつき、国民を育成する
教育制度もその強権の一つの顔として表れてくる。

　一方では「富国強兵」と帝国主義の野心を抱き、他方では国内に言論抑圧
等の強権の理念を実施する日本国家の資本主義の歪みを啄木は批判するが、
これは明治の立身出世の夢の終わりに伴った高い失業率に関連があると述べ
ている。また、社会における貧困家族が増えて、教育が得られない子どもが
多いという現象にも触れる。強権は隅々まで社会を支配して、1910（明43）
年5月の「大逆事件」の勃発は、思想を抑圧する国家体制の存在を示して
いる。こうした現状の中、日本の青年が、併合された韓国の青年と異なり、
自分の現在と未来を奪う敵として国家の強権を認識できないのは、まことに

悲惨な現状だと啄木は述べている。しかし、何よりも啄木は、いまだに立身出世という幻想を抱いている青年の功利主義的、且つ個人主義的な姿勢が大きな問題であるとして述べる。つまり、国家強権を檻に例えれば、当時の社会危機によって国家と社会の間で生じたひずみは、まさにその檻にできた穴そのものである。そして、其の穴をひろげて、強権という檻から抜け出すことが可能なはずなのに、その穴を防いでいるのは、功利主義や立身出世の幻想を抱く当時の青年の姿勢なのである。

　文学的な閉塞は、言うまでもなく、日本の自然主義である。啄木はまず、当時の自然主義の中心的な理念は存在しないと述べ、其の理念はいかなるものかと質問すれば、大勢の人が答えるが、それぞれの答えが違うと言う。そして、日本の自然主義文学は一度も強権に立ち向かったことがないと啄木は述べている。つまり、もう一度国家権力を檻に例えれば、自然主義文学は強権と文壇の間で生じた穴を防いでいるという現状を啄木は訴えているのである。倫理を失い、儲ければいいという功利主義の態度を取る当時の青年と同様に、自然主義も倫理を失い、社会批評を断念して、時代閉塞現状を超えるのに必要な明日への考察が行われていないと述べる。時代閉塞の現状は、以前自然主義に社会批評の姿勢を期待していた啄木の、自然主義からの決別報告でもあるのである。

　啄木自身、2年後に他界してしまうため、具体的に明日への考察をどのようにしようとしていたかは断言できないが、この時代批評を書いてから、歌人土岐善麿（土岐哀果）と共に「樹木と果実」という雑誌を創刊する計画があったことを述べておかねばならない。文学雑誌という体制で、二人が共通する社会思想を広めようとし、そこに若い歌人、作家などを集め、文学と社会と実生活により結びつく方向へ進むつもりであった。しかし経営の問題や啄木の病気等のため、この雑誌は発刊に至らなかった。

第四章　文学批評としての「時代閉塞の現状」

　本章の冒頭に述べたとおり、1910（明43）年8月22日・23日の朝日新聞の文芸欄に掲載された魚住折蘆の「自己主張の思想としての自然主義」に対する批判として、啄木が「時代閉塞の現状（強権、純粋自然主義の最後および明日の考察）」を朝日新聞に投稿する。しかし、この文章の発表が断られ、実際には1913（大2）年の『啄木遺稿』に集録されることになる。

　啄木の文章は魚住の自然主義論の批評ではあるが、これは社会と文学を含む時代批評として読むことができる。すなわち啄木は魚住の「自己主張の思想としての自然主義」の説に基づいて「時代閉塞の現状」の論を組み立てたという側面もあるので、まず魚住が自然主義に対していかなる認識を示しているかについて見ていきたい。

１．魚住の自然主義論

　同年7月19日に夏目漱石は「文芸とヒロイツク」という批評を発表していた。漱石の文章においては、「自然主義といふ言葉とヒロイツクと云ふ文字は仙台平の袴と唐桟（とうざん）の前掛の様に懸け離れたものである」と述べ、「客観の眞相に着して主観の苦悶を覺ゆる」自然主義がヒロイツクを軽蔑し、虚偽であるためこれを描かないという傾向を批判する。さらに漱石は佐久間勉船長の事例をとりあげ、本能のみではなく、ヒロイツクな行爲も人間の現実であると指摘する。すなわち、漱石の自然主義に対する理解において、主観の苦悩が客観的現実と一致するのは主流であり、主観と本能だけに着目して、理想を軽蔑するという傾向を批判する。翌月の同「朝日新聞」の文芸欄に魚住の評論が掲載されているが、ここに漱石の文章が引用されている。

先頃夏目先生が本欄にヒロイツクな出來事も不自然でないと云ふ最近の
事實から、自然主義と自稱する者も此の方面に手を付けぬのを非難され
たやうであるが、聊か見當違ひの議論では無いかと思ふ。自然主義の自
然といふ事が事實有得べきことと云ふ意味で、事實有りさうにも無いと
いふ事に對立した者ではなく、寧ろ有りふれた平凡なと云ふ意味で、滅
多に無いと云ふ事に對立した者である。故にヒロイツクな出來事は其滅
多にないと云ふ譯で第一に描寫せられないのである。加之、上にも云つ
たオーソリティに對する時代通有の反抗的精神の爲めに広瀬中佐や佐久
間大尉の、從順、謙遜、犠牲、献身、のヒロイツクな行爲も鼻の先で扱
はれる様な運命を免れないのである。
₆₉

　魚住の論では、自然主義を平凡と本能に着目しているため、天才と英雄の
行為に対立するものであるという漱石の指摘は検討違いだという。それより、
現実にありふれたものに着目するから、自然主義はめったにない出来事を描
写しないというのが魚住の説である。1909（明42）年から、魚住は日本の自
然主義の精神について、既に二つの批評を書いていたため、「自己主張の思
想としての自然主義」は直接に夏目漱石に対する答えとして書かれたもので
はないが、漱石の文章は彼の自然主義に対する評価の展開に何らかの刺激を
与えたことも考えられる。最初の魚住の自然主義論は「眞を求めたる結果」
（1909（明42）年）に発表されていたが、そこに自然主義の基本精神は「事物
の眞相を知りたがる精神」であり、新聞等のメディアの報道に伴って、浪漫
主義が主流だった時代に空想が楽しまれていたが、「物理や化學や生理や心
理を學んだ爲に、且新聞と云ふ極めてプロザイックな物の流行を歓迎したた
めに、換言すれば好奇心を以て鑑賞心に換へた爲めに、何でもかでも事實を
平たく説明したもので無ければ意味も分らず面白くもなくなった」という。
その上で、自然主義は世俗的であり、だれでも参加できるので、「デモクラ
チツク」な精神を持っているという。そして、客観論的な精神を含むので、

理想から離れていると述べていたのである。1910（明43）年 6 月に発表した
「自然主義は窮せしや」においては、自然主義に対する不満も述べられている。

　　自然主義は無論結構なものではない。然し社會の實力として時代の感情
　　的生活を背景として存立している限り、決して窮しては居らぬ。從つて
　　吾等の文明も亦遠い。
　　　　　　71

　最初の二つの批評である「眞を求めたる結果」と「自然主義は窮せしや」
において、魚住は自然主義に対して必ずしも肯定的な評価を述べてはいない。
むしろ、日露戦争後の社会の危機状態における知識階級に対する批評が主な
趣旨であろう。しかし、「自己主張の思想としての自然主義」には、上記の
引用に比べて重要な展開が示されている。それは、科学的客観的精神と自己
主張の理想との結合という説である。漱石が見出していたように、自然主義
の「現實」と「客観」の追求は、「主観」と「理想」に対立するものである
うえ、「平凡な」ものにしか「現實」を感じないのである。魚住はこれに賛
成していなかったが、彼の論から自分の自然主義論を立て直すための刺激を
受けたと思われる。それまで魚住が論じていた「社会的感情」としての自然
主義の認識の中に「自己拡充」としての「反抗的精神」という要素を魚住が
新たに発見したという点については、先行研究にも指摘されている通りであ
る。しかし、理想という要素の他に、「自己主張の思想としての自然主義」
における、反抗的な精神と「自己拡充を迫害する」オーソリティとの対立関
72
係の説も、魚住の論の展開において重要な位置を示すと言えるだろう。この
点について、漱石からの影響とともに、1910（明43）年の幸徳秋水の逮捕や
20世紀冒頭の軍事主義など、当時の日本の社会に広まる権力的な精神が彼
にとってオーソリティというものの存在をより明確にしたと考えられる。

第四章　文学批評としての「時代閉塞の現狀」　*191*

2．魚住の自然主義論に対する啄木の批評

　従来の研究において、啄木と魚住における自然主義論の相違は、二人の間での国家観の違いとして理解されている。しかし文学の領域においては、両者における自然主義に対する認識の相違に関して、国家観の問題の他に、自己主張の概念における二人の相違点を探る必要もあるのではないだろうか。二人の思想的形成の違いを明確にすることで、当時の背景におけるそれぞれの位置づけが可能になるであろう。

　魚住の考えでは、自己主張と現実的科学的精神の結合に従って、平凡且つフェータリスティックな思想の共通の怨敵はオーソリティ（強権）である。

　　　自己拡充の念に燃えて居る青年に取つて最大なる重荷は之等のオーソリテイである。殊に吾等日本人に取つてはもう一つ家族と云ふオーソリテイが二千年来の國家の歴史の権威と結合して個人の獨立と發展とを妨害して居る。こんな事情から個人主義の基督教が國家の抑圧に對して唯物論たる社會主義と結合したり、之れに類似の一見不可思議な同病相憐の結合が至る所に見出だされる（以下略）
　　　　　　　　　　　　　　73

これに対して、啄木が次のように言及する。

　　　自己主張的傾向が、数年前我々がその新しき思索的生活を始めた當初からして、一方それと矛盾する科學的、運命論的、自己否定的傾向（純粋自然主義）と結合していたことは事実である。

　魚住の記事に定義されている自然主義の性質、即ち「自己主張的傾向」と「科學的、運命的自己否定的傾向」との「結合」の説には啄木は反論してい

ない。

　そして、魚住の見解では、キリスト教の個人主義及び社会主義の唯物論と同様に、自己主張と科学的思想との結合という形をとる自己拡充の念は、国家強権と旧家族制度に抑圧されている。その上で、自己主張ではなく、敗北する状態の思想である。社会的表現が迫害されている自己拡充の念は反抗的な精神となるが、その反抗は自然主義文学の領域において、「淫靡な歌や、絶望的な疲労を描いた小説を生み出した」が、このような反抗的精神が表れる社会は「結構な社会でない」という。

　これに対して、啄木は次のように述べる。[74]

> 魚住氏の指摘は能く其時を得たものといふべきである。然し我々は、それとともに或る重大なる誤謬が彼の論文に含まれてゐるのを看過することが出来ない。それは、論者が其指摘を一の議論として發表するために－「自己主張の思想としての自然主義」を説く爲に、我々に向つて一の虚僞を強要してゐることである。相矛盾せる兩傾向の不思議なる五年間の共棲を我々に理解させる爲に、其處に論者が自分勝手に一つの動機を捏造してゐることである。即ち、その共棲がまったく兩者共通の怨敵たるオオソリテイ－國家といふものに對抗する爲に政略的に行はれた結婚であるとしてゐることである。[75]

　自然主義にみられる「自己主張と主観」の精神と「科学的と客観的」な精神との結合は、〈オオソリテイ〉と戦うための戦略的な結合であるという説は、重大なる誤謬であると批判する。

　啄木と折蘆の自然主義論の違いは二人の思想的個性によるものである。まず、二人の自己主張の理解は、二人の思想においていかなる位置を占めているかを考えてみたい。啄木にとって、自己主張は実施と行動によって現れるものだと言えるだろう。折蘆にとっては、自己主張は「自己拡充精神」、ま

た「消極的形式たる反抗的精神」というように、自己主張は精神のレベルにとどまると言える。このように、啄木にとっては、自己主張は理想を実現させるための行動であるべきものであり、科学的客観的な方法論は（社会主義的思想にもつながる）その方向を見出すためのものである。この違いによって、自暴自棄小説などに対する二人の評価の違いが生じる。

　魚住はそれを〈オーソリテイ〉を挑発する青年の反抗的精神のあり方として認めるが、啄木はそれを盲目的自己の姿であり、理想を実現する方向に動く自己主張ではなく、理想を失った自己の現れ方にすぎないので、否定的に評価する。

　自己主張の「敵」はいかなるものか。折蘆の文章には広義で「オーソリテイ」という表現が使用され、それに国家や家族制度など、社会的権威を持つものが含まれている。これらは自己主張を迫害するものである。そして、「敵」と「自己主張」の関係も「精神」のレベルで論じられている。啄木の文章では、「敵」は明らかに明治国家の強権である。啄木の論において家族制度、封建制度の旧道徳についての言及が明確ではない理由は、彼の国家観において社会制度の背後でこれらを支えるのが国家強権であるからであろう。

　したがって、自己主張は理想を実現するために働きかける行動であるべき上で、その制度を支える敵への戦いは、精神のレベルではなく、実施のレベルで行うべきという立場に啄木は立っている。

　それゆえ、自然主義に自分の反抗的精神を託す青年は、自己主張と科学的客観的思想との結合が実際に断絶されていることを意識していないので、自分の自己主張をもって未来を開拓することができないと論じている。すなわち、啄木は自然主義の決定論的な立場を乗り越えることを求めていたのである。

3．自然主義と「時代閉塞の現狀」

　自然主義における主観を肯定する自己拡充と主観を否定する科学的決定論的な精神の結合は、強権と闘うための戦略的な共棲であり、そのことは魚住が捏造した事実だと啄木は批判する。啄木はまた、日本の自然主義の場合は、その戦略的な戦いの存在を否定するだけではなく、自然主義の中心的な理念も存在していないという。

> 　かくて今や「自然主義」といふ言葉は、刻一刻に身體も顔も變つて來て、全く一個のスフインクスに成つてゐる。「自然主義とは何ぞや？その中心は何處に在りや？」斯く我々が問を發する時、彼等の中一人でも起つてそれに答へ得る者があるか。否、彼らは一様に起つて答へるに違ひない、全く別々な答を。[76]

　自然主義文学の誕生とその後の展開を顧みると、確かに、啄木がなしたスフィンクスの例えの根拠がうかがえる。自然主義の運動が日本に受容されたのは、1890（明23）年代からだと言える。現実と文学の合致を最も早く訴えたのは正岡子規だったが、彼の「写生」という概念は絵画の領域からの借用であり、俳句と短歌にそれを適用しようとしていた。1900（明33）年、徳富蘆花が発表した『自然と人生』は、散文の領域に自然の風景を随筆的美文体で取り入れる試みだったとも言え、この作品の焦点は主に抒情的に風景を描くことにあった。同年、小杉天外はゾラの自然主義の影響を受けて、『はやり唄』等の作品では客観的写実主義を目指していた。しかし、ゾラの『実験小説論』が根付かないうちに、1904（明37）年に田山花袋は『太陽』2月号に「露骨なる描寫」を発表し、イプセン、トルストイ、ゾラ、ドストエフスキー、ダヌンツィオ等の西洋の作家を取り上げながら、世紀末ヨーロッパの

浪漫主義を乗り越える文学について、次のように述べている。

> けれど十九世紀革新以後の泰西の文学は果たしてどうであろうか。その
> 鍍金文学が滅茶滅茶に破壊せられてしまつて、何事も露骨でなければな
> らん、何事も眞相でなければならん、何事も自然でなければならんと言
> う叫び聲が大陸の文學の到る所に行き渡つて、その思潮は疾風の枯れ葉
> を捲くごとき勢いで、盛んにロマンチシズムを蹂躙してしまつたではな
> いか。血にあらずんば汗、これ新しき革新派の大聲呼號する所であった
> ではないか。[77]

　田山花袋は、日本文壇にも「鍍金」文学、つまり技巧と文体を重んじる文
学を乗り越える必要を訴えていた。

> 文士は多く文章の妙を以て世に知られ、結構のすぐれたるを以て人に賞
> 美せられた。その結果として吾人は果たしてどんな作品を得たかと言ふ
> に、多くは白粉澤山の文章、でなければ卑怯小心の描寫を以て充たされ
> たる理想小説、でなければ態と事件性格を誇大に描いて人をして強いて
> 面白味を覺へしむる鍍金小説。[78]

　紅葉、露伴、逍遙、鷗外は老成文学の作家世代であり、その威厳を花袋は
認めているものの、彼の時代の新しい文学は「露骨なる描写」と「大胆な描
写」の可能性を探求するべきであると主張する。1906（明39）年に出版され
た島崎藤村の『破戒』は、日本初の自然主義を確立した小説と評されている。
『破戒』の中心的なテーマは主人公の生きる道の探求であり、同時代の社会
と人生を題材としている。その客観的な描写によって、外部世界（社会、家
族制度等）による自我の束縛を描き出し、自我の解放を求める道を示したこ
の作品は賞賛を受け、日本の自然主義文学の礎となったが、翌年出版された

田山花袋の『蒲団』は日本の自然主義の方向を決定し、以後、日本の自然主義文学は、藤村の『破戒』に含まれていた社会批評への展開の可能性から離れ、ますます自己の内面の描写に焦点を当てる方向へと進んだのである。

　この展開に対して、多数の自然主義文学論も発表されていた。現実と自己の要求との対立を題材とする作品は、次第に風俗壊乱の対策の対象になったことも少なくなく、このような背景から、不道徳という非難から守るために、自然主義文学の性格を説く理論が表れてくる。例えば、長谷川天渓は「自然派に対する誤解」（「太陽」1908（明41）年4月号）などの論においては、作者は現実を傍観するので、作者の理想と価値観が現実そのままの描写には入らないと説いている。また、「無解決と解決」（「太陽」1908（明41）年5月号）では、「自然主義は日本帝國という現實の内に生存する日本國民として、日本に契号するだけの眞理を行爲の上に表す」と主張したうえで、当時の国家主義との対立を避けていたのである。[79]

　一方、島村抱月は「文藝上の自然主義」、「藝術と實生活の界に横たはる一線」などで、実生活と芸術の一線を画する観照の態度を文芸のあり方として述べている。

> 　藝術が消極的に實生活と異なるのは、其の我的情緒から離れ局部的快苦から離れるにあること以上の如しとして、其の積極的方面を見ると、これは最早或る度まで前來の説で言ひ及んだ氣味であるが、詮ずる所實生活から離れると同時に、擾々の聲、執着煩勞の情が稍朦朧となり、静な観照の態度にはいる。行ふ態度から味ふ態度にかはるのである。[80]

　すなわち島村抱月は、文学とは観照の行為であり、実生活の実行と切り離されたものであると述べ、文学は実生活の要求と別の要求を満たし、自然主義文学のあり方は観照の態度にあるという。カーライル（Thomas Carlyle）、カント、ニーチェ等の西洋の思想家をも取り上げながら、自然主義文学の内

面、本能等の描写を正当化する理論を打ち出している。その一方で、岩野泡鳴は「読売新聞」に掲載されていた「文界私議」（1908（明41）年4月26日）の文芸時評欄に、人生と芸術との区別を立てずに彼の実行文芸論的な見解を示すが、泡鳴の観点は例外的だと考えても良いであろう。

このように、啄木が「時代閉塞の現状」を書いていた頃、日本の自然主義は一枚岩的な様相を呈してはいなかったが、その主な性格は現実を傍観すること、また文学と実行との区別をすることであった。そして、「實生活」と「文藝」を区別する上記の自然主義論は彼にとって国家に対する妥協として認識されていたはずである。以前、啄木は「食らふべき詩」（1908（明41）年）、「きれぎれに心に浮かんだ感じと回想」（1909（明42）年）と「急速な思想」（1910（明43）年）において、旧道徳に対する挑発的な意味を自然主義に認めていた。そして、長谷川の初期の日本自然主義論にあった「如何なる權威にも服従することなく、ただ現實を承認思想」という精神を肯定的に評価していたが、旧道徳と因習の背後に国家の存在を見出せない自然主義を批判していた。[81]

> 輓近一部の日本人によつて起されたところの自然主義の運動なるものは、旧道徳、旧思想、旧習慣のすべてに対して反抗を試みたと全く同じ理由に於て、この國家という既定の權力に対しても、その懷疑の鋒尖を向けねばならぬ性質のものであつた。[82]

国家の強権と旧道徳を結ぶのは、検閲機関である。明治国家は1869（明2）年から出版物の取り締まりを目的として「出版条例」を布告し、1875（明8）年には、自由民権運動の台頭と共に法律を強化したが、1887（明20）年には「治安妨害」と「風俗壊乱」に該当する文書と図画もその対象とするようになっていた。明治憲法（1889（明22）年）が制定されてから、憲法の下で1893（明26）年に（出版法）が発布され、国家が言論統制を行う傾向が強まって

いた。また、1909（明42）年には「新聞紙法」も発布されることになる。新聞、雑誌等の書物の増加に対して、明治政権はメディアを統制する必要を感じていたが、これらの法律に触れていたのは、主に、危険な思想を普及させようとする出版物ないし、社会の風俗や習慣を破壊する内容の出版物であった。[83] 日露戦争後、いわゆる危険な思想と自然主義文学は主に検閲の対象となった。[84] 失業や物価の上昇などの理由で、戦後の社会は動揺し、政治的内容の書物は厳しく管理されていたが、それと並行して風俗壊乱とされる書物も厳しい取り締まりの的となった。特に、文芸作品はこのような抑圧を受けており、その最も代表的な例は、森鷗外の『ヰタ・セクスアリス』（1909（明42）年）であった。鷗外は日本近代文学のみならず、日本の近代化を主導する知識階級の一人であり、陸軍軍医としての経歴も手伝って、政権の体制に認められる存在であった。それにも関わらず、彼が自身の小説において、発禁本を隠して読む寮生や同性肉体関係を思わせる「軟派」と「硬派」の上下関係を描いたことにより、それらが検閲機関に処分されたのであろう。しかし風俗壊乱で発禁となった多くの作品は、やはり自然主義文学であった。永井荷風の『ふらんす物語』、『歓樂』、『祝盃』、小栗風要の『姉の妹』、徳田秋声の『媒介者』等、数多くの作品が発禁処分となったのである。

　このように検閲の抑圧を受ける中、旧道徳への挑発は社会制度を統制する国家への批判へと展開されぬまま、自然主義は自己の表現を迫害する強権との対立を回避し続け、啄木の観点からすると、それは初期の原動力をなくしていたのである。

　前述したように、自己主張は実行に結び付くべきである上、反抗精神は現実を傍観するのではなく、現実を変える方向に進まなければならないというのが啄木の見解である。これは彼の自然主義への批判の主な動機であり、魚住折蘆の自然主義論はその批判の引き金となったとも言える。しかし本来、国家強権の被害者である自然主義文学が「時代閉塞」とどのように結びつくのか、次に考えてみる。文藝と実生活とを区別する自然主義の論は、運動と

しての原動力を失ったことを物語っているが、啄木の「時代閉塞の現状」においてはどのような、また何のための原動力を求めていたのであろうか。

　この問いに答えるために、まず「時代閉塞」という表現の意味合いについて考える必要がある。大逆事件が起きてまもなく書かれた啄木の論は、事件の衝撃によって書かれたという側面もあるが、「時代閉塞の現状」は物質的な面からも、文芸的な面からも当時の日本の情勢を批評する文章であり、大逆事件だけに限らない国家という問題を取り上げている。

　荻野富士夫氏が指摘するように、当時の日本の情勢に啄木は転換期を認識していたのである。大逆事件と韓国併合の年であった1910（明43）年に、明治近代国家の確立が本格的に進み、これに対して啄木が閉塞を感じる。「閉塞」は『大辞林』の定義によると、「閉じてふさぐこと」、または「ある部分を塞いで、他の部分との連絡を絶つこと」である。啄木が述べている強権の勢力は、「国内に行きわたつてゐる。現代社會組織はその隅々まで發達してゐる」のであり、閉塞の実体そのものである。本章前半でも述べた通り、もしそれを檻に例えれば、国家強権と文芸（主に自然主義文学）の間で生じたひずみは、檻にできた穴であると言えるのではないだろうか。そして、その穴をふさいでいるのは、強権に立ち向かわない自然主義文学である。「現実」を「描写」する、または「傍観」するという態度は、自然主義文学の消極的、受動的な姿勢として啄木が認識していたのであろう。啄木は当時の転換期において、現実を変えようとする姿勢、または「明日への考察」の必要を訴えている。つまり、「明日への考察」を導く原動力が自然主義に見出すことができないため、自身の世代の敵である国家強権に宣戦を布告すると共に、文学と現実、思想と実行を結ぶ、新たな原動力を啄木は探求しているのである。

第五章　明日の考察

1．「明日の考察」までの思想形成

　その原動力の中心的なアイディアは「未来」である。「時代閉塞の現状」の第5章の冒頭は「明日の考察！　これじつに我々が今日においてなすべき唯一である、さうしてまたすべてである。」という呼びかけで始まる。そして、過去の経験から学ぶ現在の分析は、自力で未来を拓くために行う必要があると訴える。啄木が述べる過去の経験は、次の三通りにまとめられる。[86]

　第一は、ニーチェの哲学から影響を受けた「個人主義」の概念である。日本では自然主義の理論において、ニーチェの哲学は主に「本能」の肯定に結びつけられていたが、それ以前に高山樗牛が1897（明30）年から1901（明34）年の間に、ニーチェの美と本能の論に基づいて個人主義と国家を結ぶ様々な評論を出していた。[87]　その中で「美的生活を論ず」（「太陽」1901（明34）年8月号）はもっとも有名で、まだ十代の啄木もそれの影響を受けていた。樗牛の論には「幸福」は「本能」を満足させることであり、「本能」は人生の本然の要求である。本能を満足させるのは美的生活だと言う。高山樗牛は道徳と論理の相対性に対して、本能を絶対的な価値として論じ、それが「明星」等[88]の日本の浪漫派に受容され、自我の解放という意識にも影響を与えた。しかし、高山樗牛のニーチェ流の個人主義は国家主義にも結び付いていた。樗牛の考えにおける浪漫主義と国家主義の結合について、啄木は次のように述べる。[89]

　　　我々はまだかの既成強権に対して第二者たる意識を持ちえなかつた。樗
　　　牛は後年彼の友人が自然主義と國家的觀念との間に妥協を試みたごとく、
　　　その日蓮論の中に彼の主義對既成強権の圧制結婚を企ててゐる。[90]

樗牛の個人主義は既成の強権を肯定していたため、国を他者とする認識を含んでいなかったわけである。それゆえ、既成の国家という現実に対して自力で自己主張を立てようとする試みは失敗に終わったというのが啄木の解釈である。

　第二に、啄木はまた高山樗牛の思想的形成を取り上げ、その短い人生の晩年において彼の思想が国家主義から日蓮宗に向けられたことを回想している。以前、樗牛の日本主義は科学的であり、宗教は形而上の次元に属するものだったので、宗教より国家至上主義的な思想を目指していたのである。しかし、日蓮信仰への注目によって国家を超えた宗教の普遍的な価値を見出すという思想的な展開を示す。啄木は、若い時に高山樗牛を大いに尊敬し、「岩手日報」に「樗牛会」の「紹介文」も掲載し、「樗牛は我らが思想上の恩師である」と記していた。しかし、彼の宗教心に転向した樗牛について、「時代閉塞の現状」の中で次のように述べている。

　　其處にはただ方法と目的の場所との差違が有るのみである。自力によつて既成の中に自己を主張せんとしたのが、他力によつて既成のほかに同じことをなさんとしたまでである。さうしてこの第二の經驗も見事に失敗した。我々は彼の純粹にて且つ美しき感情をもつて語られた梁川の異常なる宗教的實驗の報告を讀んで、その遠神清淨なる心境に對してかぎりなき希求憧憬の情を走らせながらも、またつねに、彼が一個の肺病患者であるといふ事實を忘れなかつた。何時からとなく我々の心にまぎれこんでいた「科學」の石の重みは、ついに我々をして九皐の天に飛翔することを許さなかつたのである。

　樗牛の「他力」によって自己の救いを求める姿勢は誤った方法であり、（啄木が必要としている）科学的精神と矛盾している。そのため、この第二の経験も失敗したのである。

第三に、自己主張と科学的決定論的精神との結合を立脚地としている自然
主義の経験を取り上げる。すでに述べた通り、自然主義にとって現実は決定
論的に認識されており、不動の事実である。第一の経験と同様に、既成の強
権をないがしろにして自己主張を追及しているが、これは不可能だと啄木は
判断する。すなわち自然主義の失敗の理由は、現実を変えようとしないこと
であり、現実に執着し、未来に目を向けないことである。啄木が求めている
原動力は、科学的思考と未来とを結ぶことである。

　　　かくて今や我々青年は、この自滅の状態から脱出するために、ついにそ
　　の「敵」の存在を意識しなければならぬ時期に到達してゐるのである。
　　それは我々の希望やないしその他の理由によるのではない、じつに必至
　　である。我々はいつせいに起つてまずこの時代閉塞の現状に宣戦しなけ
　　ればならぬ。自然主義を捨て、盲目的反抗と元禄の回顧とを罷めて全精
　　神を明日の考察──我々自身の時代に對する組織的考察に傾注しなけれ
　　ばならぬのである。[93]

　「盲目的反抗」は、強権に対する組織的でない戦いの行い方であり、幸徳
秋水らのことを指しているのであろう。「元禄の回顧」は江戸趣味に傾倒し
ていた永井荷風のような、現実逃避の態度のことだと考えられる。これらは、
自然主義と共に、閉塞の現状を乗り越えるための「明日への考察」に足りて
いない。文学における「今日」（現実）の考察は未来を拓くためでなければ
ならないという。換言すれば、文芸と実生活は切り離されたものであっては
ならないという認識が明確に窺える。
　啄木の以前の評論にもこのような意識がみられる。例えば「弓町より（食
らふべき詩）」（「東京毎日新聞」1909（明42）年10月7日から11月3日にかけて、7
回連載）に次のように記している。

第五章　明日の考察　*203*

両足を地面に喰つ付けてゐて歌う詩といふことである。實人生と何等か
の間隔なき心持を以て歌ふ詩といふ事である。珍味乃至は御馳走ではな
く、我々の日常の食事の香の物の如く、然く我々に「必要」な詩といふ
事である。──斯ういふ事は詩を既定の或る地位から引き下す事である
かも知れないが、私から言へば我々の生活に有つても無くとも何の増減
のなかつた詩を、必要な物の一つにする所以である。詩の存在の理由を
肯定する唯一つの途である。[94]

　そして詩人は「第一に「人」でなければならぬ。第二に「人」でなければ
ならぬ。第三に「人」でなければならぬ。さうして實に普通人の有つてゐる
凡ての物を有つてゐるところの人でなければならぬ」という。「食らふべき
詩」の中心的な理念によると、詩は天職ではなく、その言葉は明治40年代[95]
の日本の言葉でなければならない。言葉だけではなく、時代の精神が必要と
訴えている。啄木は既に浪漫主義の詩歌（「明星」派も含めて）から決別し
ており、「最近数年間の自然主義の運動を、明治の日本人が四十年間の生活
から編みだした最初の哲学の萌芽である」という日本自然主義に対する肯定
的な評価を述べている。自然主義に彼が求めていた「自己の哲学」と「自己
の生活」の一致に最も近い文学的現象を見出しており、初期の田山花袋の
「鍍金文学」に対する批判と同様に、啄木も詩人というものの在り方を次の
ように主張する。

　　自己を改善し、自己の哲學を實行せんとするに政治家の如き勇氣を有し、
　　自己の生活を統一するに實業家の如き熱心を有し、さうして常に科學者
　　の如き明敏なる判斷と野蠻人の如き率直なる態度を以て、自己の心に起
　　こり來る時々の變化を、飾らず僞らず、極めて平氣に正直に記載し報告
　　する人でなければならぬ。[96]

詩人の定義を行うために、啄木は様々な例えを使っているが、上記にある「改善」という概念は将来を視野に入れているということを語っており、また、それと一緒に、「政治家」と「科学者」も「時代閉塞の現状」の一種のキー・ワードである「未来」、「科学」、「政治的な現状」に通ずる側面を持っていると言える。

2．「百回通信」における思想形成をめぐって

　「食らふべき詩」は詩と自己の関係を見つめた時評である。したがって、文学の領域を超えるような社会的な課題は明確に取り上げられてはいないが、新聞記者の仕事もしていた啄木の同時期の通信には、自己の生活の改善についての言及が見られ、そこには社会における自己をも視野に入れている。例えば、1909（明42）年10月から11月まで、28回にわたって「岩手日報」のために書き送った通信（後に「百回通信」に集録された）には、文学、政治、経済等の幅広い視野で、啄木の時代への眼差しが記録されている。その中で、10月18日の通信には、次のような政治と社会の批評が見られる。

　　明治文明の生活の内容は案外に貧弱なり。この貧乏世帯の切盛は要するに前後の問題にして是非の問題に非ず。〔中略〕國民は默つて彼等に世態の〆括りを任せて置いて然るべく、而して人々誰々一意自己の生活の改善を計るべく候。今日の如く日本人の國民生活の内容、物質的にも精神的にも貧弱なるに於ては、早かれ晩かれひどい目に遭ふの時期到達致すべく候。
　　97

　新聞記者だけではなく、生活者としての啄木は精神的にも物質的にも「自己の生活の改善」を必要とする脆弱な社会階級を訴える。11月4日の「岩手日報」には、自己生活の改善についての最初の言及があり、それは文芸批

評と時代批評を織り交ぜた内容となっている。

　　荷風氏の非愛國思想なるものは、実は歐米心醉思想也。もう少し適切に
　　言へば、氏が昨年迄數年間滞在して、遊樂これ事としたる巴里生活の囘
　　顧のみ。彼は日本のあらゆる自然、人事に對して何の躊躇もなく輕蔑し
　　嘲笑す。〔中略〕譬へて言へば、田舎の小都会の金持の放蕩息子が、一二
　　年東京に出て新橋柳橋の藝者にチヤホヤされ、歸り來りて土地の女の土
　　臭きを逢ふ人毎に罵倒する。〔中略〕夫れ國を愛すると否とは、彼の教育
　　家と共に机上に云々すべき空間題に非ず。眞に愛する能はずんば去るべ
　　きのみ。眞面目に思想する者にとりては實に死活の問題たり。既に去る
　　能はずんば、よろしく先づ其國を改善すべし。然り而して一國國民生活
　　の改善は、實に自己自身の生活の改善に初まらざるべからず。自由批評
　　といふ言葉は好し。然れども、批評は其結論の實行を豫想するに於て初
　　めて價値あり。然り、空論畢竟何かせん。吾人は唯眞面目に自己の生活
　　に從事すべし。若し日本人に愛すべからざる性癖習慣ありとすれほ、先
　　づ吾人自身よりその性癖習慣を除却する事に努力すべきのみ。
　　　　　　　　　　　　　　　　　　　　　　　　　　　　　　　　　　98

　永井荷風に対する啄木の批判は、荷風も日本を批判しているという認識に
基づいている。そして荷風の批判は現実逃避という形を取るので、それは有
効性がないと批判する。1908（明41）年に日本に帰ってから、荷風の作品は
確かに風俗壊乱法に触れたことがあるが、彼の国家に対する批判的態度は曖
昧な側面もあったので、果たしてどこまで荷風の作品が近代明治国家への批
判精神を表現していたか、あるいはどこまで当時のブルジョワ新階級のイン
テリ精神を表していたかという点については、現在の研究においても様々な
見解がある。しかし、上述の通信に見られるように、啄木は荷風の作品に当
時の日本に対する不満を読み取っており、その不満と批判精神は国を改善す
る姿勢にはならないことを非難している。この非難は抽象的で少し単純な面

もあるが、この段階では啄木における文芸批評と時代批評の結び付きはまだ
形成中だったと考えられる。また、一般市民向けの新聞記事だったため、啄
木は読者を意識していた面もあるだろう。だがここで注目に値するのは、自
己、ならびに国と社会の「改善」という概念が顕著に現れていることである。
そして11月の15日の通信において、この「改善」の概念は、社会的な見解
から一層深められるのである。

　　政府が去る三十三年四月以来、十個年の日子を費やして調査研究を重ね
　　たる工場法案は［中略］工場組織に伴ふ危害を豫防し、職工の衛生、教
　　育、風紀、生活等を改善し、以て一國工業の秩序ある進歩を圖るを目的
　　とするもの。［中略］日本の今日の工業及び社會状態を鑒みて［中略］普
　　通會主義者の愚味なる偏見に同意する者には非ずども、［中略］その思想
　　的經路は近世文明を一貫する解放運動に繋がり、即ち人類の現状を生活
　　の壓迫其物より解放せんとするのにして、其學術的基礎は、人生に對す
　　る經濟學的研究を成就するに在り。[99]

　1909（明42）年に政府の会議に工場法案が提出されていた。失業問題対策
の意味もあったこの法案は、女性の夜間労働を禁じる内容もあったが、中小
企業からの反対が挙がったため、翌年には撤回される。法案の遅れを非難す
る啄木がこの結果を予想していたか否かは分からないが、社会主義を科学的[100]
な思考に基づいて、社会の不平等を改善しようとする思想を認識し、それに
関心を示している。
　以上の通り、1909（明42）年10月から11月の間、啄木は新聞記者として文
芸、経済、政治、時事問題を扱う通信を次々に書き送っていた。それらの通
信には彼の思想的展開が表れていると同時に、翌年に発表した「時代閉塞の
現状」において言及する「自己主張」ならびに、「未来」と「社会」（現実）
を変える、というテーマが潜在している。また、浪漫主義の経験から、次第

に啄木の社会性が顕著に現れてくる。新聞記者としての活動は、彼の時代への眼差しに大きな刺激を与えたに違いない。また、「岩手日報」に掲載していた記事の他に、1909（明42）年に「東京朝日新聞」の校正係として勤めていたので、修正の対象であった記事も多数読んでいたはずである。先行研究が指摘する通り、この仕事もまた、彼の時代への眼差しとその認識の形成に大きく関与していた。しかし、これまでの評論と通信においては、文学表現者と思想家としての啄木と、実生活者（新聞記者の仕事も含めて）としての彼がまだ統一されていないのである。前項に述べたように、「食らふべき詩」では啄木が求めていた文芸と現実との交流における社会性への展開は特に示されていないが、一方で新聞に掲載される彼の執筆は社会問題に着目している。このように啄木の自己形成において、理想と現実が一元化していないということを彼自身も意識しており、これを「二重の生活」と呼んでいたのである。

　　去年の秋の末に打撃を受けて以來、僕の思想は急激に變化した、僕の心は隅から隅まで、もとの僕ではなくなつたやうに思はれた、僕は最も確實なプラクチカルフィロソフィーの學徒になるころだつた、身心兩面の生活の統一と徹底！　これが僕のモットーだつた、僕はその爲に努めた、随分勤勉に務めた、そして遂に、今日の我等の人生に於て、生活を眞に統一せんとすると、その結果は却つて生活の破壊になるといふことを發見した［中略］僕は新しい意味に於て二重生活を營むより外に、この世に生きる途はない［中略］無論二重の生活は眞の生活ではない、それは僕も知つてゐる、然しその外に何ともしやうが無い［以下略］。

　貧困、妻と母との関係などの実生活の事情も、啄木における理想と現実との隔たりを更に深く感じさせ、自己の生活の改善という願望を強くしたのであろう。自己の分裂と自己の統一との葛藤は、この頃の啄木の思想形成にお

いて重大な意味を持っていたと言えるだろう。

3．「理性」

このように、啄木の「明日への考察」は本来、「自己の改善」という問題に根差している。では、自己の問題はどのように国家強権という問題へと展開せざるを得なかったのであろうか。

物質と精神の両面における生活の改善願望は、当時の社会情勢と衝突する側面があった。先行研究の中で、今井泰子は1909（明42）年から1911（明44）年の間の啄木の執筆に見られる「理性」という言葉に着目し、それが用いられた6つの文例を挙げている。[104]

1）意思薄弱なる空想家、自己及び自己の生活を厳粛なる理性の判斷から回避してゐる卑怯者（略）すべて詩の爲に詩を書く種類の詩人は極力排斥すべきである。　　　　　　　　　　　　　　　（「弓町より」1909（明42）年）

2）我々は或る意味を感得するに當つて、理性の上に享受する場合もあれば、感情に摂取する場合もある。

（「巻煙草」、「スバル」1910（明43）年1月号）

3）我々の理性は此の近代生活の病處を研究し解剖し、分析し（略）其病源をたづねて（略）生活改善の努力を起さしめるだけの用をなし得ぬものであらうか　　　　　　　　　　　　　　　　　　　　　　（同上）

4）以前の状態の反動でもありませうが、私は人間の理性の權威を認めずにはゐられません、特に私は色々の人の文學上の議論を讀む每にこれを力説したく思ひます

（1910（明43）年1月9日、宮崎大四郎宛ての手紙より）

5）透徹した理性の前には運命といふ敵一人ある許りだ。運命と面を突き合してゐるといふ外に彼の生活は無い。君、戦ひを好む弱者の持つべき

最良の武器は、透徹したる理性の外にはなかつた

　　　　　　　　　　　　　（1910（明43）年 5 月 2 日、岩崎正宛手紙より）

6）予が神様に向つて何度も繰返して言つた、「私の求むるものは合理的
　生活であります。理性のみひとり命令權を有する所の生活でありま
　す。」といふ言葉だけがハツキリと心に残つてゐた。予は不思議な夢
　を見たものだと思ひながら、その言葉を胸の中で復習してみて、可笑
　しくもあり、悲しくもあつた。　　　　　（「郁雨に与ふ」、1911（明44）年 2 月）

　今井の説では、啄木の思想形成において「理性」は現実を直視するための
ものであり、また思想的な進展をも表しているとしているが、6）の用例を
手掛かりに、貧困と肺炎と闘う啄木の生活事情を通して「理性」の意味をさ
ぐり、それは日常の生活の安定の追求と密着し、不満足な現実に耐えるため
の手段だと述べる。よって、「理性」の裏には、現実に屈服させられている
という啄木の自覚があると結論付けている。この説に対して、多良学はむし
ろ現実改革に積極的に取り組んでいた啄木の姿勢を強調する。両研究の対象
は啄木の思想の到達点であり、1911（明44）年の啄木の日記に言及される新
しい道徳としての「理性主義」が彼の思想において、いかなる位置を占めて
いるかを探る研究である。しかし、1909（明42）年から1910（明43）年の間
に書かれた啄木の文章には、「理性主義」という表現は見当たらず、彼が述
べる「理性」は一つの思想的な立場というよりも、現実に対する態度を意味
していると考えられる。まず、妻節子の家出事件がきっかけにもなったであ
ろうが、上述した1910（明43）年 1 月 9 日、宮崎大四郎宛ての手紙に、啄
木の自己批判の精神がうかがえ、そこには今井の指摘の通り、生活の安定へ
の追求も含まれている。「理性」の発見はその自己批判精神の一つの段階と
して見ることができる。そして、上述した引用文 1 から 5 まで、理性を以
て自己の改善を目指すことは物質的な領域のみではなく、文芸と社会の範囲
にも広がる。前者の場合は「理性」が浪漫主義との決別、および自然主義の

科学的決定論的精神の批判の文脈に表れ、後者の場合は近代国家強権に対する批判的精神を表す。

　本章が焦点をあてる「時代閉塞の現状」においては、「理性」という表現は使用されていないが、啄木の思想形成において重要な位置を占めるこの評論は、「理性」の概念と深く関連していると考えられる。啄木における「理性」の源流を探る手掛かりとして、トルストイの「日露戦争論」を挙げることができる。1904（明37）年6月に「Bethink yourself！」というタイトルで「London Times」に発表され、1905（明38）年8月7日の「平民新聞」に「爾曹悔改めよ」と題して掲載されたトルストイの評論には、次のような箇所がみられる。

　　今の世を見渡すに、嘗て其大力量を以て戦争の狂愚を説き（…）カントなく、スピノザなく、乃至幾百の他の文人なかりしもの、如し、就中、人間の同胞を説き神の愛と人の愛を説きたる耶蘇其の人なかりしもの、如し（…）戦争を（…）あらゆる恐怖中の最大恐怖にして人間の<u>理性</u>の無力なるを感ずる時自覚即ち是れ也
　　斯くて人の動物に異なる所以、人の価値を作る所以、即ち人の<u>理性</u>なる者は、無益不必要にして而も有害なる附加物たるをせり（…）基督教如何に變化せられたりとは云へ、その大體の精神我々をして<u>理性</u>の高處に昇らしめずんば止まず、而してその高處よりその全身に戦争の無意義と殘忍とを感じ（第三章）
　　　　　　106

It is as if there had never existed （…） Kant, or Spinoza, or hundreds of other writers who have exposed, with great force, the madness and futility of war, and have described its cruelty, immorality, and savagery; and, above all, it is as if there had never existed Jesus and his teaching of human brotherhood and love of God and of men. （…）

war (…) which is the most horrible of all horrors — the consciousness
of the impotency of human <u>reason</u>. That which alone distinguishes
man from the animal, that which constitutes his merit — his <u>reason</u> —
is found to be an unnecessary, and not only a useless, but a pernicious
addition, (…) and however Christianity may have been distorted, its
general spirit cannot but lift us to that higher plane of <u>reason</u> whence
we can no longer refrain from feeling with our whole being not only
the senselessness and the cruelty of war (…)[107]

　トルストイの非戦論は、キリスト教的な人道主義という立場から述べられ
ているが、理性は人間の備える特質であるのに対して、戦争の盲目的な感情
に扇動された農民や一般の人々は、それぞれの国の強権のために犠牲になる
だけだと訴える。啄木がこれを初めて読んだのは、「時代思潮」誌に掲載さ
れた英文の論であり、当時19歳の啄木は、戦争を支持する側に立っていた
と本人が語っている。また、自分がトルストイの信仰心を共有していないと
述べながらも、その非戦論に関心を示している。戦争を支持していた啄木の
国家観が翌年から次第に変容していく様子は、彼の作品にも明確に見て取れ[108]
る。また、大逆事件以降、「平民新聞」に掲載されたトルストイの「日露戦
争論」を啄木が改めて書き写す作業に入ったのも、彼の思想形成においてト
ルストイの文章が受容されていたことを物語っていると言えよう。

　しかし、トルストイの「理性」は信仰心に基づいており、また彼の非戦論
は孤独な立場から述べられていた。この点に関しては、啄木が述べる「理
性」は自己、文芸、社会の改善を目指しており、トルストイとはいくつかの
相違点を示している。トルストイの非戦論を啄木が1911（明44）年5月2
日に書き写し終えたという記録があり、同年5月12日からクロポトキンの[109]
自伝『一革命家の思い出』を読み始めたことも、啄木の日記に記録されてい
る。多良学は、啄木の「理性主義」の思想はクロポトキンの自伝の影響を受[110]

けており、晩年の「V'NAROD SERIES」という作品等に、思想と行動の一致を求める啄木の精神の表れを明確にしたと述べている。また、本来、啄木の理性主義について、次のように指摘する。

　　　クロポトキンの自伝に描かれたニヒリストたちの生きる姿は、そうした啄木の要求を深く揺り動かし、それにより社会的な性格を付与して、「理性主義」という形態を取らせたと言えるだろう。
[111]

　このように、多良学の論では、啄木の目指す自己改善は個人の現実から社会的現実へ発展していったと指摘されており、これは啄木の晩年思想形成の到達点だと述べられている。

　クロポトキンの自伝において、ニヒリスト運動についての説明は、第四章「セント・ペテルスブルグ——西ヨオロツパへの最初の旅」第十二節に掲載されているが、次のような箇所を採り上げると、啄木の晩年の作品以外に、「時代閉塞の現状」の内容にも通ずる面がある。

ア）なによりも先づ、ナイヒリズムは『文明人の誤謬的虚無』ともいふべきものに挑戦した。（…）彼等自身の理性が認め得ない迷信や偏見や風俗や習慣を彼等自ら破棄し又他人にもそれを要求した。彼らは理性の権威以外の一切の構成の前に膝まづくことを拒んだ。そして有らゆる社会制度や習慣を分析解剖して、有らゆる種類の多少でも仮想した詭辯に抵抗した。

イ）彼等は無論其の父の迷信とも絶縁した。彼らは其の哲學概念に於は、実証主義者であつた、不可知論者であつた、スペンサア流進化論者であつた、科學的物質論者であつた。

ウ）ナイヒリズムは個人の権利を肯定し一切の偽善を否定すると共に、偉大なる共同利害の爲にのみ生きる自由な、高尚な男女を造る第一歩で

第五章　明日の考察　213

あつた。(…)

エ）ナイヒリストの若い女達は、その両親から人形の家の中の人形でゐなければならぬように餘儀なくされるよりは、(…) 其の家と絹の着物を捨て去ることを選んだ。(…) 彼女らは自己確立を得る爲に高等の学校に通つた。(…)

オ）ナイヒリストは単なる僞善に過ぎない有らゆる形式の外的禮讓をも嫌ふ。(…) 藝術のための藝術を語り、美學を語り、そして喜んでかれのものの中に耽つてゐ (…) 謂はゆる『美の崇拝』なるものは (…) ナイヒリストに嘔吐を催させた (…)
112

上記のクロポトキンによるニヒリストの描写において、次のような内容を見出すことができる。

ア）理性及び科学的思考によって文明の誤謬を正す。

イ）青年と父親という世代の対立。

ウ）自己改善と権利を目指す未来。

エ）女性の社会的地位というジェンダー問題の意識。

オ）芸術至上主義の拒否、及び社会批評を目指す文学。

上記の内容は「時代閉塞の現狀」にも読み取ることができる。例えば、

ア）我々自身の時代に対する組織的考察に傾注しなければならぬのである。

イ）我々明治の青年が、まつたくその父兄の手によつて造りだされた明治新社會の完成のために有用な人物となるべく教育されてきた。(…) かくのごとき時代閉塞の現狀において、我々のうち最も急進的な人たちが、いかなる方面にその「自己」を主張してゐるかはすでに讀者の知るごとくである。じつに彼らは、抑えても抑えても抑えきれぬ自己その者の壓迫に堪へかねて、彼らの入れられてゐる箱の最も板の薄い処、もしくは空隙（現代社會組織の欠陥）に向つてまつたく盲目的に

突進してゐる。（…）しかも我々の父兄にはこれを攻撃する権利はないのである。なぜなれば、すべてこれらは國法によつて公認、もしくはなかば公認されているところではないか。

ウ）我々全青年の心が「明日」を占領した時、その時「今日」のいつさいが初めて最も適切なる批評を享くるからである。

エ）かの日本のすべての女子が、明治新社會の形成をまつたく男子の手に委ねた結果として、過去四十年の間一に男子の奴隷として規定、訓練され（法規の上にも、教育の上にも、はたまた實際の家庭の上にも）、しかもそれに滿足――すくなくともそれに抗弁する理由を知らずにゐる

オ）時代に没頭してゐては時代を批評することができない。私の文學に求むるところは批評である。

　最後に、トルストイの文章においては、ロシア及び日本の両国の王権は人民を搾取し、戦争を起こし、その命を奪うまでの略奪的な存在であるという認識がうかがえる。それは啄木の「時代閉塞の現狀」に明確に現れる国家強権に対する敵意識と類似点があると言えるだろう。また、クロポトキンの文章では、個人主義、自己の改善を尊重するロシアのニヒリストたちは、理性によって次第に彼らが追求する権利と自由な精神を社会に向けて実施しようとする姿勢が描かれている。これらの側面は、トルストイとクロポトキンの文章を読んでいた啄木の思想に受容されていたと充分に考えられる。

　そして、啄木が立てる「理性」という概念は、文学と現実、即ち自己と社会を結ぶ手段としての働きを果たしたと考えられる。

　以上、本章において述べたように、啄木は「時代閉塞の現狀」を書いていた時、当時の日本の情勢の転換期を認識していた。韓国併合や大逆事件などを起した国家強権は時代閉塞を生んだのである。「強権の勢力は普く国内に行わたつてゐる。現代社会組織はその隅々まで発達してゐる」のに対して、

第五章　明日の考察　215

時代閉塞から生まれる日本の青年の「自滅的傾向」は啄木の批判の対象となっている。しかしその一方で、「時代閉塞の現状」の第5節において青年に「自滅の狀態から脱出」するために、元禄時代の回顧と自然主義を捨てて、「全精神を明日の考察——我々自身の時代に対する組織的考察に傾注しなければならぬのである」と青年に訴える。運動としての原動力を失った自然主義の失敗は、明治国家を立てた父兄に立ち向かわず、事なかれ主義という卑怯な姿勢をとったという非難は、啄木の「急進的な思想」と「きれぎれに心に浮かんだ感じ」などの執筆にもみられる。文藝と実生活とを区別する自然主義の論は運動としての原動力を失い、当時の青年の自滅的態度の表れ方と重なるものであった。

　「時代閉塞の現状」における世代対立について最初に指摘したのは今井泰子であったが、これに加えて池田功がその世代対立を啄木の思想における進化論の受容に関連づける。明治時代の中期に社会進化論が受容され、それは日本における個人的利己主義にも密接に統合し、文化、政治、文学など、様々な領域における変化にも貢献したのである。進化論は「適者生存」の理念に基づいており、明治期の「立身出世」はその理念の影響を受ける。しかし、啄木は「時代閉塞の現状」において「立身出世」の社会的通念の衰退について言及する。池田功が指摘する通り、啄木の思想では「適者生存」による進歩の理念は、クロポトキンから受容した「相互扶助」の概念に置き換えられていくのである。

　こうした進化論的な見解において、「父兄」と「青年」の対立は、転じて明治国家と未来を創る青年との対立として読むことができる。すなわち、世代の対立は、社会の進歩という問題として認識されている。上述した池田氏の指摘を受けるなら、啄木の言う「明日の考察」はその進化論的な観点からみることができるが、また「明日の考察」こそが啄木の求める自己及び社会改善の原動力であり、その目的は社会の進歩として青年の権利の肯定、また男女平等の意識である。

啄木が追及する社会の進歩は進化論的な概念を反映している。ただし、その決定論的な要素である「適者生存」を自己及び社会の改善を目指すという進歩の認識に置き換え、その中心的な概念を「理性」と批評に置くのである。「時代閉塞の現状」の最後にある「私の文学に求むるところは批評である」という表現は、文学に自己、社会の改善という役割を担わせるという認識を表している。翌年に創刊の計画をしていた『樹木と果実』は彼が目指していた批評の文学の具体的な実現の試みとなったのである。

Ⅱ　注

1　今井泰子「石川啄木作品辞典」岩城之徳編「石川啄木必携　別冊國文學」、學燈社、1981（昭56）年、183頁

2　太田登「啄木「血染めし」歌の成立について」『山辺道』（25）、1981（昭56）年、17頁

3　桂孝二『啄木短歌の研究　国語国文学研究叢書19』桜楓社、1968（昭43）年、302頁

4　今井泰子『石川啄木論　日本の近代作家2』塙書房、1974（昭49）年、494頁

5　1907（明40）に刊行された平野万里の歌集

6　目良卓「晶子と啄木」『国文学　解釈と鑑賞　特集　石川啄木』50、至文堂、1985（昭60）年、108頁

7　国際啄木学会編『石川啄木辞典』おうふう、2001（平13）年、619頁

8　岩城之徳（他）編『石川啄木全集』第8巻、筑摩書房、1979（昭54）年、31頁

9　岩城之徳（他）編『石川啄木全集』第5巻、筑摩書房、1978（昭53）年、17頁

10　岩城之徳（他）編『石川啄木全集』第7巻、筑摩書房、1979（昭54）年、49頁

11　姉崎正治、笹川種郎編『樗牛全集　註釈改訂』第2巻（文芸評論）、「文明批評家としての文学者」博文館、1925（大14）年、694-695頁

12　鉄道で渋民に向かう途中、土井晩翠を訪ねるために仙台で下車し、旅館に宿泊したため、結婚式に間に合わなかった。

13　斯邁爾斯（スマイルス）著、中村正直訳『西洋品行論　第11、12編』珊瑚閣、1878-1880（明11-13）年、国立国会図書館デジタルコレクション（書誌ID: 000000421020）

14　坪内逍遙『文学その折々』「文学と糊口」67-78、春陽堂、1896（明29）年、国立国会図書館デジタルコレクション（書誌ID: 000000502239）

15　最近の研究では、セルバンテスの死因は餓死ではなく、糖尿病だったことがわかる。（J. Montes Santiago,「Miguel de Cervantes: saberes medicos, infermidades y muerte」,『Anales de Medicina Interna』22, 2005（平17）年296頁）。また、坪内の文書は1825（文8）年にロンドンに出版された大衆向けの雑誌『The Terrific Register』にある「Calamities of Genius」（天才の不幸）記事に非常に

似ているので、彼が述べる貧困談の情報をこの雑誌から得たのではないかと考えられる。その本文は次のようである。「Homer was a beggar; Plautus turned a mill;Boethius died in gaol; Paul Borghese had fourteen trades, and yet starved with them all; Tasso was often distressed for five shillings; Bentivoglio was refused admittance into an hospital he had himself erected; Cervantes died of hunger（…）」（「Calamities of Genius」、『The Terrific Register』 第 1 巻、Sherwood Jones and Company、1825（文 8）年、279頁）。なお、坪内が研究していたディケンズ（Dickens）もこの雑誌を愛読していた（R.D. McMaster、「Dickens and the Horrific」『Dalhousie Review』38、1958（昭33）年、18－28頁）ので、ディケンズの研究を経由して坪内がそれを読んだのではないかと推測できる。

16　「この心地よい水の調べと合はせて／古い田舎の歌か、夏の眞晝にふさはしい／輪唱歌でも唱ひまう」。和訳は幡谷正雄訳『ワァヅワス詩集』新潮、1935（昭10）年による。

17　本論における石川啄木『あこがれ』の引用はすべて岩城之徳（他）編『石川啄木全集』第 2 巻、筑摩書房、1979（昭54）年による。

18　岩城之徳（他）編『石川啄木全集』第 7 巻、上述、63－64頁

19　岩城之徳（他）編『石川啄木全集』第 7 巻、上述、201頁

20　石川啄木「弓町より」「東京朝日新聞」1909（明42）年11月30日初出、岩城之徳（他）編『石川啄木全集』第 4 巻、筑摩書房、1980（昭55）年、211頁

21　石川啄木「弓町より」「東京朝日新聞」1909（明42）年12月 6 日初出、同上、217頁

22　本論における石川啄木の『石破集』の引用はすべて岩城之徳（他）編『石川啄木全集』第 1 巻、筑摩書房、1978（昭53）年による。

23　大沢博『啄木短歌創作過程についての心理学的研究：歌稿ノート「暇ナ時」を中心に』桜楓社、1986（昭61）年、31－35頁

24　本論における啄木の『ローマ字日記』の引用はすべて岩城之徳（他）編『石川啄木全集』第 6 巻、筑摩書房、1978（昭53）年による。

25　金田一は歌人であり、また日本でアイヌ語の研究を開拓し、帝国大学と國學院の教授として勤めた。

第五章　明日の考察　219

26　桑原武夫編訳『文芸読本　石川啄木』岩波文庫、1977（昭52）年、24頁

27　池田功『石川啄木　その散文と思想』世界思想社、2008（平20）年、ii-iii頁

28　Donald Keene,「Modern Japanese Literature – from 1868 to Present Day」Groove Press, 1994（平6）、211頁。「For him to have written his diary in Roman letters（Romaji）instead of the usual mixture of ideographs and kana was as unusual for his day as a diary in Esperanto is today.」

29　柄谷行人『日本近代文学の起源』講談社、1980（昭55）年、23 – 24頁

30　川並秀雄『啄木秘話』冬樹社、1979（昭54）年、277頁

31　『石川啄木全集　書簡』第5巻、筑摩書房、1967（昭42）、260頁

32　『石川啄木全集　書簡』第7巻、筑摩書房、1968（昭43）、200頁

33　池田功、先掲、90 – 93頁

34　梅亭金鵞（1821（文政4）年-1893（明26）年）の作品だとされ、タイトルは『春情花の朧月夜』である。

35　池田功、前述、102頁

36　同上、107頁

37　本論における石川啄木の『一握の砂』の引用はすべて岩城之徳、今井泰子編『石川啄木集　日本近代文学大系』23巻、角川書店、1969（昭44）年による。

38　岩城之徳、今井泰子編『石川啄木集　日本近代文学大系』23巻、角川書店、1969（昭44）、61頁

39　Jean Laplanche（ラプランシュ）、J.B. Pontalis（ポンタリス）『Vocabulaire de la Psychanalyse』村上仁監訳『精神分析用語辞典』みすず書房、1977（昭52）、77 – 78頁

40　橋本威『啄木『一握の砂』難解歌稿』、和泉書院、1993（平6）年、115頁

41　国際啄木学会編『石川啄木事典』おうふう、2001（平13）年、150頁

42　近藤典彦「『一握の砂』を朝日文庫版で読む」http://asahidake-n.cocolog-nifty.com/blog/2009/04/post-2 ca8.html　（2016年9月2日参照）

43　Roland Chemama『Dictionnaire de la psychanalyse』ロラン・シェーマ編、小出浩之（他）訳『精神分析事典』弘文堂、2002（平14）年、53 – 54頁。

44　魚住折蘆「自己主張の思想としての自然主義」『現代日本文學大系』第40巻、筑摩書房、1973（昭48）年、7頁

45 石井寛治「日本産業革命と啄木」「国文学　解釈と教材の研究　特集よみがえる石川啄木――ことば・うた・思想」43、學燈社、1998（平10）年、49頁

46 立川昭二『病気の社会史』日本放送出版会、1971（昭46）年

47 小川武敏「時代閉塞の陰喩――犯罪の年1910年」『論集　石川啄木II』国際啄木学会編、おうふう、2004（平16）年、63－75頁。小川氏は、当時の新聞に報道されていた犯罪事件の例をならべて、1910（明43）年に日本の社会的治安の低下を指摘する。

48 石川啄木「時代閉塞の現状」『明治文学全集』52巻、筑摩書房、1970（昭45）年、263頁

49 同上

50 同上

51 碓田のぼる『石川啄木　その社会主義への道』かもがわ出版、2004（平16）年、107頁

52 徳富猪一郎「書を読む遊民」『青年と教育』民友社、1892（明25）年、170頁（1891（明24）年、「国民之友」初出）

53 石井寛治「日本産業革命と啄木」前述47頁

54 三遊亭圓朝作『塩原多助一代記』（1878（明11）年）に基づいて、塩原多助は立身出世への憧れと表す作品だとも言える。

55 新井恵美子『江戸の家計簿：家庭人・二宮尊徳』神奈川新聞社、2001（平13）年、242頁

56 坂本真裕子「明治修身教科書における子どもの〈労働〉倫理――二宮金次郎と塩原多助――」名古屋大学大学院国際言語文化研究科「言葉と文化」(13)、2012（平24）年、55頁

57 石井寛治「日本産業革命と啄木」前述49頁

58 「時代閉塞の現狀」前述260頁

59 同上、259頁

60 同上、262頁

61 石川啄木「性急な思想」『明治文学全集』52巻、筑摩書房、1970（昭45）年、254頁

62 アンダーソンは次のように指摘する：「 the convergence of capitalism and

print technology on the fatal diversity of human language created the possibility of a new form of imagined community, which in its basic morphology set the stage for the modern nation. 」Benedict Anderson, 『Imagined Communities: Reflections on the Origin and the Spread of Nationalism』, Verso , London New York, 2006（平 6 ）年（初版1983 ［昭58］年）、48頁

63 「A modernization which maintained the old ordering of social subordination (possibly with some well-judged invention of tradition) was not theoretically inconceivable, but apart from Japan is difficult to think of an example of practical success.」Hobsbawm, Ranger 共 著『The Invention of Traditions』Cambridge University Press 2000（平12）年（初版1983 ［昭58］年）、266頁

64 小川武敏『石川啄木』武蔵野書房、1989（昭64）年

65 太田登「短歌」国際啄木学会編『石川啄木事典』おうふう、2001年、10頁

66 石川啄木「時代閉塞の現狀」前述、262頁

67 石川啄木「雲は天才である」、『明治文學全集 石川啄木集』52巻、前述、145頁

68 1910（明43）年 4 月15日に、佐久間船長と乗組員が14人乗った潜水艦が故障のため沈没し、全員殉職した。その後、佐久間船長の遺書が発見され、それは船長が明治天皇に対して潜水艦の喪失と部下の死に対して謝罪する内容であった

69 魚住、前述、305頁

70 魚住折蘆「真を求めたる結果」『現代日本文学大系』第40巻、筑摩書房、1973（昭48）年、3 - 4 頁

71 同上

72 余吾－眞田育信「「近世的精神」としての〈自然主義〉——魚住折蘆の「文明史」的視点と主体的「懐疑」——」日本近代文学学会編『日本近代文学』第53集、1995（平 7 ）年、75頁

73 魚住折蘆「自己主張の思想としての自然主義」前述、8 頁

74 同上、9 頁

75 石川啄木「時代閉塞の現狀」前述、259頁

76 石川啄木「時代閉塞の現狀」前述、261頁

77 田山花袋「露骨なる描写」『明治文学全集』67巻、筑摩書房、1968（昭43）年、

202頁

78 同上

79 長谷川天渓「無解決と解決」『明治文学全集』43巻、筑摩書房、1967（昭42）年、202頁

80 島村抱月「藝術と實生活の界に横たはる一線」『明治文学全集』43巻、筑摩書房、1967（昭42）年、72頁

81 長谷川、前述

82 石川啄木「性急な思想」前述、252頁

83 例えば1903（明36）年に幸徳秋水が書いた『社会主義神髄』やクロポトキンの本等。

84 はじめに、この法律に触れていたのは特に挿絵のある文学作品であった。例えば、山田美妙の『蝴蝶』では、主人公蝴蝶の上半身の裸の姿の挿絵（渡辺省亭作）があったため、それを掲載する『国民之友』（1889（明22）年37号）が発禁となり、これは風俗壊乱に対する厳しい取り締まりの早期の例として挙げられる。その後、雑誌「明星」の1900（明33）年8月号は、その挿絵のため発禁となった。徳川時代に比べると、明治時代の政権は身体と性の描写に特に注目していたので、猥褻とされる作品が次々に禁じられていった。その中で、井原西鶴や為永春水などの近世文学の作者も検閲の対象となり、また幸田露伴、尾崎紅葉、島崎藤村等の作品は姦通などを扱ったため、発禁になった。

85 荻野富士夫「明治末年の啄木「時代閉塞」の発見」「国文学　解釈と鑑賞」至文堂、1985（昭60）年2月号、18頁

86 石川啄木「時代閉塞の現状」前述、263頁

87 例えば、島村抱月の「人生観上の自然主義を論ず」（1909（明42）年）において「ニイチェが人生観の、本能論の半面にあらわれた思想も、一種の自然主義と見る人がある。それならこれもまたルーソーの場合と同じく、わが疑惑内の一事実を提示するに過ぎないのは言うを待たぬ。」と述べている。

88 高山樗牛「美的生活を論ず」『明治文學全集』40、筑摩書房、1970（昭45）年、80頁

89 「金錢のみ人を富ますものに非ず、權勢のみ人を貴くするものに非ず、爾の胸に王國を認むるものにして、初めて與に美的生活を語るべけむ。」同上

第五章　明日の考察　223

90　石川啄木、前述、478頁

91　高山樗牛「我が國民の思想は、由来現世的にして超世的にあらず」(「日本主義」「太陽」1897（明30）年6月号)

92　国際啄木学会編『石川啄木辞典』おうふう、2001（平13）年、351頁

93　石川啄木「時代閉塞の現状」前述、同頁

94　石川啄木「弓町より（食らふべき詩）五」『明治文学全集　石川啄木集』52巻、筑摩書房、1970（昭45）年、244・245頁

95　同上、「弓町より（食らふべき詩）六」246頁

96　同上

97　石川啄木、「百回通信」『明治文学全集　石川啄木全集』50巻、筑摩書房、1974（昭和49）年、230頁

98　石川啄木「百回通信」前述、234頁

99　石川啄木「百回通信」前述、238・239頁

100　石井照久『法律学全集　労働法総論』45巻、有斐閣、1957（昭32）年、18頁

101　森水福、太田登『石川啄木詩歌研究への射程』國立臺灣大學出版中心（台北）、2014（平26）年、57頁。

102　1909（明42）年10月二日に妻節子が娘京子と一緒に家出したこと。

103　1910（明43）年1月9日、宮崎大四郎宛ての書簡より。『明治文学全集　石川啄木全集』50巻、308頁

104　今井泰子「啄木晩年の所謂思想転向問題」『日本文学』112号、日本文学協会、1962（昭37）年7月、25頁

105　多良学「啄木の所謂「理性主義」について」『日本文学』249号、日本文学協会、1974（昭49）年3月、54-64頁

106　「爾曹悔改めよ」『週刊平民新聞』近代史研究所、1982（昭57）年、315頁　本章でのトルストイの「日露戦争論」の引用はすべてこの書籍によったものである。「理性」の下線は著者によるものである。

107　Lev Tolstoy,「Bethink Yourselfes!」American Peace Society, Boston, 1904（明37）年、8-9頁

108　石川啄木「トルストイ翁論文」『石川啄木全集』10巻、岩波書店、1954（昭29）年、80頁

109 多良学「啄木の所謂「理性主義」について」上述、58頁

110 同上

111 同上、63頁

112 大杉栄訳「一革命家の思い出」『クロポトキン全集』 6 巻、春陽堂、1928（昭3）年、322 – 326頁

113 今井泰子『石川啄木論』塙書房、1974（昭49）年、304頁

114 池田功『石川啄木——その散文と思想——』、世界思想社、2008（平20）年、2 頁

III

萩原朔太郎

センチメンタリズムの流動性から近代日本の批評へ

第一章　短歌創作から初期の自由詩へ

　萩原朔太郎は日本近代文学における口語自由詩の完成者と評されているが、初期創作では短歌が出発点となっており、その後の朔太郎の創作にも通ずる重要な点を含んでいる。

　1913（大2）年4月に、青年期から10年以上作り続けた短歌を選定し、歌集『ソライロノハナ』に収めた。「二月の海」、「午後」、「何処へ行く」、「うすら日」の4章は、ほぼ成立順に並べられている。しかしこれは刊行されず、1978（昭53）年になって原稿が発見された。本章では、この歌集の作品と初期の詩作品を取り上げながら、短歌創作と自由詩創作がどのように関連付けられ得るかという問題について考察を試みる。

1．『ソライロノハナ』と古典文学

　朔太郎の短歌創作は1902（明35）年（16歳）に始まる。前橋の中学校校友会誌『坂東太郎』には、次の歌が掲載されている。

　　　朝ざむを桃により來しそゞろ路そゞろ逢ふひとみな美しき

　与謝野晶子の「清水へ祇園をよぎる櫻月夜こよひ逢ふ人みなうつくしき」（『みだれ髪』18番）に類似する歌であり、朔太郎は若い時から新派の歌人に興味を持っていたことを示している。これ以降、『上毛新聞』に短歌を投稿しはじめ、『白虹』、『白百合』、『明星』、『文庫』、「スバル」等、当時の詩歌雑誌や新聞に多数の作品を出すようになる。『ソライロノハナ』について、久保忠夫が次のように述べている。

私は『ソライロノハナ』の芸術的価値をほとんど認めない。歴史的な価値において評価する。つまり、爾後の朔太郎の詩とのかかわりにおいて価値を認めるというのである。[1]

　日本における先行研究では、これは一般的な評価の傾向であり、この歌集が西洋の研究者の間であまり取り上げられて来なかった理由は、ここにあると言えるだろう。『ソライロノハナ』に関する先行研究では、この時期に与謝野晶子の『みだれ髪』(1901 (明34) 年) や石川啄木の『一握の砂』(1910 (明43) 年)、北原白秋の『桐の花』(1912 (明45) 年) 等の歌集の影響を強く受けているという指摘が多く、短歌創作は主に朔太郎の試作的な活動として評価されている。ゆえに、その試みによって後の朔太郎の技巧と文体の基盤ができあがったと考えられている。『ソライロノハナ』では与謝野晶子、石川啄木、北原白秋の影響の他に伝統的な和歌の影響もみられ、他方では一部の語彙と題材において西洋文化を意識した近代的な感受性も表れてくる。歌集の冒頭にある「自叙伝」において、朔太郎は次のように書いている。

　　私の春の目覺めは十四歳であつた。戀といふものを初めて知つたのも、その年の冬であつた。若きウエルテルの煩ひはその時からはじまる。十五歳の時から古今集の戀歌を讀んで人知れず涙をこぼす様になつた。[2]

　朔太郎は古典和歌に心を動かされた青年であり、初期の短歌では古風な表現が頻繁にみられる。例えば、「うすら日」と題する章にある「しののめまだきおきて人妻と汽車の窓よりみたるひるがほ」(「朱欒」3巻5号、1913 (大2) 年) の「しののめ」は、『古今和歌集』に集録された紀貫之の「夏の夜臥すかとすればほととぎす鳴く一声に明くるしののめ」(夏歌156番) との類似性を感じさせる。また、『ソライロノハナ』に収められた歌の中で一番早い時期 (おそらく『古今和歌集』の恋歌の発見の時期) に書かれた「若きウエルテル

の煩ひ」の章においても、古典的な表現が頻繁に使用されている。例えば、「別れ」を主題とする歌の中で次の例を挙げることができる。

　　　別れても人待つ程はかえり来よ岩にせかるる瀧川ならぬ

　　　　　　　　　　　　　　　　　　　　　　　（「若きウエルテルの煩ひ」）

　　　別れてはほどをへだつと思へばやかつ見ながらにかねて恋しき

　　　　　　　　　　　　　　　　　　　　（『古今和歌集』372番在原滋春）

　大岡信が指摘するように、『ソライロノハナ』においては他の作者の歌と響きあう例が多く、その語感には伝統的な歌の遺産が感じられる。特に、「若きウエルテルの煩ひ」の章では、『古今和歌集』や『万葉集』からの影響を認めることができる。その例として、「はなのあやめ」と題する歌群にある次の作品が挙げられる。

　　　ほとゝぎす卯の花垣にしば鳴くを枕はづして聽きたまふさま

　　　　　　　　　　　　　　　　　　　　　　　（「若きウエルテルの煩ひ」）

　上記の歌の題材となる「ほととぎす」と「卯の花」は、次の『万葉集』の歌を思い起こさせる。

　　　霍公鳥来鳴き響もす卯の花の共にや来しと問はましものをとよ

　　　　　　　　　　　　　　　　　　（『万葉集』1472番、石上堅魚）

　「はなのあやめ」の歌の群には、日本の伝統的な風流を模擬する作品が見られ、『ソライロノハナ』の構造にも伝統的な側面がある。これは既に先行研究によって指摘されている通りである。また「自叙伝」で朔太郎は、14歳の「春の目覺め」から「最近のうすら日」までの信心深い巡礼を散文体で

第一章　短歌創作から初期の自由詩へ　231

語っており、この物語性は『伊勢物語』を意識したものだと指摘されている。[3]

２．朔太郎の短歌創作と明治末期の歌壇

「二月の海」、「午後」、「何処へ行く」、「うすら日」の４章では、文語と口語の表現を共存させることによって、イメージの暗示力と共に日本語の語感的な表現力を追及しようとする姿勢が既に見られる。しかし文体に関しては、「二月の海」に集録されている次の短歌は、前述した「若きウエルテルの煩ひ」の短歌と性質的な相違を示している。

　　　病院の裏門を出て海岸へつづける路のコスモスの花

歌われている「病院」と「コスモスの花」は伝統的な和歌の基準から逸脱している。口語の短歌への傾向は、おそらく石川啄木と北原白秋の作品との接触と関わりがあると考えられ、二人の詩人から借用した表現が朔太郎の作品に多く見られる。次の啄木の『一握の砂』と『ソライロノハナ』の短歌を比べてみたい。

　　　何となく汽車に乗りたく思ひしのみ汽車を下りしにゆくところなし
　　　　　　　　　　　　　　　　　　　　（石川啄木、『一握の砂』「我を愛する歌」）
　　　こそこそ話しがやがて高くなりピストル鳴りて人生終わる
　　　　　　　　　　　　　　　　　　　　（石川啄木、『一握の砂』「我を愛する歌」）
　　　大磯よ汽車にのりたくなりたれば海が戀しくなりたればきぬ
　　　　　　　　　　　　　　　　　　　　　　　　　（萩原朔太郎、「二月の海」）
　　　ピストルを持ちて歩けば巡査よびとがめぬこれは我を撃つため
　　　　　　　　　　　　　　　　　　　　　　　　　（萩原朔太郎、「何処へ行く」）
　　　年ごろをくせともなりぬピストルをふとんの下に敷きて寝ること

（同上）

　装飾のない粗雑な印象を与える言葉に伴う、皮肉な人生観を感じさせる歌
い回しが古典和歌の文語を受容する朔太郎の短歌からの隔たりを感じさせる。
また、下記に述べる朔太郎の短歌において、異国的な日用品、花、概念を表
す言葉がしばしば見られ、その大部分は西洋伝来のものや習慣等である。作
品の素材として、飲み物、楽器、地名などを歌に織り込むことによって、エ
キゾティックな趣向と遠い世界への憧憬が表現されている。

　　夜は夜にて晝は晝にて戀はであらば エトナの山は燃えであるべし

　　　　　　　　　　　　　　　　　　　　　（「若きウエルテルの煩ひ」）

　　ぶらじるの海の色にもよく似ると君の愛でこしオツパアスかな　（「午後」）

　　朝靄の中をわれ行く君に寄りぱいぷくわへて今日もきのふも　　（「午後」）

　　日ぐらしの唱などき丶て居り給ふぱいぷに火をばつくるあひだも

　　　　　　　　　　　　　　　　　　　　　　　　　　　　　　（「午後」）
　　　　　　　オルゴル
　　目覺ましの自鳴機の鳴る音をき丶ところも知らぬ支那の街ゆく

　　　　　　　　　　　　　　　　　　　　　　　　　　　　　　（「午後」）

　　EGOIST われも酒場によこたはり將棊に負けしことを悲しむ

　　　　　　　　　　　　　　　　　　　　　　　　　　　（何処へ行く）

　　晝過ぎのホテルの窓にCOCOAのみくづれし崖の赫土をみる

　　　　　　　　　　　　　　　　　　　　　　　　　　　（「たそがれ」）

　　春ゆうべとある酒屋の店先にLIQUEURの瓶を愛でてかへりぬ　　（午後」）
　　　　コニヤク　ゑひ
　　COGNACの酔にあらねど故郷の酒場の月も忘れがたかり　　　　（「午後」）

　上記、最初の二首の恋を歌う作品において、「エトナ」、「ぶらじる」等の
言葉は、作品の異国的な雰囲気を醸し出すことによって歌のモティーフを支
える機能を果たしている。また「ぱいぷ」、「自鳴機」、「EGOIST」など、平

第一章　短歌創作から初期の自由詩へ　233

仮名と片仮名の使用は一様ではなく、ローマ字を使う歌もみられる。こうした表記の選択は、作品の文体とその視覚的な印象を特徴付けるものとなり、朔太郎は初期の短歌創作において表現の可能性を探求していたと言えるだろう。

　明治後期の外来語には、片仮名、平仮名、ルビのついた漢字表記等があった。短歌におけるローマ字の最も早い例としては、1909（明42）年の『スバル』誌に掲載された吉井勇と森鷗外の作品を採り上げることができる。

　　　舞ごろも MONTMARTRE の夜のいろを思えとばかり袖ひるがえる
　　　客もなく酒場の女や眠からむ RENDEZ・VOUS・HOTEL に春の風吹く
　　　　　　　　　　　　　　　　　　　　　　　　（吉井勇、『酒ほがひ＋』より）
　　　すきとほり眞赤に強くさて甘き Niscioree の酒二人が中は
　　　怯れたる男子なりけり Absinthe したたか飲みて拳銃を取る
　　　Wagner はめでたき作者ささやきの人に聞えぬ曲を作りぬ
　　　　　　　　　　　　　　　　　　　　　　　　（森鷗外「我百首」より）

　このようなローマ字の使用とそこから醸し出される異国的な雰囲気の効果は、朔太郎の初期の短歌にも見られる。

　また、北原白秋の詩集『邪宗門』（1909（明42）年）にも「Hachisch」、「Whisky」、「Piano」等ローマ字が頻繁に用いられている。この詩集に収められた作品の大部分は『スバル』に発表されていた。朔太郎はこれらを読んでいたに違いない。

　鷗外の短歌にある異国的な要素は、作者の実際の外国での生活体験にもよるが、そのエキゾチック及びデカダントな趣味は吉井勇と北原白秋にも共有され、彼らの場合はローマ字の使用は異国的な雰囲気を作り出すと共に、詩歌の表現の可能性を広げようとする一つの手段として取ることができる。

　これに対して、土岐哀果の『NAKIWARAI』（1910（明43）年）は徹底的に

ローマ字で書かれた歌集であり、外来語と異国の物のみならず、日本語その
ものの表記をローマ字にする作風を文壇に持ち込んだのである。石川啄木の
『ローマ字日記』もそのような姿勢を見せてはいるが、歌集『一握の砂』と
『悲しき玩具』においてはローマ字の単語はなく、短歌表現の手段として
ローマ字を積極的に取り入れる姿勢は窺えない。森鷗外、吉井勇、そして北
原白秋の場合は、ローマ字表記の使用は異国的な雰囲気を喚起させる表現と
して用いられるのに対して、土岐哀果と石川啄木の場合は、日本語を表記す
る手段としてローマ字が適用されているのであり、表現の可能性を探求する
方向性が根本的に異なっていると言えるだろう。『ソライロノハナ』に収録
された短歌の中でローマ字表記の例はわずかだが、それは、吉井勇や北原白
秋等のローマ字表記と同様の領域に位置していると考えられる。

３．朔太郎の初期自由詩の文体と短歌からの影響について

　『ソライロノハナ』には、十年間に創作された二百以上の短歌の中から、
八十首が収められている。「若きウエルテルの煩ひ」を発表した十六歳頃か
ら、自由詩形に向かう頃の「自叙傳」までには、作風の明らかな変遷過程が
確認できる。そして、そこには当時の先輩（与謝野晶子、石川啄木、北原白
秋等）から多くを学ぶ姿勢と同時に、古典和歌と近代への憧れを抱く朔太郎
の姿が見て取れる。古典和歌、つまり伝統への憧憬と同時に西洋、つまり自
分の現実から遠いところへの憧憬が指摘できる。青年時代に書かれた作品に
は朔太郎の文学的な生涯に見られる伝統と近代の二重性、また口語と文語の
二重性が早くから現れている。後の『浄罪詩編ノート』と『月に吠える』に
比べると、『ソライロノハナ』の作品には内面的な緊迫を表現する技巧がま
だ洗練されていない側面があり、それは「試作」品としてこの作品を評価す
る久保忠夫の指摘にある通りである。ただし、後の詩集に通ずるテーマも存
在する。例えば、「二月の海」に集録された最も早い時期の歌では、朔太郎

の初恋の相手であった馬場仲子（1915（大4）年に洗礼名、エレナを与えられる）を対象とする恋の歌が多く、次のような抒情的に女性への憧れを歌う作品が多いのである。

　　　きのふまで少女の群とバルコンに歌をうたひし我ならなくに
　　　美しき海の少女と寝し故に潮の香あびしにほひこそすれ

　そして、「午後」と「何処へ行く」に集録された短歌の主なモティーフは、酒と女への快楽であり、朔太郎の内面よりも、デカダント風のアーティスト像を歌によって表現しようとしている。後の詩集に比べると、作者の実存的な苦悩というテーマはまだ深められていないが、それに繋がる悲しみ、人生の悩みなどは『ソライロノハナ』にも潜在している。

　　　我が肺にナイフ立てみん三鞭酒栓ぬく如き音のするべし　　　　（「午後」）
　　　心臓に匕首たてよシャンパアニュ栓抜くごとき音のしつべき　　　（「午後」）
　　　胸をうつこの引金をひく人を得んとばかりにわれ戀を戀ふ　　　　（「午後」）
　　　「われ死なむ」「ああ死にたまへいつにても」かく言ふ故に死なれざりけ
　　　り　　　　　　　　　　　　　　　　　　　　　　　　　　　　（「何処へ行く」）
　　　君といふつめたく美しき石彫の女神戀して身はやせにけり

　　　　　　　　　　　　　　　　　（「若きウエルテルの煩ひ」、「晩秋哀悼歌」歌群）

　上記の歌の厭世的で自虐的な感情は馬場仲子と高崎市の医者との結婚という出来事によるとされており、この時点から朔太郎の作詩法に底流する「寂しさ」、対象が得られない「エロス」というテーマの原型が生まれたと考えられる。
　1913（大2）年に作られた『ソライロノハナ』の「自叙傳」において朔太郎は「歌そのものが私の生命のオーソリチーであつたかも知れない。何とな

236　Ⅲ　萩原朔太郎

れば藝術と實生活とを一致させる為にどれだけ苦心したか分からないのである。たうたう私の生活は藝術を要求するのではなく、藝術は私の生活を支配して行く様になつて仕舞つた」と書いている。芸術に支配されたことは、一種の耽美主義的な姿勢を取るような言葉であり、確かに短歌創作の面では、与謝野晶子、石川啄木、吉井勇、北原白秋などから強い影響を受けており、その点については、多くの研究によって指摘されている。上記の引用は独自の作風を見出すための苦心の跡を示しており、短歌創作以外の表現方法への探求の必要性を朔太郎が感じていたと考えられる。

　朔太郎が短歌形式に止まらず、自由詩形の探求へと移っていった動機は、自己表現の可能性を広げようとする意志にあったが、北原白秋と室生犀星などの詩人との出会いは、まさにその切っ掛けとなった。朔太郎自身が1913（大2）年に北原白秋主宰の『朱欒』に掲載された室生犀星の詩に感動し、賞賛の手紙を白秋に送ったエピソードを語っている。そして、同年翌月の『朱欒』に朔太郎の最後の短歌とされる「しののめまだきおきて人妻と汽車の窓よりみたるひるがほ」と共に「こころ」、「女よ」、「桜」、「旅上」、「金魚」、そして「みちゆき」（後に「夜汽車」）を発表した。いずれの作品も『純情小曲集』（1925（大14）年）に収められている。

　短歌「しののめまだき」と「夜汽車」のモティーフの類似は明確であり、短歌創作から自由詩形への過渡期を代表する作品として注目されている。

　　「みちゆき」
　　有明のうすらあかりは
　　硝子戸に指のあとつめたく
　　ほの白みゆく山の端は
　　みづがねのごとくにしめやかなれども
　　まだ旅びとのねむりさめやらねば
　　つかれたる電燈のためいきばかりこちたしや。

第一章　短歌創作から初期の自由詩へ　237

あまたるきにすのにほひも

そこはかとなきはまきたばこの烟さへ

夜汽車にてあれたる舌には侘しきを

いかばかり人妻は身にひきつめて嘆くらむ。

まだ山科は過ぎずや

空氣まくらの口金をゆるめて

そつと息をぬいてみる女ごころ

ふと二人かなしさに身をすりよせ

しののめちかき汽車の窓より外をながむれば

ところもしらぬ山里に

さも白く咲きてゐたるをだまきの花。

　冒頭の「有明のうすらあかりは」の五七調から、冷たい感覚の「硝子戸に指のあとつめたく」に転ずることによって短歌形式が崩されている。「あまたるきにすのにほひも」、「ところもしらぬ山里に」という句が五七調のリズムに基づいていながらも、作品の感情的な表現は定型に収まらず、さらに五七調の崩す手法は主に「ほの白みゆく山の端は」の「は」、「いかばかり人妻は身にひきつめて嘆くらむ」の「らむ」、「夜汽車にてあれたる舌には侘しきを」の「を」などの助辞や文語的表現によって行われている。「みちゆき」のほとんど各行末において「は」、「ども」、「ねば」、「や」等の助辞が使用[7]されており、これについて、大岡信は次のように指摘する。

　　詩「夜汽車」における各行末の助詞の用いられ方こそ、この詩に不思議な香気ある曖昧さをもたしている最重要の仕掛けだといっていい。朔太郎はここで、大和言葉の助辞にしばしばみられる意味限定のしにくさ、その雰囲気的な性格を、心にいくばかり巧みに利用している。[8]

大岡信が指摘する「大和言葉」と助辞を活かせる文体は、彼が長く行った短歌創作の成果であると言えるだろう。

　以上のように、朔太郎の最初の詩作品とされる「みちゆき」では、「電車」、「ニス」、「電灯」という当時近代化の物質的なイメージを古文表現に滑り込ませるという特徴が見えてくる。たとえば、「つかれたる電燈のためいきばかりこちたしや」の「こちたし」は、『大辞林』次のよう意味がある。

　　①噂が煩わしい。うるさい。
　　②ことごとしい。大げさ。ものものしい。
　　③分量のうんざりするほど多いさま。
　　④程度のはなはだしいさま。

　上代文学では既に「こちたし」の使用が確認できる。『万葉集』においては、「こちたし」、または「こといたし」、「こちたく」、「こちたき」を合わせて11例が挙げられ、これらは主に①の意味で用いられている。次の和歌はその一例である。

　　人言はまことこちたくなりぬともそこに障らむ我にあらなくに
　　　　　　　　　　　　　　　　　　　　　　　（『万葉集』十二巻、2886）

　また、中古文学においては、清少納言の『枕草子』にも5例があり、「鶴はこちたきさまなれども、鳴く聲雲井まで聞ゆらん、いとめでたし」（弟四段）とあり、紫式部の『源氏物語』にも「納殿の唐物ども、多く奉らせたまへり。六条院よりも、御とぶらひいとこちたし」（「若菜　上」）等の例があり、両作品とも④の意味に相当するのである。しかし朔太郎の「みちゆき」の舞台は、詩人と馬場仲子と思わせる人妻と一緒に、行先不明な旅へ発つという設定であり、ここでは『万葉集』の歌と同様に、実現の困難な恋愛に連想さ

第一章　短歌創作から初期の自由詩へ　*239*

れる「こちたし」という表現が見られる。人妻との旅を設定した詩の題、
「みちゆき」は、まず浄瑠璃において恋仲の男女が連れ立って旅する場面を
思い出させる。浄瑠璃では主に、不幸な恋愛が演じられ、心中に至る作品が
多い。朔太郎の詩、「みちゆき」では、旅と不幸な恋愛のイメージが成立す
るまで、あと二つの悲恋事件が挙げられる。

　その第一に、月村麗子の研究では、徳富蘆花の「不如帰」という小説を朔
太郎が念頭に置いていたと指摘されている。具体的には、蘆花の小説の最後
に出て来るの次の場面が「夜汽車」(「みちゆき」を後に「夜汽車」改題)に何ら
かの題材を与えたと言われている。

　　　客車の戸を開閉する音、プラットフォームの砂利踏みにじりて駅夫の
　　「山科、山科」と叫び過ぐる声かなたに聞こゆるとともに、汽笛鳴りて
　　こなたの列車はおもむろに動き初めぬ。開ける窓の下に坐して、浪子は
　　そぞろに移り行くあなたの列車をながめつ。あたかもかの中等室の前に
　　来し時、窓に頬杖つきたる洋装の男と顔見合わしたり。
　　「まッあなた！」
　　「おッ浪さん！」
　　こは武男なりき。
　　車は過ぎんとす。狂せるごとく、浪子は窓の外にのび上がりて、手に持
　　てるすみれ色のハンケチを投げつけつ。

　朔太郎の書簡から、徳富蘆花のこの小説を彼が読んでいたことが分かる。
朔太郎による「まだ山科は過ぎずや」という表現は、徳富蘆花の小説の終わ
りにある上記の箇所を意識している。
　このように、蘆花の主人公である武男と浪子が行き違った山科の駅は、朔
太郎の詩においては悲恋のイメージを喚起する場所となっているのである。
　第二に、1912 (明45) 年7月に北原白秋が近所の人妻との交際を始めたた

め、姦通罪に問われ、約 2 カ月の受刑となったのである。

　この事件は反響が大きく、萩原朔太郎も衝撃を受けたと考えられる。そして、朔太郎の初恋相手であった馬場仲子は他の男性と結婚しており、彼の短歌と詩において「人妻」というイメージは悲しさと「罪」のイメージに直結していると言えるのである。この点に関しては、北原白秋の姦通罪事件を意識している要因もあったと考えられる。

　晩年の次の評価を読むと、白秋が朔太郎にいかに刺激を与えたのかが明らかである。

　　　明治以来、日本は多くのすぐれた詩人を生んだけれども、その事業の
　　広汎に渡り、韻文学の全野を開拓して、不出世の天才を発揮した詩人は、
　　実に北原白秋氏の外にない。『邪宗門』『思ひ出』『東京景物詩』の如き
　　名詩集によつて、当時の詩壇に異常な刺激と驚異を与へた白秋氏は、多
　　くの青年を蠱惑し尽し、詩壇、歌壇の二つに股がり、未曾有の帝王的地
　　位を獲得した。
　　　　　10

　白秋に蠱惑された多くの青年の中に、朔太郎自身もいたことは言うまでもない。「みちゆき」も含め、その後の作品に頻繁に見られる人妻との恋というモティーフは、実生活の経験というよりも（朔太郎と馬場仲子との間にその関係があったことは確認できない）、既に北原白秋の『桐の花』で歌われていたものであり、朔太郎はそこから影響を受けたと考えられる。また作品のモティーフだけではなく、短歌創作において自分の個性を見出せなかった朔太郎は、白秋との出会いを切っ掛けに、自由詩へと向かい始めたと言っても過言ではないだろう。

　下記に「みちゆき」をはじめとする、朔太郎の初期の作詩法における独特な語彙について例を挙げてみたい。

　まず「みちゆき」の次の行、「ほの白みゆく山の端は／みづがねのごとく

第一章　短歌創作から初期の自由詩へ　241

にしめやかなれども」を採り上げる。「みづがね」（水銀のこと）は科学的な成分であり、『魏志倭人伝』と『日本書紀』においては、朱（丹砂）についての言及がみられ、水銀はその原材料として知られていたことが分かる。また、日本最古の百科事典と思われる『倭名類聚抄』にもそれについての言及が確認できる。和歌の世界では、『万葉集』7巻1376に宇陀は辰砂に使う水銀の産出地として述べられており、上代の文献では、中国から伝わった「不老不死」の概念と密接に関わっていた。近世には「おしろい」や「浮世絵」等に無機水銀が使用されはじめ、明治20年代には日本にも水銀入りの体温計が知られるようになる。「みづがね」と同様なイメージは当時の日本近代詩において見当たらず、唯一の例は北原白秋の『思い出』（1911（明44）年）に集録された「水銀の玉」である。

　　「水銀の玉」
　　初冬の朝間、鏡をそっと反して、
　　緑ふくその上に水銀の玉を載すれば
　　ちらちらとその玉のちろろめく、
　　指さきに觸るれば
　　ちらちらとちぎれて
　　せんなしや、ちろろめく、
　　捉へがたきその玉よ、小さき水銀の玉。
　　わかき日の、わかき日の、ちろろめく水銀の玉。

　朔太郎の「みちゆき」に喚起される、冷たくしんみりとした様子とは異なっている。朔太郎の水銀のイメージは山のしめやかな様子を描くのに使用されているが、これは後の作品、特に『浄罪詩編ノート』と『月に吠える』に見られる、科学的な物質のもつ独特な喚起力を巧みに用いた朔太郎の文体の特徴であろう。たとえば、1914（大3）年10月号の『アララギ』に発表さ

れた「再會」にも「みづがね」のイメージが登場する。

「再會」
皿にはをどる肉さかな
春夏すぎて
きみが手に銀のふほをくはおもからむ。
ああ秋ふかみ
なめいしにこほろぎ鳴き
ええてるは玻璃をやぶれど
再會のくちづけかたく凍りて
ふんすゐはみ空のすみにかすかなり。
みよあめつちにみづがねながれ
しめやかに皿はすべりて
み手にやさしく腕輪はづされしが
眞珠ちりこぼれ
ともしび風にぬれて
このにほふ鋪石_{しきいし}はしろがねのうれひにめざめむ。

　再会の相手は、「みちゆき」の人妻であろう。この詩では、空と地に雨の
ように流れる「水銀」は、しめやかさと連想され、「みちゆき」のつめたい
指と汽車にいる人妻との冷めた関係というイメージに重ねられる。これと同
様な効果は「再會のくちづけかたく凍りて」という行にもみられる。また、
冷たい感覚を醸し出す科学用語めいた物質（ええてる、水銀、銀）は男女の
別れという、もの悲しい場面を描くのに使用されている。これは「再會」の
特徴ではあるが、「浄罪詩編ノート」と『月に吠える』でも、幻想的なイ
メージが科学用語を通してより独特な感覚をもって表現される例が多いので
ある。つまり、春への思い、憂いの感情を強める雨、もどれない過去の恋な

どのモティーフが幻想的で難解な光景によって表現されている点は、『月に
吠える』の文体に通ずる側面であると言える。
　しかし、後に「夜汽車」と題として『哀憐詩編』に集録された「みちゆ
き」は、抒情的で詠嘆的な表現を用い、幻想的な表現法がまだ確立していな
い時期の作品群に所属する。例えば、この詩と一緒に1913（大2）年5月号
の『朱欒』に掲載された「こころ」は当時の朔太郎の詠嘆的な文体をよく表
す例である。

　　「こころ」
　　こころをばなににたとへん
　　こころはあぢさゐの花
　　ももいろに咲く日はあれど
　　うすむらさきの思ひ出ばかりはせんなくて。

　　こころはまた夕闇の園生のふきあげ
　　音なき音のあゆむひびきに
　　こころはひとつによりて悲しめども
　　かなしめどもあるかひなしや
　　ああこのこころをばなににたとへん。

　　こころは二人の旅びと
　　されど道づれのたえて物言ふことなければ
　　わがこころはいつもかくさびしきなり。

　深くこころに感じることを花に連想させる表現法は、『ソライロノハナ』
の「ひとづま」と題する歌群にも見られる。

あいりすのにほひぶくろの身にしみて忘れかねたる夜のあひゞき
　　いかばかり芥子の花びら指さきにしみて光るがさびしかるらむ

　上述したように、「ひとづま」の短歌は北原白秋の『桐の花』の影響を受
けており、その詠嘆的な表現法における花のイメージは白秋の短歌にも頻繁
にみられる。

　　しみじみと涙して入る君とわれ監獄の庭の爪紅の花
　　空いろのつゆのいのちのそれとなく消なましものをロベリヤのさく

　花と色彩によって感情を表す技法は白秋から学んだと思われ、同様の技巧
は「こころ」にも見られる。紫陽花が咲いている季節は初夏であり、薄い臙
脂色、青色、桃色など、花の色は数回変わる。歌の世界では、大友家持、藤
原俊成、藤原定家などにも歌われたが、全体的にその例はごく少ない。その
中で、紫陽花を心の移り変わりに例えた作品に、大伴家持の「言問はぬ木す
ら紫陽花諸弟らが練の村戸にあざむかえけり」（『万葉集』四巻、773）があり、
思いを寄せる人の欺く心に重ねられている。
　朔太郎の詩においても、紫陽花の色の移り変わりは、心の不安定さを表す
ためのイメージとなっている。そして「再会」にある噴水のイメージは、泣
く心のイメージを喚起させ、「みちゆき」における道連れの人の沈黙は、心
の寂しさというモティーフを創り出す。こうしたイメージの例えの多い作品
で、文体も文語的表現に支えられている。同様の文体は『純情小曲集』に集
録された「涙」（初版）という詩にも確認できる。

　「涙」
　ああはや心をもつぱらにし
　われならぬ人をしたひし時は過ぎゆけり

さはさりながらこの日また心悲しく

わが涙せきあへぬはいかなる戀にかあるらむ

つゆばかり人を憂しと思ふにあらねども

かくありてしきものの上に涙こぼれしをいかにすべき

ああげに今こそわが身を思ふなれ

涙は人のためならで

我のみをいとほしと思ふばかりに嘆くなり。

　1913（大2）年に発表された初期の詩においては、これまでみてきた短歌
創作方法との類似性が見られる。特に、行末の装飾、詠嘆的な表現は、『ソ
ライロノハナ』の延長線上にある。たとえば、「有明うすらあかりは」（「み
ちゆき）)、「こころをばなににたとへん」（「こころ」）、「いとほしや」、「いま春
の日のまひるどき」（「桜」）等の句では、短歌形式は作品のリズムの基盤と
なっている。また、朔太郎は定型に囚われずに自由詩形を探る場合、前項に
述べた「ねど」、「は」、「ども」等の助辞を使用している。例えば、「ふらん
すへ行きたしと思へども」（「旅上」)、「さくらの花はさきてほころべども」（金
魚）などの詠嘆的な装飾は五七調、または七五調のリズムを破るために使用
されているが、この技巧こそが朔太郎の初期の詩の特徴なのであり、伝統的
な五と七の音律の交替を基盤にしているのである。

4．短歌の影響からの逸脱の始まり

　以上のように、朔太郎の初期の作詩法と短歌創作は、共通する文体と技巧
を示している。また、主なモティーフの原型も短歌時代の作品に探ることが
できる。異国的なイメージや花の色彩を通して表現する感情、人妻への片思
い、寂しさに連想される汽車での旅や酒場で酔うことなど、『ソライロノハ
ナ』に既に現れ、詩形においてこれらのモティーフを展開させていくのであ

る。全体として、自虐的な姿勢と現実への不適応という精神がその根底にながれている。すなわち、『浄罪詩編ノート』と『月に吠える』の中心にある、実存的な苦悩が『ソライロノハナ』にも明確な形ではないが、含まれている。それを深める表現方法の探求は、口語自由詩形への移行が主な動機だと考えられる。朔太郎は次第に自分の作品の題材を拡大させ、宗教的なイメージ、罪、疾患、エロス、自殺願望等のイメージを詩に取り入れ、より幻想的な作詩法へと移っていく。『月に吠える』に収められた「竹」、「すえたる菊」、「天上縊死」はその例として挙げることができる。

「すえたる菊」
その菊は醋え、
その菊はいたみしたたる、
あはれあれ霜つきはじめ、
わがぷらちなの手はしなへ、
するどく指をとがらして、
菊をつまむとねがふより、
その菊をばつむことなかれとて、
かがやく天の一方に、
菊は病み、
饐えたる菊はいたみたる。

「天上縊死」
遠夜に光る松の葉に、
懺悔の涙したたりて、
遠夜の空にしも白ろき、
天上の松に首をかけ。
天上の松を戀ふるより、

第一章　短歌創作から初期の自由詩へ　247

祈れるさまに吊されぬ。

　本来、美的鑑賞の対象である花は、醜悪趣味的に描写されると共に、それ
を摘もうとするプラチナの手と光る天の非現実的なイメージが重なる。また、
懺悔というのは、心を悔い改める精神的なプロセスにならず、朔太郎の詩に
おいては身体の虐待、肉体的な苦しみから切り離されることのない行為と
なっている。両作品は、「浄罪詩編」と『月に吠える』の前半期の文体を代
表するものであるが、そのリズムをみると、五七および七五調の交替の影響
が残っていることが分かる。

　　その菊は醜え、7
　　その菊は　5　いたみしたたる、7
　　あはれあれ　5　霜つきはじめ、7
　　わがぷらちなの　7　手はしなへ、5
　　するどく指を　7　とがらして、5（…）

　　また、「天上縊死」の場合は

　　遠夜に光る　7　松の葉に、5
　　懺悔の涙　7　したたりて、5
　　遠夜の空に　7　しも白ろき、5
　　天上の松に　8　首をかけ。5（…）

　この詩は短歌定型から離れていても、そのリズムは日本の伝統的な歌を軸
にしているのが分かる。韻律法の面では、初期の作品からの隔たりはさほど
大きくないのであるが、題材は大きく異なっている。このように、朔太郎の
短歌創作から口語自由詩への過渡期において、幻想的な題材が中心的な位置

を占めていると言える。幻想によって、外部の世界の描写が消え、あるいは、外部の世界を錬金術のように加工するようになる。既に見てきたように、短歌創作と初期の詩においては、外部の物（電車の窓からの風景、紫陽花の色、噴水、雨）を自己の心に見たてることによって感情を表現する傾向がある。これに対して、『月に吠える』、特にその前半の作品においては、次第に現実にない風景、通常の外部の秩序を見出す科学的なイメージ、発光体、疾患する身体等のモティーフなどが彼の作詩法を支配していく。

第二章　萩原朔太郎のリズム観

1. 自我のリズム

　1914（大3）年の8月頃からの作品は急激な文体の変化を示す。朔太郎はこの時期、表現の可能性を拡大するために他の詩人（北原白秋と室生犀星）の影響を受けながらも，独自性をもったモティーフで創作を試みている。また、創作活動に止まらずに、詩の本質や口語自由詩の根本的条件を論理的に考察している。「浄罪詩篇ノート」という名前で知られている日記においては、整理された論理を出現させなかったが、詩について論理的に考える傾向がみられる。1928（昭3）年9月に発表した『詩の原理』の姿勢は既に指摘されている。[13]

　この頃の唯一の詩論は1914（大3）年10月号の『音楽』に掲載された「詩と音楽の関係」であるが、同じ頃に書かれた詩的散文の中でも詩の性質やリズムに関しては、朔太郎の立場が明らかに窺える。例えば、1914（大3）年10月の『詩歌』に発表された「SENTIMENTALISM」や同誌の12月号に発表された「感傷詩論」、また1915（大4）年1月の『異端』に掲載された「光の説」等の詩的散文は、朔太郎が詩をどのように把握しているのかを宣言する作品だと考えられる。日本の詩における代表的な詩論である『詩の原理』にも、朔太郎は自作詩法と作品の成立過程とについて明快な説明をしなかった。おそらく詩を作ることがどういうプロセスによっているのかを概念的に理解することができなかったのであろう。しかし、「浄罪詩編ノート」は、彼の作詩法についていくつかの情報を示している。[14]

　　　毎日自由を許された時間の多量を所持して居る（中略）自分は毎日ぽ
　　かんとして居る、時間の大部分を何もしないでくらして居る、讀書もし

ない、勉強もしない、遊戯もしない、人と会話もしない、考索もしない、空想もしない、一定の業務もしない、そのくせ退屈もしない、自分は一體何者だ、自分は詩を作る、詩をつくるといふよりも詩を速記するのだ、電光のやうに利那をすぎる影がある、その来る時は鋭敏に豫感される、来たぞと思付利那にだらけきつた自分の心霊は針のやうに鋭く集中され凝縮される。[15]

　閃きの瞬間の直前、すべての肉体的精神的な活動が放棄されるという意識状態を電光の影にたとえている。電光が来ると、詩人の心は一つに固まって、集中する。その時、詩を作るのではなく、速記のように書き記すのである。上記の引用と同様に、「浄罪詩篇ノオト」において作品の成立の最初の段階を叙述するような文章がところどころに見られる。例えば、次の文章は朔太郎の作詩法についての具体的な言及がある。

　　　私は鉛筆をとる。遠心力の中点と重力の中心とをあやまりなくむすびつけるために最初の一線が注意深くひかれる。この一線には私の全身の重量が傾注される。ついで第二第三第四の点がひかれる。それはできるだけの全速力で走る。走る鉛筆は紙面の文字を書く代わりに暗号を落としてゆく。これは一種の速記だ。(…) 私はいつも影の後姿しか書いていない。眞理の尻尾しか握つて居ない。でも光、尻尾だからとて、光ものは光。[16]

　上記の引用箇所には、自分を支配する直観的プロセスによって無意識的に書いている朔太郎の姿勢がみられる。その不思議な状態は真理との接触として提示される。その真理との接触の時に無意識に書くのが朔太郎にとって重要なのである。

第二章　萩原朔太郎のリズム観　*251*

光と確實に感知しきるまでしんぼうして掌中にあつためる。光が出たら一氣に生め、この一氣に生むといふことが肝心だ。徐々に推敲しつつ組み立てた詩は出来あがつたときに既に完成されて居るけれど死んで居る。リズムが脱走するからだ。かやうのものは人を敬服させることはあつても感動させることはない、直接の感電がないものは詩ではない、たとへば非常に巧みにコンデンスせられた散文の一種である。[17]

　このように、朔太郎の見解では、概念と意識に支配された作品は生命力がなく、散文の領域に属する。詩の場合は、言葉は自律した存在であるべきという。このような立場は朔太郎のノート以外に、1914（大3）年10月に書かれた「詩と音楽の関係」にも窺える。「詩とは何等理智又は叙述の手段を借りずして躍動するリズムそのものを言葉或は符号に複写したものに外ならぬ」と定義する朔太郎はそこで詩の語義や概念などの束縛からの解放を求めている。[18]詩には音楽的な性質があると主張している。それは朔太郎の言う「自由詩形によつて詩人ははじめて完全なる自我のリズムを自由に発現することが出来た。」というように、自由詩形と自我のリズムとの密接な関係があると述べている。[19]1914年から1915年にかけて書かれたノートや詩的散文や詩論において、朔太郎は「自我のリズム」という表現を頻繁に使用している。

2．自我のリズムと文体：連用形、反復技法、造語

　朔太郎の言う「自我」は他者から区別された自我を超えて、皆が共有する意識の底にある普遍的な自我を指している。つまり、言葉やその音声の中に潜んでいる生命力を指している。普遍性を自ら作品にもたらすことを求めていたのである。このような見解は『月に吠える』の序において論じられている。

詩の表現の目的は單に情調のための情調を表現することではない。幻覺のための幻覺を描くことでもない。同時にまたある種の思想を宣傳演繹することのためでもない。詩の本來の目的は寧ろそれらの者を通じて、人心の内部に顫動する所の感情そのものの本質を凝視し、かつ感情をさかんに流露させることである。

　詩とは感情の神經を摑んだものである。生きて働く心理學である。
（中略）

　思ふに人間の感情といふものは、極めて單純であつて、同時に極めて複雜したものである。極めて普遍性のものであつて、同時に極めて個性的な特異なものである。

　どんな場合にも、人が自己の感情を完全に表現しやうと思つたら、それは容易のわざではない。この場合には言葉は何の役にもたたない。そこには音樂と詩があるばかりである。[20]

　自我のリズムを詩人の内面の表現として認定している。幻想や感情を活かすための理想のリズムは合理的でなく、直観的で一気に書かれることと必然的に関わっている。「詩と音樂の関係」を書いた前後、朔太郎の創作において様々な文体的変化がみられる。この自我のリズムを求めることによって、『月に吠える』の前半の作品にはいくつかの文体的な特徴が表れてくる。それらには内面的なリズムをできるだけ忠実に反映する意思が窺える。その具体的な例として、「竹とその哀傷」の作品群にみられる反復技法を挙げることができる。例えば、「地面の底の病気の顔」という詩において、次のような部分がある。

「地面の底の病気の顔」
地面の底に顔があらはれ、
さみしい病人の顔があらはれ。

地面の底のくらやみに、

　　うらうら草の茎が萠えそめ、

　　鼠の巣が萠えそめ、

　　巣にこんがらかつてゐる、

　　かずしれぬ髪の毛がふるえ出し、

　　冬至のころの、

　　さびしい病氣の地面から、

　　ほそい青竹の根が生えそめ、

　　生えそめ、

　　それがじつにあはれふかくみえ、

　　けぶれるごとくに視え、

　　じつに、じつに、あはれふかげに視え。

　　地面の底のくらやみに、

　　さみしい病人の顔があらはれ。

　　前述したように、概念を伝える意図はなく、合理的なイメージを表してい
ない。作品の大部分は歪んだ次元の感覚を表現しているのである。「地面の
底の病気の顔」には「あらはれ」、「萠えそめ」、「生えそめ」、「視え」という
動詞の連用形の反復と共に、「顔があらはれ」、「はえそめ」という音にかか
る「草の茎」、「鼠の巣」、「青竹の根」などが反復されることによって作品中
の動的なイメージが強く喚起されており、それに独自な効果を与える。同様
な特徴は『月に吠える』の前半に集録された「菊」、「竹」などにもみられ、[21]
この技巧によって作品の病的なイメージが繰り返されることによってさらに
直接的に表現される。

　　反復技法は作品のモティーフを支えると同時にリズム化における重要な機
能をもつ。また、語感によるリズムの例として、「雲雀料理」の章に収めら

れた「天景」がある。

　「天景」
　しづかにきしれ四輪馬車、
　ほのかに海はあかるみて、
　麥は遠きにながれたり、
　しづかにきしれ四輪馬車。
　光る魚鳥の天景を、
　また窓青き建築を、
　しづかにきしれ四輪馬車。

　この詩の初版は1914（大3）年1月号の『卓上噴水』にあり、室生犀星の作風の影響を強く受けていると先行研究において指摘されているとおりである。海、畑、魚と鳥の天然な風景と街並み（建築）の風景を対照的に歌った詩である。『月に吠える』の前半の作品と異なり、病的なイメージが描かれていない。しかし、反復に基づくリズムは上述した作品と共通する特徴である。「しづかにきしれ四輪馬車」は作品中に三回繰り返され、その句において「し」と「き」という音が中心的となる。また、それらのイメージの対照関係を強調するかのように、「光る魚鳥の天景を」と「また窓青き建築を」のそれぞれの行末に「てん」と「けん」という音を響き合わせている。「天景」の韻律は、7，5調を踏んでいるのも、作者の技巧的な意識を顕著に表している。
　詩集の第二の「竹」では、

　「竹」
　光る地面に竹が生え、
　青竹が生え、

第二章　萩原朔太郎のリズム観　255

地下には竹の根が生え、
根がしだいにほそらみ、
根の先より繊毛が生え、
かすかにけぶる繊毛が生え、
かすかにふるえ。

かたき地面に竹が生え、
地上にするどく竹が生え、
まつしぐらに竹が生え、
凍れる節節りんりんと、
青空のもとに竹が生え、
竹、竹、竹が生え。

　上記の詩においてはほぼ各行末に「生え」という表現があり、「綿毛」、「根」、「竹」の「え」という母音は中心的な音声となる。日本語の音韻の効果の可能性を広げようとする意識的な反復技法がみられる。

　『月に吠える』の作品には、しばしば合成語や造語などがみられる。例えば、「菊」の〈痛む〉と〈滴る〉とから〈いたみしたたる〉、「龜」の〈弄る〉と〈沈む〉とから〈まさぐりしづむ〉などの表現は通常複合されない言葉を重ねている。この合成語から生じる特殊な効果は朔太郎が求めようとする言葉の自律性を示唆する。同時に、朔太郎の内面から渦巻きのように浮かび上がる詩人の複雑な感情をも反映している。

　朔太郎の作品にみられる造語は詩人は語義よりも語感を大切にしていることを示す。第二の「竹」に〈根がしだいにほそらみ〉とある。「感傷の手」には〈あまたある手をかなしむ、手はつねに頭上をどり、また胸にさびしみしが〉と書かれている。同時期に作られた「感傷の塔」は『月に吠える』に集録されてはいないが、詩集の作品と同質的である。「感傷の塔」には〈塔

は鋭く靑らみ、空に立つ〉とある。

　「ほそらみ」、「さびしみ」、「靑らみ」という言葉は一般の用法の範囲から逸脱する傾向をもっている。これは、多く論じられているように朔太郎の文体の一つの特徴である。「ほそらみ」は細くなっているという意味であり、1915（大4）年5月号の『詩歌』に発表した「いはなければならないこと」においては、朔太郎は次のように説明している。

　　　私は時として私の肉體の一部がしぜんに憔悴してくることを感ずる。そのとき手に觸れた物象は、みるみる針のやうに細くなり、絹絲のやうになり、しまひには肉眼で見ることもできないやうな纖毛になつてしまふ。そしてその纖毛の先から更に無數の生毛が光り出し、煙のやうにかすんで見える。[22]

　上記の説明は詩「竹」の「ほそらみ」にも当てはまると考えられる。また「感傷の塔」にある〈靑らむ〉は〈赤くなる〉、または〈赤を帯びる〉という意味の「赤らむ」、乃至「白む」などの色彩表現からの造語であろう。「ほそらみ」も、同様に成立された造語であり、その連用形を取っている。「感傷の手」の〈さびしみ〉は〈悲しむ〉と類似しており、完全な造語ではない。造語を生み出すメカニズムは朔太郎の言う「自我のリズム」、即ち語感とその音楽性への追求に密接に関わる。しかし、その一方では、説明的な表現を避けようとすることにも関係する。例えば、同時に地下と地上に生える竹のイメージを描く「竹」において、〈ほそらむ〉を使わないで、所謂標準語の〈ほそくなる〉のような表現を使う場合は、作品の効果も異なってしまうという意識があったはずである。同様に「感傷の手」には頭の上で踊る手と、土を掘る手との対比がみられる。胸に当てて寂しくなる手は、内面の歪みに身をすぼめる詩人の姿である。一行目の「わが性のせんちめんたる」は作品の感傷的な次元を設定する。二行目の「あまたある手をかなしむ」の響きを

受けて、四行目の「さびしみ」がある。この場合も、標準語の「さびしくなる」あるいは「さびしがる」のような表現は、朔太郎が求める自我のリズムに合わなかったのであろう。

　「感傷の塔」は『月に吠える』の第一の「竹」と共通点がある。「竹」には「懺悔者」の肩の上より煙る竹があり、「感傷の塔」には額から空に尖っている塔がある。両作品の対象は詩人の肉体のイメージと密接な繋がりがある。

　造語の技法は北原白秋の作品にも見られる。『桐の花』の「春を待つ間」の章の冒頭にある短歌「ふくらなる羽毛襟巻のにほひを新らしむ十一月の朝のあひびき」には「新しむ」がある。日本語では、感情表現を表す形容詞のなかで、楽しい、悲しい、等の派生語は楽しむ、悲しむというように語尾に「む」という形をとるが、感情を特に表さないで、状態を表す形容詞の場合は、こうした派生語は存在しないのである。従って、白秋は「新しい」という形容詞に感情的なニュアンスを与えるために、「可惜しむ」と同音語にもなる「新しむ」という派生語を生み出したのであろう。朔太郎も白秋からこのような技法を学んだことは充分に考えられる。それをまた展開させ、「赤」色を表す形容詞の動作を作る「赤らむ」と同様に、「ほそらむ」、「青らむ」などという造語を生み出したのである。

　白秋の影響について、朔太郎自身が『月に吠える』の前の時期を回想する文において明確に言及する。

　　　當時の僕には白秋以外の人は全く興味がなく、殆どだれの詩も讀んで
　　　居なかつた。ただ白秋一人だけを愛讀して居た。そこで、僕の稀に作る
　　　詩はたいてい『思ひ出』の模倣みたいになつてしまつた。[23]

『月に吠える』成立時期の作品にも白秋の文体はまだ影響しているが、白秋の影響から逸脱する傾向もみられる。1917（大6）年12月号の『詩歌』に発表された「調子本位の詩からリズム本位の詩へ」の冒頭に「日本の詩も新

體詩時代はもちろんのことだが、北原白秋の『思ひ出』時代までは、まだ調子本位を脱することが出来なかつた」と書いている。調子本位とリズム本位の詩について、1914（大3）年の詩論「詩と音楽の関係」にも既に述べられている。

　　多くの場合に調子本位の詩は誤つて音樂的と稱される。過去、詩は音樂に伴つて唄ふべきものであつた。（…）詩が眞に自覺して光ある藝術となつたのは、調子本位を捨ててリズム本位にうつつて以來である。即ち自由詩形が唱導されて以来の出來事である。／自由詩形によつて詩人は始めて完全なる自我のリズムを自由に發現することが出來た。あらゆる不法の束縛を破り音樂の羈絆から脱れた場合に、始めて詩はその正常なる行路を発見し、眞の意味の「言葉の音樂」を建設することが出來た。[24]

　上記に窺えるように、「調子本位」は定型詩であるのに対して、「リズム本位」は 自我のリズムを発現する自由詩形である。上記の朔太郎の詩論は、自由詩の定義とその特性を究明しようとする姿勢を示している。それと共に、独自性をもった表現方法をもとめていたのである。これは朔太郎の文体上の実験的な作品への道を開いたのである。1914（大3）年8月に朔太郎は「殺人事件」、「盆景」、「山居」という詩を作った。これらの作品は朔太郎の表現方法に新しい展開をもたらしたのである。

「盆景」
春夏すぎて手は琥珀、
瞳（め）は水盤にぬれ、
石はらんすゐ、
いちいちに愁ひをくんず、
みよ山水のふかまに、

第二章　萩原朔太郎のリズム観　259

ほそき瀧ながれ、
瀧ながれ、
ひややかに魚介はしづむ。

「殺人事件」
とほい空でぴすとるが鳴る。
またぴすとるが鳴る。
ああ私の探偵は玻璃の衣裳をきて、
こひびとの窓からしのびこむ、
床は晶玉、
ゆびとゆびとのあひだから、
まつさをの血がながれてゐる、
かなしい女の屍體のうへで、
つめたいきりぎりすが鳴いてゐる。

しもつき上旬のある朝、
探偵は玻璃の衣裳をきて、
街の十字巷路を曲つた。
十字巷路に秋のふんすゐ、
はやひとり探偵はうれひをかんず。

みよ、遠いさびしい大理石の歩道を、
曲者はいつさんにすべつてゆく。

「山居」
八月は祈禱、
魚鳥遠くに消え去り、

桔梗いろおとろへ、

しだいにおとろへ、

わが心いたくおとろへ、

悲しみ樹蔭をいでず、

手に聖書は銀となる。

　この作品には幻想的な発想が、むき出しの言葉で表現されている。「愛憐
詩篇」の装飾的修辞法が捨てられて、言葉は直接に作品のモティーフを伝え、
口語により近い言葉の使用も見られる。「滝がながれ」、「ひややかに魚介は
しづむ」、「曲者はいつさんにすべつてゆく」という詩句には物体の運動性が
表現されている。ここでも、朔太郎は詩論で説いたリズムの実践を試みてい
る。例えば、「山居」には「おとろへ」の反復と共に、動詞の連用形が行末
に見られる。

　1914（大3）年8月以降の作品には連用中止法がしばしば見られるが、「竹
とその哀傷」の作品群には、行末に動詞の連用形が徹底される作品もみられ
るようになる。前頁に挙げた「すえたる菊」における饐えた感覚は「酒精中
毒者の死」、「くさつた蛤」などの醜悪趣味の疾患的なイメージの領域に入る。
朔太郎の作品における「菊」の意味に関しては、先行研究では既に「菊」の
性的な意味について触れる論文がある。ここでは、『月に吠える』前半の詩
作品と素材を共通する「浄罪詩篇」から、次の箇所を挙げる。[25]

　竹ノ根ニハムラガル見エザル毛ガ煙ノゴトクニ生エテ見エ

　草ノ茎ハサビシキ産毛ガ生エテ見エ

　菊ハ蝕光シソノ指ニモ淫水ノイタミヲシタタラシ[26]

　また、同時期に書かれた「秋日帰郷」という散文詩には、菊のイメージは
次のように近親相姦のモティーフを通してエロスと疾患が結びつかれている。

妹よ、
兄が純金の墓石の前に、菊を捧げて爾立つたとき、兄はほんたうに
おん身に接吻する。
おん身のにくしんに、額に、唇に、乳房に、接吻する。

　上記の作品においてその性欲が向かう対象を得ることができないところに
エロスというテーマが成り立ち、そこに朔太郎の深層にある実存的な苦悩が
深く関わっている。朔太郎の作詩法におけるエロティシズムは対象のない性
欲という形で表現されるが、これは作品における作者の実存的な虚しさの一
つの側面として見ることが出来る。
　ここまで述べた作品において、行末の動詞の連用形とその反復は朔太郎の
文体の一つの特徴である。初期の詠嘆的な詩作品に比べると、朔太郎の表現
方法において自虐的で幻想的なイメージへの展開がみられる。

３．動的なイメージ

　動詞の連用形をほぼ絶え間なく繰り返すことによって作品のイメージがど
のような効果を得るのであろうか。
　まず、『月に吠える』の冒頭にある「地面の底の病氣の顔」を例としてと
りあげる。

「地面の底の病氣の顔」
地面の底に顔があらはれ、
さみしい病人の顔があらはれ。

地面の底のくらやみに、
うらうら草の莖が萌えそめ、

262　Ⅲ　萩原朔太郎

鼠の巣が萌えそめ、
　　巣にこんがらかつてゐる、
　　かずしれぬ髪の毛がふるへ出し、
　　冬至のころの、
　　さびしい病氣の地面から、
　　ほそい青竹の根が生えそめ、
　　生えそめ、
　　それがじつにあはれふかくみえ、
　　けぶれるごとくに視え、
　　じつに、じつに、あはれふかげに視え。

　　地面の底のくらやみに、
　　さみしい病人の顔があらはれ。

　　地面の底からの〈顔〉があらわれ、〈草の茎〉と〈鼠の巣〉が萌えそめ、
〈髪の毛〉がふるえだし、〈竹の根〉が生えそめ、けぶれるように見える等の
ように、多数の主語の動作に定着せずに、各行のイメージは次のイメージに
かさなり、イメージの運動性、感覚とリズムが動詞の連用形によって統合す
る効果がみられる。これは、反復技法に基づく『月に吠える』の第二の「竹」
という詩に更に明確に現れる文体の特徴である。

　　光る地面に竹が生え、
　　青竹が生え、
　　地下には竹の根が生え、
　　根がしだいにほそらみ、
　　根の先より繊毛が生え、
　　かすかにけぶる繊毛が生え、

かすかにふるえ。

かたき地面に竹が生え、
地上にするどく竹が生え、
まつしぐらに竹が生え、
凍れる節節りんりんと、
青空のもとに竹が生え、
竹、竹、竹が生え。

　地下に生える竹は、次の行の細くなる竹の根というイメージに展開する。そして、その根の先から繊毛が生える。行末にある動詞は連用形という形態によって完了しておらず、次の行にある場面に接続する。次行の新しい場面も、同様に、完成せずに次の場面に直接に接続する。このように、上記に引用した「竹」の場合は、各行の主語は竹とその根等であり、「生え」の連用形は反復によって強調され、詩の中心的なイメージである。懺悔者の肩より生える竹、あるいは、地面に現れる病気の顔と連想された竹のイメージは、身体と接合する。竹に突き刺された身体のイメージが朔太郎の意識の深層に根ざしたモティーフである。地下に生える竹の根、地上に鋭く生える竹が自己の中にある二元対立を表現する。竹が垂直に上昇し、下降するという動的なイメージは、その性質上、フリードリヒ・ニーチェの『ツァラトゥストラの緒言』にある「丘上の樹木」と類似性がある。

　　汝如何なれば恐るるや。されど、その人に於ける、樹に於けるが如し。彼の愈々高位と光明とに至らむことを欲ふに随ひ、彼の根は愈々勁く地を穿ちて、暗きところ、深きところに降る。悪に降る［中略］彼は何をか待てる。その住するどころ、雲に近きこと過ぎたり。思ふに彼は、第一の電光を待てるものか。

朔太郎は1911（明44）年に生田長江の翻訳を通して、初めて『ツァラトゥストラ』を読んだと思われる。光を求めて高く生える木の根が地下に延びるという、上昇と下降のイメージはニーチェの「丘上の樹木」に共通するが、「竹」のイメージに「丘上の樹木」をそのまま置き換えることはできないのではないか。なぜなら地下深くへ伸びる竹の根が、ニーチェの言う「悪」に相当しているとは限定できない面があるからである。根のイメージはむしろ、詩人の内面的深層に沈んでいくものである。そして、上昇する竹は、青空に向かってその苦悩から脱出しようとする意思を表していると解釈できる。

　しかし、朔太郎の作品における竹のイメージについて他の読み方も可能である。例えば、長野隆の論では、竹の上昇と下降はリビドーとしての〈受胎・創作〉と〈母胎回帰〉という矛盾を表している。これに対して北川透の論では、「浄罪詩篇」の中での「竹」の詩連と、そこに頻出する「蒼天」のイメージとの関係について言及し、「高いところ」にある「栄光」、「蒼天」の「新光」に向かう竹は「制度的、倫理的タブーと衝突するリビドーと、対抗的にあらわれたのが蒼天なのであった」と言う。すなわち、竹の上昇のイメージは「浄罪詩篇」のモティーフである罪の浄化のプロセスに含まれているということである。北川透の論は、朔太郎のドストエフスキー受容に焦点を当てるが、本章で上述した生田長江訳『ツァラトゥストラ』の引用にみられるように、樹木の上昇の到達点にある「電光」というイメージにも注意しておきたい。ニーチェの作品では、「電光」は真理の閃きである。また、ツァラトゥストラの弟子の言葉ではツァラトゥストラ自身が「電光」である。つまり超人そのものである。

　朔太郎は当時自分が『ツァラトゥストラ』をどのように解釈していたかはあまり述べていないが、「浄罪詩篇ノオト」では、電光というイメージは彼の作詩法と深く関わっている。例えば、

　　［…］会話もしない、考索もしない、空想もしない、一定の業務もし

ない、そのくせ退屈もしない、（中略）電光のやうに利那をすぎる影がある、その来る時は鋭敏に予感される、来たぞと思付利那にだらけきつた自分の心霊は針のやうに鋭く集中され凝縮される（中略）私はいつも影の後姿しか書いていない、でも光、尻尾だからとて、光ものは光。

（「浄罪詩篇ノオト」）

　なにものもない。宇宙の『權威』は、人間の感傷以外になにものもない。
　手を磨け、手を磨け、手は人間の唯一の感電體である。自分の手から、電光が放射しなければ、うそだ。（中略）眞實は實體である、感傷は光である。

（SENTIMENTALISM）

　感傷至極なれば身心共に白熱す、電光を呼び、帷幕を八裂するも容易なり。

（感傷詩論）

『お前の罪が許された』この言葉が電光の如く私の心にひらめいたのは、ほんの思ひがけない一瞬時の出來事であつた。

（握つた手の感覺）

　上記の用例において、一貫して「電光」は詩人を真理に接触させる一瞬の出来事である。また、「浄罪詩篇ノオト」からの引用では、朔太郎も、丘の上の木と同様に、最初の電光を待っている様子が叙述されている。このように、朔太郎は後年にニーチェの哲学にさらに興味を示していくが、「竹」の詩連が形成された時期に、『ツァラトゥストラ』を意識していたことが考えられる。
　上昇と下降といった二元性は「竹」の詩連のみではなく、1914（大3）年から1915（大4）年の間に書かれた他の詩にも見られる。この時期の作品の形式の特徴となる連用形は動的なイメージを表しているものなので、このよ

うにイメージと形式との関連が確定されてくる。

4．『月に吠える』創作時期の詩の認識

　運動性という要素は朔太郎の詩の認識と深く関わっている。『人魚詩社』の設立の契機となり、朔太郎は宣言文とも言える散文体の詩作品を発表する。
　1914（大3）年10月に発表した「SENTIMENTALISM」には次のように書いている。

　　　哲學は、概念である、思想である、形である。
　　　詩は、光である、リズムである、感傷である。生命そのものである。
　　（中略）
　　　七種の繪具の配色は『光』でない。『光』は『色』のすさまじい輪轉である。
　　　純一である。炎燃リズムである。そして『光』には『色』がない。

　「SENTIMENTALISM」の終わりに「人魚詩社宣言」という付記がある。山村暮鳥と室生犀星との共感を得た〈センチメンタリズム〉は、三人の詩人が設立した『人魚詩社』の基調となっていた。1915（大4）年1月号の『異端』に発表された「光の說」で、朔太郎は詩の定義を試みるために、次のように「光」と「色」を対比している。

　　光は『形』でなくて『命』である。概念でなくてリズムである。光は音波でもある、熱でもある、ええてるでもある。所詮、光は理解でなくて感知である。

　　　光とは詩である。

詩の本體はセンチメンタリズムである。

　光は色の急速に旋𢌞した炎燃リズムである。色には七色ある。理智、
信條、道理、意志、觀念、等その他。

　光の中に色がある。［中略］

　白秋氏の詩に哲學がないと言つた人がある。無いのではない、見えな
いのだ。

　色が色として單に配列されたものは、哲學である、科學である、思想
である、小說である。

　色が融熱して𢌞轉を始めたときに、色と色とが混濁して或る一色とな
る。けれども夫れは色であるが故に尚概念である。すなはち感傷の油を
差して一層の加速度を與へた場合に始めて色は消滅する。すなはち『光』
が生れる、すなはち『詩』が生れる。

　朔太郎にとっては、概念、色、理解、実体、哲学、思想というものは「色」
の領域に属する。

　これに反して、感傷、生命、感知、リズム、運動体というのは「光」であ
る。すなわち「光」は「詩」の性質を表す。この定義においては、静止（色）
と運動体（光）との対立が見えてきて、静止したものが急速に転回すると、
「光」に変貌を遂げる。

　朔太郎は「人魚詩社」と付記する上記の散文詩によって自分が企てていた
新しい詩風を宣言したのであるから、性質的に詩論に近いものである。そし
て、これらの作品にみられる立場は、彼の最初の詩論とされる「詩と音楽の
関係」にも窺える。自由詩は、定型や概念や理智などの束縛から解放されな
ければならないという見解を表す「自我のリズム」と「炎燃リズム」は同質
的である。朔太郎が求めている詩の生命力は、概念でつかまえられないもの
で、一定の枠にとじこめられないものである。このような詩の認識は音楽と
密接に関わっている。1911（明44）年に朔太郎はマンドリンを習い始め、

1914（大正3）年に前橋で「ゴンドラ洋楽会」を設立したのであった。1915
（大4）年8月に東京で当時まだ珍しい楽器であったギターをならっている
新しがりやの朔太郎は、音楽に対して深い感心をもって作曲も行っている。
詩人としての朔太郎ほど成功はしなかったが、大正の初めごろから、音楽家
の朔太郎も存在していた。詩と音楽、双方とも感情、心の中にあるリズムの
表現手段である。ここでの朔太郎のリズム観は必ずしも詩の形式にとどまら
ない。詩は言葉の音楽であると述べている朔太郎は、音楽と同様に原型的な
暗示性をもって、集合的無意識に響いているものでなければならないと信じ
ていた。自我のリズムの普遍性とは、言葉の音声的喚起力も含んでいる。こ
れについて那珂太郎の研究では、次のような指摘がある。

　　「竹」の語感は、「大言海」の著者大槻文彦によれば、「長ク生フル義、
　成長ノ早キニツキテ名アルカ。又、高生ノ約ト云フ」とあって、さうだ
　とすれば、「竹」という語音自体の中にすでに「生え」の意味は潜在的
　に含まれてゐたわけで、この二語の遭遇はけつして偶然ではなく「日本
　語の中の血の脈に深くその根拠をもつてゐたといつていいのである。[30]

　朔太郎の語感と鋭い直感とによって選ばれた言葉は作品のモティーフを担
う。

第三章　朔太郎の詩と自我
──世紀初頭の心理学を通して──

1．朔太郎とフロイト的なパラダイム

　上記のように、大正初期の萩原朔太郎の文体は、初期の詩作品における装飾的かつ詠嘆的なものから、反復技法と連用形を用いた光、疾患、幻覚のイメージに支配されたものへと展開していったことがわかる。

　この展開の到達点は1917（大6）年に発表した第一詩集『月に吠える』の前半である。「竹とその哀傷」と題する章に集録された作品は、『詩歌』、『創作』等の雑誌の初版の際に「浄罪詩篇」と付記されている。これらの詩の草稿は「浄罪詩篇ノオト」にある。拾遺詩集である「浄罪詩篇ノオト」には、罪、疾患、引き裂かれた肉体等のイメージを中心とする未発表の作品と思いつきを書き留めた文章がある。全体として、朔太郎のノートは『月に吠える』前半の原型とみてもよい。エロス、罪、自虐といったイメージによって朔太郎の内面的な世界が演じられることは、朔太郎の詩の認識の大きな側面である。朔太郎の言う「自我のリズム」は、内面から源流するイメージとの対話である。『月に吠える』の序では、朔太郎は次のように詩を定義する。

　　　詩の表現の目的は単に情調のための情調を表現することではない。幻覺のための幻覚を描くことでもない。同時にまたある種の思想を宣傳演繹することのためでもない。詩の本来の目的は寧ろそれらの者を通じて、人心の内部に顫動する所の感情そのものの本質を凝視し、かつ感情をさかんに流露させることである。

　　　詩とは感情の神經を摑んだものである。生きて働く心理學である。

270　Ⅲ　萩原朔太郎

朔太郎の言葉によると、詩は人の心の深層を研究する学問のようである。当時、欧米でも、日本でも心理学はまだ若い学問であり、明治後期から大正初期への橋渡しの時期は、その研究範囲と目的はまだ混沌としており、実証的哲学の範囲に入る分野として認識され、自立した学問としてまだ確立していなかったのである。日本においては、江戸末期の幕府にオランダへ留学生として派遣された西周がそこで受講した実証的哲学という科目の中で「没思古蘆爾」（ぽしころじ、psichologyの当て字）も学んだのである。後に、西周は米国のAmherst大学の教授であったJoseph Haven著「Mental philosophy: including the intellect, sensibilities, and will」（1854年）を翻訳し、「奚般氏著心理学」という本を1876（明9）年に出版する。このとき日本ではじめて「心理学」という言葉が使用されているが、現在のpsichologyと多少異なる精神哲学を紹介する本であった。明治期には次第にカーペンターの『精神生理学の原理』（The Principles of mental physiology）、スマイルズの『自助論』などが紹介され、日本の大学にもテキストとして採用されるようになりつつあった。この心の哲学と心理学との境目がまだ明確ではなかった点について、佐藤達哉が指摘する。

　19世紀末のヨーロッパでフロイトの研究が発表されはじめ、西欧では「無意識」の発見は20世紀の文学と文学理論に大きな影響を与えたが、日本でもフロイトについての言及は比較的に早くにみられる。森鷗外は、1903（明36）年の4月号の『公衆医事』に連載した「性慾雑説」において、フロイトについて言及している。この記事は、1914（大3）年に、鷗外が編纂した衛生学の教科書『衛生新編』の第五版に「男子の性慾抑制」の項目で採り上げて書いたものである。一方、文学作品においては、フロイトに関する明確な言及はないが、鷗外の「ヰタ・セクスアリス」のタイトルこそ、19世紀末からドイツ語圏の医学界で中心的な概念となったものであり、1895（明28）年から1896（明9）年にかけてLeipzig大学で「Vita Sexualis」という学術雑誌が刊行され、森鷗外が読んでいたはずのKrafft-Ebing, Albert Moll,

Freud 等の学者の論文に頻繁にみられる語句である。また、小説の主人公、金井湛が自分の性欲生活を通して自我の形成にたどり着くというあらすじも、当時の欧州で活発になっていた精神分析と心理学の研究に対する感心を示している。「ヰタ・セクスアリス」は発表の 1 ヶ月後、検閲によって発禁となっていたが、鷗外は既に有名な作家であったので、それを読むことができた人は決して少なくなかったのであろう。

　朔太郎と森鷗外の個人的な交流があったのは、特に『月に吠える』が刊行されてからであるが、それ以前に、朔太郎が「青年」等の鷗外の小説を愛読していたことが分かっている。但し、鷗外の小説において性欲と自我形成という問題は科学者の立場から論理的に扱われている。これは朔太郎の『月に吠える』の序に述べられる心理学と性質的に異なっており、両作品におけるリビドーの扱い方は一致しないのである。そこで、朔太郎の言う「心理学」がいかなる意味を持つのかという問題が生じてくる。

　朔太郎がフロイトを読んでいたはずはないが、『月に吠える』前半の時期の作品をみると、朔太郎の創作には、フロイトの『快感原則の彼岸』（1920（大 9）年）に説かれる「エロス」と「タナトス」という対立した範疇がみられる。これについて、北川透が「朔太郎において、無意識の表出ということは身体的欲望、フロイトの言うリビドーを解放することにほかならなかった」と指摘し、1914（大 3）年七月号の「創作」に掲載された「受難日」と「光る風景」をその例として採り上げる。

　　「受難日」
　　受難の日はいたる
　　主は遠き水上にありて
　　氷のうへよりあまた光る十字すべらせ
　　女はみな街路に裸形となり
　　その素肌は黄金の林立する柱と化せり。

見よやわが十指は晶結し
背にくりいむは瀧とながるるごとし
しきりに掌をもつて金屬の女を研ぎ
胴體をもつてちひさなる十字を追へば
樹木はいつさいに廻轉し
都は左にはげしく傾倒す。
ああ十字疾行する街路のうへ
そのするどさに日輪もさけびくるめき
群集をこえて落しきたるを感じ
いのり齒をくひしめ
受難の日のひくれがた
われつひに蛇のごとくなりて絶息す。

「光る風景」
青ざめしわれの淫樂われの肉、
感傷の指の銀のするどさよ、
それ、ひるも偏狂の谷に涙をながし、
よるは裸形に螢を點じ、
しきりに哀しみいたみて、
をみなをさいなみきずつくのわれ、
ああ、われの肉われをして、
かくもかくも炎天にいぢらしく泳がしむるの日。
みよ空にまぼろしの島うかびて、
樹木いつさいに峯にかがやき、
憂愁の瀑ながれもやまず、
われけふのおとろへし手を伸べ、
しきりに齒がみをなし、

第三章　朔太郎の詩と自我　273

光る無禮の風景をにくむ。

ああ汝の肖像、

われらおよばぬ至上にあり、

金屬の中にそが性の祕密はかくさる、

よしわれ祈らば、

よしやきみを殺さんとても、

つねにねがはくば、

われが樂欲の墓場をうかがふなかれ、

手はましろき死體にのび、

光る風景のそがひにかくる。

ああ、われのみの、

われのみの聖なる遊戲、

知るひととてもありやなしや、

怒れば足深空に跳り、

その靴もきらめききらめき、

涙のみくちなはのごとく地をはしる。

　キリストの受難日という舞台設定に、幻想的なイメージが次々に描かれている。裸の女性たちが金属となり、彼女らをクリームで磨くというエロティシズムのイメージと共に、「いのり歯をくひしめ」等の冒瀆的なイメージがある。エロスの対象をもとめても得られない朔太郎のリビドーは、「光る風景」においては、さらにタナトス的な展開を示しており、死体性愛を暗示するようなイメージに変わる。

　上記のように、北川の見解では、性欲（生命衝動）と死（破壊的衝動）のイメージによって、1914（大3）年から1915（大4）年の間の朔太郎の作品に表出されるリビドーはフロイト的なパラダイムに当てはめられている。この指摘を少し広げてみると、下記の見解が可能である。

フロイトの『快感原則の彼岸』（Beyond the Priciple of Pleasure, 1920（大 9）年）によると、エス（イド）、自我、超自我という三つの層によって「自己」の精神構造が形成されている。エスが発する欲望を充足する衝動は超自我に収められ、その間にある自我は両衝動の調整をする。その結果、自我は外部世界との接触による無意識の部分的適合であるとも言える。

　エスは無意識の世界であるのに対して、自我は意識の世界である。超自我は外部の世界（家族、集団、社会、文明等）に適応できるための規則や禁忌を表す。これらの相互関係によって、「快感原則」と「現実原則」という対立が生じる。この対立は、転じて、リビドーの「性欲本能」（エロス）と「死の本能」（タナトス）という対立関係が生じる。朔太郎の詩作品におけるリビドーの解放を、下記のフロイトの文章を通して読むことができる。

　　　During the oral stage of organization of the libido, the act of obtaining erotic mastery over an object coincides with that object's destruction;

　　　It might indeed be said that the sadism which has been forced out of the ego has pointed the way for the libidinal components of the sexual instinct, and that these follow after it to the object（p.48）

　　　Masochism, the turning round of the [sadistic] instinct upon the subject's own ego, would be a return to an earlier phase of the instinct's history, a regression.（Freud, Beyond the Principle of Pleasure, p.48-49）

　上記のパラダイムに該当する朔太郎の作品を何篇も挙げることができる。たとえば、北川が採り上げる「受難日」においては、絶息に至るキリストの受難のイメージに喚起される自己へのマゾヒストの衝動は、エロスの対象の不在の結果である。また、「光風景」では、対象を得ることができない（「あ

第三章　朔太郎の詩と自我　275

あ汝の肖像／われらおよばぬ至上にあり／金屬の中にそが性の祕密はかくさ
る」）性欲的な衝動は（「をみなをさいなみきずつくのわれ」、「よしやきみを
殺さんとても」等）その対象を殺すサディスト的な衝動に変容するのである。
「春風景」のような加虐性愛のイメージは、朔太郎の創作において比較的に
珍しいものであるのに対して、マゾヒストのイメージは多くの作品にみられ
る。

　上記のように、フロイトのリビドー論は『浄罪詩篇』ないしは『月に吠え
る』前半の作品を分析するための有効な道具であるにも関わらず、当時の朔
太郎が使った「心理學」という表現は、阿毛久芳が指摘するように、フロイ
トの学問の影響よりも、ニーチェの受容につながっている。朔太郎の評論や
随筆などにニーチェについての言及が多くみられるが、特に「ニイチェに就[37]
いての雑感」という随筆の中で朔太郎は、ニーチェの形而上、倫理学、文明
批評を理解し得なかったと率直に認め、ニーチェから心理学と文学を学んだ
と述べる。

　　僕の學んだ部屋は、主としてニイチェの心理學教室であつた。形而上學
　　者としてのニイチェ、倫理學者としてのニイチェ、文明批判家としての
　　ニイチェには、僕として追跡することが出来なかつた。換言すれば、僕
　　は權力主義者でもなく、英雄主義者でもなく、況んやツァラトストラの
　　弟子でもない。僕は「心理學」と「文學」だけを彼に學んだ。僕の他の
　　教師であるところの、ポオやドストイェフスキイから、丁度その同じ
　　學科だけを學んだやうに。[38]

　『月に吠える』の序において、詩は神経を掴むものであり、心理学である
と朔太郎は述べている。また、序の終わりで、詩は「肉心」から生まれる
「感情」を表現したものであると述べている。上述したように、西洋では心
理学はまだ若い学問であっただけではなく、宗教的な観念から逸脱した人間

276　Ⅲ　萩原朔太郎

の心の深層を観察する態度という観点から、この学問は近代的な精神を表していたのである。また、人間の深層にある本能、感情などを身体と結び付けていた面では、身体と精神を区別するデカルト的な世界観を超えるという意味を含み、近代の認識論（epistemology）において新しい地平線を開拓していた。ただし、文学の世界はその世界観を受容したというよりも、先駆的にその世界観を表していたという側面もある。例えば、朔太郎がニーチェと共に自分の「教師」として挙げるエドガー・アラン・ポーとドストエフスキーは、恐怖、苦悩、気分障害などを掘り起こすまで人間の精神を叙述していたのである。また、朔太郎がニーチェのことを何よりも抒情詩人として理解していたことは、阿毛の指摘の通りである。このように、朔太郎にとって「心理學」と「文學」は切り離すことのできないものであったのである。[39]

2．朔太郎とジェイムズ的なパラダイム

上記のように、朔太郎の作品にはフロイト的なパラダイムが確認できるが、次に、フロイトのリビドー説の枠以外に、心理学に関わる朔太郎の作詩法の側面について触れていきたい。

まず、フロイトの説ではエス、自我、超自我は相互的に働くが、それぞれ自律しており、断続的に位置する。これに対して、フロイトの説より数年早かったウィリアム・ジェイムズ（William James）の『心理学原理』（Principles of Psychology, 1890（明23）年）では、自我が三つの層によって形成されるフロイトの自我論と違って、一元的なものである。自己の意識は川の流れに例えられ、思考の流れであると述べている。ジェイムズは、身体と心を区別する従来のデカルト的な人間観を超越し、身体と心、知覚と感情の統合性を説いていた。自己以外のものに対する認識は流動的であり、その実感は、しきりに変化するのである。このような人間の意識の把握は、後に文学の世界に受容され、20世紀の作家ジョイス（Joyce）、ヴァージニア・ウルフ（Virginia

Wolf）等の作品における〈意識の流れ〉技法となったのである。

　日本ではじめてジェイムズの理論に興味を示したのは、夏目漱石であった。彼の『文学論』ではジェイムズについての言及がみられ、漱石の作品も当時の社会学と心理学の刺激を受けていたことが多くの学者によって指摘されている。漱石は1907（明40）年に、『文学論』を出版してから、東京美術学校文学会開会式で「文藝の哲學的基礎」と題する講演の内容をまとめて、これが「朝日新聞」に連載された。そこでは、ジェイムズの意識論にもとづいて、次のように「私」という概念を存在論的な観点から展開させている。

　　所謂物我なるものは契合一致しなければならん譯になります。物我の二
　　字を用いるのはすでに分りやすい爲にするのみで、根本義から云ふと、
　　實はこの兩面を區別し様がない、區別する事ができぬものに一致などと
　　云ふ言語も必要ではないのであります。だからただ明かに存在してゐる
　　のは意識であります。さうしてこの意識の連續を稱して俗に命と云ふの
　　であります。（…）。して見ると普通に私と稱しているのは客観的に世の
　　中に實在してゐるものではなくして、ただ意識の連續して行くものに便
　　宜上私と云ふ名を與へたのであります。（…）吾人の心裏に往來する喜
　　怒哀樂は、それ自身に於て、吾人の意識の大部分を構成するのみならず、
　　其の發現を客観的にして、之を所謂物（多くの場合に於ては人間であり
　　ます）に於て認めた時にも亦大に吾人の情を刺激するものであります。
　　　　　　　　　　　　　　　　　　　　　　　　　　　　　　　　　40
　　　　　　　　　　　　　　　　　　　　　　（「文藝の哲學的基礎」）

　漱石の見解において、意識の連続性が「私」という概念の相対性を含んでいることについては、当時の文壇では主流になりつつあった日本の自然主義に対する漱石の批判精神にも繋がると言えよう。また、意識の連続と感情の普遍性について述べているということは、漱石におけるジェイムズ論の受容を示しているのである。[41]

朔太郎もまた、ジェイムズの論に触れた形跡があるが、それは『月に吠え
る』の刊行2年後のことである。詩人、多田不二宛の書簡からは朔太郎が
ジェイムズの『自我と意識』を興味深く読んだことが分かる。また、1929
（昭4）年7月号の「文芸春秋」には「ウォーソン夫人の黒猫」と題する短
編小説を発表し、その最後に「この物語の主題は、ゼームス教授の心理學書
に引例された一実話である。」と付記している。
　『月に吠える』の創作時期に、朔太郎は直接ジェイムズの理論を読んでい
たはずはないが、朔太郎の詩集において、〈意識の流れ〉という技法に共通
する側面があることは、指摘しておかねばならない。
　まず、『月に吠える』の序を改めて引用する。

　　詩の本來の目的は寧ろそれらの者を通じて、人心の内部に顫動する所の
　　感情そのものの本質を凝視し、かつ感情をさかんに流露させることであ
　　る。詩とは感情の神經を摑んだものである。（…）人間の感情といふも
　　のは、極めて單純であつて、同時に極めて複雑したものである。極めて
　　普遍性のものであつて、同時に極めて個性的な特異なものである。（…）
　　人間は一人一人にちがつた肉體と、ちがつた神經とをもつて居る。我の
　　かなしみは彼のかなしみではない。彼のよろこびは我のよろこびではな
　　い。人は一人一人では、いつも永久に、永久に、恐ろしい孤獨である。
　　（…）とはいへ、我々は決してぽつねんと切りはなされた宇宙の單位で
　　はない。（…）私のこの肉體とこの感情とは、もちろん世界中で私一人
　　しか所有して居ない。またそれを完全に理解してゐる人も一人しかない。
　　これは極めて極めて特異な性質をもつたものである。けれども、それは
　　また同時に、世界中の何ぴとにも共通なものでなければならない。（…）
　　詩とは、決してそんな奇怪な鬼のやうなものではなく、實は却つて我々
　　とは親しみ易い兄妹や愛人のやうなものである。

第三章　朔太郎の詩と自我　*279*

上記のように、朔太郎の詩の定義は感情の普遍性を重視する。震え動く感情が肉体と神経とに連想されているのも、生理的な物としての感情の把握を示しているからである。そして、感情を流露させる詩とは「魂」のような至上のものではないと述べている。『月に吠える』の序で明記されたこの感情は動的で、肉体から切り離されたものではないという認識は、上述したジェイムズの論に通ずる点があると言えるだろう。それでは、詩集ではそれがどのようにあらわれているかについて考えてみたいと思う。

　まず、統語法（シンタックス）の面では、前章にも述べた通り、反復技法と連用形の使用は『月に吠える』の文体的な特徴であり、詩に醸し出されるイメージに流動性を与える。連用形は、次の節に連なって重なる機能によって、前後の動作を接続させる。『月に吠える』において多用される連用形は、相次いで現れるイメージを通して、詩の全体の流動性（例えば「竹」の成長の速さ）という効果を醸し出す。『月に吠える』におけるこのような連用形の使用の顕著な例を挙げてみると、下記の表で分かるように、行末の連用形が作品の半分以下になるものは、「感傷の手」のみである。

作品名	全体行数／行末連用形	行末の連用形の頻度	
地面の底の病氣の顔	10／16	あらはれ	3 回
		萌えそめ	2 回
		ふるえ出し	1 回
		生えそめ	2 回
		観え（みえ）	2 回
竹　Ⅰ	9／6	生え	3 回
		つらぬきて	1 回
		たれ	2 回
		ひろがり	1 回

竹 II 前半	12 / 13	生え	10回
		ほそらみ	1回
		ふるえ	1回
菊	10 / 5	醉え	1回
		はじめ	1
		しなへ	1
		とがらして	1
		病み	1
龜	9 / 5	あり	3回
		感じ	1回
		たへ	1回
笛	10 / 7	さしぐみて	1回
		つれぶき	1回
		あり	2回
		冴え	2回
		光らして	1回
冬	8 / 5	あらはれ	2回
		かがやきいで	1回
		建てそめし	2回
天上縊死	6 / 3	涙したたりて	1回
		白ろき	1回
		かけ	1回
感傷の手	12 / 5	をどり	1回
		おとろへ	1回
		立ち	1回
		わすれ	1回
		はがねとなり	1回
山居	7 / 4	消え去り	1回
		おとろへ	3回

　上記のように、連用形は詩集の全体構造において重要な位置を占めており、

意図的に用いていたと充分に考えられる。なお、行末に終止形がある場合、
次行の頭に「さうして／そして」という添加接続詞が使われる場合があるの
に対して、前の動作及び状態との連続性を希薄にする「それから」の用例は、
詩集には一切ないことが確認できる。

　ではここで、前章に述べた反復技法に関して、語感的反復と概念的反復と
の区別をしておきたい。

　朔太郎の語感的反復は、特に母音と破裂音などの反復によって、詩の音楽
性を高める意図があったとともに、その反復はまた、作品が形成するイメー
ジを支える。

　本節において概念的反復と称するものは、一定の意味ないしは様子を表す
言葉の反復を指している。例えば、「竹」の「竹」や「生え」、「干からびた
犯罪」の「ここに」、「ばくてりやのせかい」の「ばくてりや」や「あるも
の」などの反復は詩の中心的なイメージを繰り返し、各行に現れるイメージ
は前後のそれと接続している。

　「干からびた犯罪」
　どこから犯人は逃走した？
　ああ、いく年もいく年もまへから、
　ここに倒れた椅子がある、
　ここに兇器がある、
　ここに屍體がある、
　ここに血がある、
　さうして青ざめた五月の高窓にも、
　おもひにしづんだ探偵のくらい顔と、
　さびしい女の髪の毛とがふるへて居る。

　「ばくてりやの世界」

ばくてりやの足、

　ばくてりやの口、

　ばくてりやの耳、

　ばくてりやの鼻、

　ばくてりやがおよいでゐる。

　あるものは人物の胎内に、

　あるものは貝るゐの内臓に、

　あるものは玉葱の球心に、

　あるものは風景の中心に

　上記のように、朔太郎の詩のシンタックスはイメージの流動化に関与しており、これは朔太郎のリズム観と密接に関わっている。つまり朔太郎の言う自我こそが流動的なのである。これについて、那珂太郎は次のように指摘する。「「自我」は、表層意識的な個性などよりはるかに深層のものであって、実存の深層に及ぶことによってほとんど普遍的自我ともいふべき」。

　このように全体として、『月に吠える』の創作期の詩とリズムの認識においては、流動性、連続、普遍性という概念を基本的なキーワードとして読み取ることができる。例えば、前章に引用した「SENTIMENTALISM」において、「七種の繪具の配色」が詩の生命力を表せない理由は、それが静止しており断続的であるからである。これに対して、凄まじく輪転する「光」は、色の一体化した状態を作り、連続的であり、動的である。

　以上のような朔太郎のリズム観と作詩法の特徴は、ジェイムズの意識論の観点を通して見ることが可能であり、朔太郎の詩における独特なイメージ性を「意識の流れ」として読み取ることができるのである。

第三章　朔太郎の詩と自我　283

第四章　朔太郎と近代

１．朔太郎のセンチメンタリズムにおける〈身体〉の意味

　『月に吠える』に収録された作品が書かれた時期、センチメンタリズムという表現は彼の詩のアイディアにおいて中心的な概念になっていた。彼以前にこの言葉は高村光太郎も使ったことが確認できるが、光太郎の場合はあまり良いニュアンスを持っていなかった。彼の詩集『道程』（1914（大３）年）に集録された詩、「冬の詩」には次のような連がある。

　　　女よ、カフエの女よ
　　　強かれ、冬のやうに強かれ
　　　もろい汝の體を狡猾な遊治郎の手に投ずるな
　　　汝の本能を尊び
　　　女々しさと、屈従を意味する愛嬌と、わけもない
　　　笑と、無駄なサンチマンタリズムと
　　　　を根こぎにしろ
　　　そして、まめに動け、本氣にかせげ、愛を知れ、すますな、かがやけ
　　　冬のやうに無惨であれ、本當であれ
　　　　　　　　　　　　　　　　45

　この詩にある〈サンチマンタリズム〉は、感情に溢れる態度という意味で
使われているが、女々しさと関連付けられ、社会が要求する女性の受動的な
態度として光太郎は把握している。したがって光太郎はカフェの女には働く、
かせぐ、輝くという能動的な姿勢を求める。1912年に彼は「センチメンタ
リズムの魔力」という評論において、〈この頃日本文藝を見ると、種々な姿
の変はつたセンチメンタリズムなものが盛んな勢ひ〉で表れ、近代日本の文

284　Ⅲ　萩原朔太郎

芸はその溢れる詠嘆的な感情を排すべきだと述べている。センチメンタリズ
ムは、18世紀末の西洋の新古典主義から浪漫主義への過渡期に形成された
ものである。啓蒙主義を否定はしないものの、人間の中心に主観的な感情が
あるという精神を表し、初期の浪漫主義と並行に生まれた文学的精神である。
その最も有名な作品としては、朔太郎も愛読していたゲーテの『若きウェル
テルの悩み』やトマス・グレイ（Thomas Grey）の「田舎の墓地で詠んだ挽
歌」等を挙げることができる。

　1914（大3）年に朔太郎は、詩「感傷の手」と散文詩「Sentimentalism」
をそれぞれ9月、10月号の「詩歌」に発表する。「感傷の手」の冒頭に「わ
が性のせんちめんたる」という平仮名表記がみられるが、これは平仮名の視
覚的な印象を好んだというような説明では不十分ではないだろうか。外来語
として認識するのではなく、〈センチメンタリズム〉は、朔太郎が追及して
いた日本近代詩のアイディアにおける重要な位置を示すものとして捉えられ
るのではないだろうか。

　北川透は、日本においても「島崎藤村の『若菜集』や與謝野鉄幹・晶子の
『明星』派のロマンチシズムにおけるセンチメントの要素が大きい」と指摘
する。上記の浪漫主義と朔太郎の主観的な感情には共通点があり、朔太郎の
センチメンタリズムは明治期の浪漫主義へと繋がっていることは確かである。
ただし、朔太郎の作品を通して浮き上がる主観的な感情においては、明治期
の浪漫主義と異なる側面もある。例えば、与謝野晶子の浪漫主義的な作風に
おいては作者の主体性の表れ方が能動的で、女性解放運動など、現実におけ
る自我の肯定を追うことと、文学表現を通して自我の解放を追うこととは矛
盾していないという意識が一貫されている。前章で採り上げた啄木の浪漫主
義の場合も、〈天才主義〉という理念を通して、世界における自己の位置を
追及しようとしている。したがって、身体表現の領域においても、本論第一
章で採り上げた『みだれ髪』では、晶子は頻りに身体の所有者としての主体
性を主張する。また第二章で論じた啄木の短歌における身体表現においては、

第四章　朔太郎と近代　*285*

切断された身体像を統一させようとする身心一体化という自己の客体化に向かう主観性が確認できた。

　これらに対して、朔太郎のセンチメンタリズムの主観的感情は、日本の浪漫主義に繋がるものの、そこに彼独特の〈哀傷〉、〈愁い〉、〈病気〉という要素が際立っている。例えば『月に吠える』にある「殺人事件」に〈結晶〉の床、〈大理石〉の歩道、〈秋の噴水〉等のイメージと共に透明な玻璃の衣裳を着ている探偵は、〈うれひを〉感じて、犯人を捕まえようともせず、自己言及めいた受動的な感情に陥るのである。また、詩「ありあけ」と「死」においては、「浄罪詩篇」の根底に流れる〈疾患〉と〈身体〉の関係性が明確に表現されている。

　　「ありあけ」
　　ながい疾患のいたみから、
　　その顔はくもの巣だらけとなり、
　　腰からしたは影のやうに消えてしまひ、
　　腰からうへには藪が生え、
　　手が腐れ
　　身體いちめんがじつにめちやくちやなり、
　　ああ、けふも月が出で、
　　有明の月が空に出で、
　　そのぼんぼりのやうなうすらあかりで、
　　畸形の白犬が吠えてゐる。
　　しののめちかく、
　　さみしい道路の方で吠える犬だよ。

　顔に蜘蛛の巣、腰から藪が生えて、手が腐る等という身体が分裂されたイメージが長い病気の状態である。前掲の詩、「感傷の手」の〈手〉は頭と胸

という身体の部分に触れ、それから鋼に変身して、地面を掘る。上と下という垂直的な構造には、晶子の『みだれ髪』に見られる〈地上と下界〉、そして啄木の『あこがれ』にみられる〈天地開闢〉という二元性との共通点が認められる。

　前節において述べたように、朔太郎の場合には、このような垂直的な運動性が『ツァラトゥストラ』にある「樹木の丘」の譚の影響を受けている。また、1915（大5）年の1月から2月の間の作品に頻出する〈竹〉のモティーフを通して、身体と植物の統合的な関係が形成され、身体から高く生える竹と地面に広がる根と産毛が対照的に描かれている。

　こうした二元性には彼の独自な思いが潜んでいるのである。〈懺悔〉する人の背から高く生える竹は〈罪〉を結晶化させ、脱身体を通して自己高尚化への願望を表すのである。これに対して、地面に伸びる根と産毛は、人間の身体と感情を結ぶ〈神経〉のイメージとして解釈できる。『月に吠える』の「竹とその哀傷」及び「浄罪詩篇」に頻出する〈草木姦淫〉というモティーフにおける肉体と植物との接合は、朔太郎のセンチメンタリズムの重要な側面である。体は分裂し、疾患し、幻覚に追われており、これは自己の異常な状態を表していると言えるだろう。この点において、朔太郎のセンチメンタリズムは晶子の『みだれ髪』と啄木の『あこがれ』を含める明治期の浪漫主義と異なる性質を示している。

　『月に吠える』の作風は大正初期の新しい文芸感覚を表現しており、特に『月に吠える』の挿絵を作った田中恭吉の絵画との接点が重要である。久保忠夫の指摘によると、1914（大3）年10月号の「地上巡礼」では、田中恭吉の絵が掲載される「月映」の創刊号を北原白秋が紹介したのである。その切っ掛けで、朔太郎は田中恭吉（1892（明25）－1915（大4）年）の絵画を知ったと思われる。同年10月号の「詩歌」に掲載された朔太郎の詩「SENTIMENTALISM」の冒頭には、〈センチメンタリズムの極致は、ゴーガンだ、ゴッホだ、ビアゼレだ、グリークだ、狂氣だ、ラヂウムだ、螢だ、太陽だ、奇蹟だ、耶蘇だ、

図1 田中恭吉「冬蟲夏草」、1914（大3）年2月号の「月映」初出。

死だ。〉とあり、この頃の作品を通してセンチメンタリズムの定義を試みていた朔太郎が絵画にも注意を向けていたことが分かる。また、ビアズリー（Aubrey Beardlsey、1872（明5）－1898（明31）年）と田中恭吉との類似性は当時の文壇と画壇では既に注目されていた。1917（大6）年1月号の「詩歌」に前田夕暮は田中恭吉の作品をビアズリーに例え、その恐怖感は萩原朔太郎の詩集の挿絵に最もふさわしいという感想を残している。朔太郎自身が『月に吠える』の装丁について、数年後に次のように回想する。

> 當時僕等の同人雜誌「感情」の同人であり、詩人にして畫家を兼ねた恩地孝四郎君にたのみ、中の挿繪や口繪やは、當時畫壇の鬼才と言はれ、日本のビアゾレに譬えられた病畫家の田中恭吉君にたのんだ。二人共僕の詩をよく理解してくれたので、成績は十分の出來であつた。特に田中君の病的な繪は、内容の詩とぴつたり合つて、まことに完全な装幀だつた。

このように、田中恭吉の作品にアール・ヌーヴォーの影響とビアスリーとの類似性が広く認識されていたが、彼の作品に表現されている不安と嘆きは、エドヴァルド・ムンク（Edvard Munch）の「叫び」に共有する面がある。『月

に吠える』に掲載した田中の芸術についての文章があり、そこに田中の作品に切ない〈絶叫〉があると述べている朔太郎は、田中とムンクとの類似性を感じ取っていたのであろう。

　　恭吉氏は自分の藝術を稱して、自ら「傷める芽」と言つて居た。[…]
　　恭吉氏の藝術は「傷める生命」そのもののやるせない絶叫であつた。實に氏の藝術は「語る」といふのではなくして、殆んど「絶叫」に近いほど張りつめた生命の苦喚の聲であつた。
　　　　　　　　　　　　　53

　田中が自分のことを〈傷める芽〉と言っていた理由は、結核のため自分の寿命が長くないことを自覚していたからだと考えられる。その病的な意識は彼の作品にも深く浸透している。1913（大2）年から1915（大5）年の間に恭吉が創作したペン画や絵画には、衰弱する人間の身体から植物が生えるというイメージが支配的なモティーフとなっており、彼が言う〈傷める芽〉という自己が表現されていたと言える。
　身体と植物が融合するイメージは彼の基本的な様式であり、生と死を照らし合せるテーマを表現していた。朔太郎がこれらの作品に出会った時に、自分の表現の可能性を拡張できたと十分に考えられるだろう。それと同時に、朔太郎の詩を愛読する田中も、朔太郎のセンチメンタリズムの影響を受けたという事実があった。本論の第一章において触れた「明星派」とアール・ヌーヴォー風な絵画との関係と同様に、『月に吠える』と田中恭吉の作品も互いに共鳴していたのである。
　人間と植物の融合というモティーフは、東西の古典からの例が多く見られる。西洋ではその最も有名な話はオヴィディウス（Ovidius）の『変身物語』に集録された「アポロンとダフネ」と「ピラモスとティスベ」である。また日本の場合は、『常陸国風土記』に集録されている「童子女の松原」の神話は、二本の松に変身した二人の男女の恋物語である。神話のモティーフを再

現するアール・ヌーヴォーにも人間と植物の接合というモティーフは多くみられる。そして、木股知史が指摘するように、1910（明43）年代の日本の詩歌壇においても、蒲原有明や北原白秋の作品に、花とエロス等のイメージを通して人間と植物との接合というモティーフが表現されていたのである。朔太郎の詩、「愛憐」にも植物とエロスとの関連がある。しかし、朔太郎と田中恭吉の作品に見られる身体と植物との関係は、〈病〉的なイメージによって構えられている。

　以上のように、朔太郎の大正初期の作詩法において〈センチメンタリズム〉という文芸感覚は彼の生命観と深く関わっている。生命を司る身体が疾患しているという意識は『月に吠える』の根底に流れている。例えば、「竹の根の先を掘るひと」という詩における身体の描き方はその顕著な例である。

　　　「竹の根の先を掘るひと」
　　　病氣はげしくなり
　　　いよいよ哀しくなり
　　　三日月空にくもり
　　　病人の患部に竹が生え
　　　肩にも生え
　　　手にも生え
　　　腰からしたにもそれが生え
　　　ゆびのさきから根がけぶり
　　　根には繊毛がもえいで
　　　血管の巣は身體いちめんなり
　　　ああ巣がしめやかにかすみかけ
　　　しぜんに哀しみふかくなりて憔悴れさせ
　　　絹絲のごとく毛が光り
　　　ますます鋭どくして耐へられず

つひにすつぱだかとなつてしまひ

　竹の根にすがりつき、すがりつき

　かなしみ心頭にさけび

　いよいよいよいよ竹の根の先を掘り。
　　　　　　　　　　　　　　55

　肩、手、指の先等の身体の部分から竹が生えて、その身体は裸になっても
悲しみが消えないというイメージには、田中恭吉の作品に共有する絶望な叫
びが描かれる。しかし、朔太郎における病気という意識は、さらに身体を舞
台とする〈死〉と〈再生〉の循環の展開を暗示している。例えば、上記の
「竹の根の先を掘るひと」と同時期に書いた「春」（後に詩集『蝶を夢む』に
「春の芽生」の題として集録されている）には、次のような展開がみられる。

　「春」

　私は私の腐蝕した肉體にさよならをした

　そしてあたらしく出來あがつた胴體からは

　あたらしい手足の芽生が生えた　　　（以下略）
　　　　　　　　　　　　56

　こうした生死再生の描き方によって朔太郎は自我の孤独を乗り越えようと
するが、それは外部の世界に対する能動的な姿勢へと展開するのではなく、
外部、即ち他者の不在という自己の身体は地面に戻り、その身体から生命体
が生まれるというふうな軌道となっている。ここに〈母胎回帰〉と〈産出〉
という循環の背後にエロスの生命衝動があるが、前節に述べた通り、朔太郎
の場合は対象が得られないエロスという設定が支配的である。対象不在のエ
ロスだから、外部との交流によって自己を構築するプロセスが不可能となる。
そして、朔太郎の自己形成は、統一性を失った身体を奪回する方向に行かず、
脱身体という方面に向かう。このような仕掛けにおいて、光のイメージや神
秘的表現は個体（ライプニッツの〈モナド〉）を超えるための論理を超越す

第四章　朔太郎と近代　291

る素材として用いられる。朔太郎のセンチメンタリズムの本質はここにあると言えよう。文芸表現の価値は、外部に対する能動的な行為ではなく、感傷、苦痛、感受性に浸ることによって追求しようとすることである。

　このように、朔太郎のセンチメンタリズムは外部に対する交渉を避けようとする姿勢を示している。しかし、彼の身体の描き方には、当時の時代背景に対する反応を含む要素も見出すことができる。近代の社会思想と文明においては、身体の統制が国家にとって戦略的な意味を持つようになり、必然的なものであった。労働力、正常な性的生活、生殖等の管理によって、健康な国民を育成するのが国家の基本的な理念であった。その目的のもとに倫理、政治、科学および医学がそれぞれ近代国家による身体統制に貢献したということは、所謂先進国に共通する点である。また、こうした身体の認知論はすべて近代の進化論と理性を優先する実証主義的な理念に基盤を置いていたのである。20世紀初期の日本も例外ではなかったのである。

　上記の状況を念頭におけば、朔太郎の作品における肉体の断片化、疾患、幻想は、すべて現状に対する反発を孕んでいると言えるのではないだろうか。例えば、疾患と分裂した身体のイメージは『月に吠える』に頻出する。これは朔太郎のセンチメンタリズムの重要な側面であり、そこには西洋文学と神秘的な趣の外に、このような愁い、醜悪主義、グロテスクな要素も確認できる。このグロテスクな特徴について、瀬尾育生は次のように指摘する。

　　身体の破壊感覚がとりもなおさずナショナルなものの破壊の寓意となっていて、啄木、白秋における帰属喪失感や郷愁の感情と同じ由来を持っていたからである。これ以後口語自由詩は、本質的にその妄想性・異常性によって詩としての存在を主張することになる。[57]

　このように、朔太郎のセンチメンタリズムの口語自由詩は罪、犯罪、疾患、身体の分裂等の異常性（Abnormality）というモティーフを通して表現されて

いる。それらは、すべて国民国家、社会的因習、立身出世という理念の観点から疎外されてしかるべきものである。従って、通念的、日常的な価値観、美意識への反措定、つまりは、忌避すべき身体状況の詩的表現化において、反社会的な姿勢をイメージ化しつつ現実を反転させようとするメッセージさえ読み取らせるものだったのではないだろうか。

2．『詩の原理』と近代日本

　朔太郎の現実に対する反抗的精神には、どのような動機があったのであろうか。第一章および第二章で論じた与謝野晶子と石川啄木の場合は、その反抗的な精神は社会と国家という外部の世界への批判的な眼差しという形を取ることが確認できた。その批判的な姿勢の動機は、晶子の場合は女性としての疎外感を打ち消すために、能動的に女性の社会地位の改善運動に取り込むことにあり、政治体制への注目も深まった。啄木の場合は貧困という疎外状況を打ち消すために、生活を改善することが大きな動機であったが、それは個人主義的な傾向にならず、国家への批判と時代批評精神が社会の改善につながるという思想的な展開となる。

　朔太郎は自分なりの疎外感を体験していた。まず、医者であった朔太郎の父親は彼にとって近代の支えとなっていた科学を象徴する存在ではあったが、その一方で社会上の成功者であり、またフロイトのエディプス・コンプレックスの説から見れば、朔太郎にとって自己を抑圧する権力という存在でもあった。高校を退学し、無職だった朔太郎にとっては、外部から失格者として見られる意識がこの状況から生まれたはずである。1925（大14）年に出した『純情小曲集』の「出版に際して」に朔太郎が次のように書いている

　　　かなしき郷土よ。人人は私に情なくして、いつも白い眼でにらんでゐた。
　　　單に私が無職であり、もしくは變人であるといふ理由をもつて、あはれ

第四章　朔太郎と近代　293

な詩人を嘲辱し、私の背後から唾をかけた。「あすこに白痴が歩いて行く。」さう言つて人人が舌を出した。
58

　このような疎外感は外部から異質な者としてみられている意識から生まれ、朔太郎の故郷喪失と都会への憧れというテーマに繋がる。しかし、朔太郎の疎外感は単なる地元と家族の環境によるものではなく、そのことは朔太郎自身も自覚している。1922（大11）年に出したアフォリズム集『新しき欲情』では、「健全な精神」とは一般的に、実社会の実生活に適応する常識を持つ精神と考えられていると述べ、それに対して次のように自身の立場を主張している。

　　そしてまた、政府の規定した國體方針に都合の好い説を抱いてゐる學者や現在せる社會の風俗人情に戻らないやうな趣味思想を持つてゐる藝術家や、すべて實社會の實生活に適応する學説と趣味の一般は、同じくまた「健全な精神」の現れと考へられて居る。そして之に反する一切の者は、すべて皆不健全な精神、危険な思想、病的な趣味と目されるのである。（…）
　　さてそれでは「健全な肉體」とは何の謂か。それも矢張り「實社會の實生活に適應する肉體」を言ふ者に外ならない。たとえば医者のいふ健全な神經系統とは（…）實社會に於て生活するに適応した心理作用を營む神經の状態を指して居る。
59

　近代の社会の基準に順応しない精神と肉体は疎外対象となることを朔太郎は明晰に説いており、かつての日本の歴史においても、他の文明においても、この基準が存在しない例を採り上げる。これによって、朔太郎は近代社会の身体と精神の認知論の絶対主義を相対化させ、当時の社会に対する批評精神を見せている。このように自分の異常性を肯定すると同時に国民の均質性を

形成させようとする国家に対する違和の意識を明確にする。

　故郷を失った朔太郎は都会に目を向ける。所謂『月に吠える』後半に集録された詩「都会と田舎」では、この対照的関係が明確に現れる。

　「都会と田舎」
　ひとり私のかんがへてゐることは、
　もえあがるやうな大東京の夜景です、
　かかるすばらしい都會に住んでゐる人たちは、
　さかんなもりあがる群集をして、
　いつも磨かれたる大街道で押しあひ、
　入りこみたる建築と建築との家竝のあひだにすべりこむ
　（…）
　ありとあらゆる官能のよろこびとそのなやみと、
　ありとあらゆる近代の思想とその感情と、
　およそありとあらゆる『人間的なるもの』のいつさいはこの都會の中心
　にある。
　（…）
　遠く都會をはなれたここの田舎には何があるか、
　ああ、ここには風がある、
　はてしもなくひろがつた大空がある、
　　（…）
　ここには人氣のないまつすぐの國道がある、
　みじめな古ぼけた市街がある、
　その市街はがらんどうで夜なんかはまつくらです、
　ここの女たちはきめがあらくて色がくろい、
　ここには文明がない、
　ここには人間的なるものはなんにもない。

第四章　朔太郎と近代　*295*

ああ心よいまはかがやく青空のかなたにのがれいでよ、
　　そしてやすらかに安住の道をもとめてあるけよ、
　　見知らぬ人間の群と入り混みたる建築の日影をもとめて、
　　いつもその群集の保護の下にあれよ、
　　ああ、わがこころはなになればかくもみじめな恐れにふるへ、
　　いつも脱獄をしてきた囚徒のやうに、
　　見も知らぬ群集の列をもとめてまぎれ歩かうとするのか、
　　（以下略）

　色と光の万華鏡のような近代都会は官能、思想、感情などの〈人間的なる
もの〉の場所であるのに対して、田舎は色もなく、文明もなく、〈人間的な
るもの〉がない所である。しかし、朔太郎は大都会にいても自分の孤独を打
ち消すことができない。地獄として認識する田舎から脱出し都会に来ても、
そこは自分の故郷ではない。そして、都会の人間の群れに混じって歩いても、
そこに溶け込めず、孤独と不安から逃れられないのである。従って、都会に
対する朔太郎の感情は一種のアンビバレンスを孕んでいる。都会、すなわち
近代は朔太郎にとって憧れの対象であり、それに向かって歩こうとしている
が、自分のものにすることができないのは、近代化は達成されていないとい
う意識を示している。
　田舎と都会という対極的な位置の間に立っている朔太郎自身を、近代化す
る日本の寓意として読むことが出来る。大正初期に朔太郎は近代化を求めて
いるが、当時の近代化はやむを得ず西洋の文化を取り入れることを意味して
いた。過去の文明を取り消し、外部の物質的な文化および科学や思想を受容
するという時代風潮は、近代日本国家の構築に一種のひびをもたらしたので
ある。日本が近代国家として誕生したのは19世紀の後半であり、西欧の先
進国に比べて若かったのである。もちろん近代以前にも日本のアイデンティ
ティが存在していたわけであるが、それについて学問的に考えはじめていた

296　Ⅲ　萩原朔太郎

のは江戸時代の国学者であった。その中で本居宣長は、島国で国外からの侵入を守られていた日本は、文化的にも民族的にも同一性を持っていると説いていた。明治期においてこの〈純粋な民族性〉という概念は、一方で近代国家国民のアイデンティティの基盤となるが、他方では西欧の自民族中心主義[60]との接触によって、危険にさらされていた。また韓国併合以降、日本近代国家は帝国主義の道に入るが、日本以外の民族を帝国の人民とすることも、更に均質性に基づくアイデンティティの構築を危機に陥らせた。西洋文明と帝国主義は、両者ともにアイデンティティは静止し変わらないものではなく、他者との交流によって流動的になるものであるという発見が日本近代国家の形成に潜んでいた傷の原因であると考えられるのではないだろうか。

　このように、自己（対内）と他者（対外）の関係は、伝統と近代、東洋と西洋、感情と理性、詩と小説、田舎と都会という二元性によって形成され、国民のアイデンティティ構築がアンビバレントな感情を引き起こしたのである。そして近代国家の存在に必要とされていた西洋文明は、それと同時に本来の日本のアイデンティティを危機に晒す敵として認識される対象でもあった。

　これが明治時代以来、日本の文化的なトラウマとなったのである。トラウマというのは心や身体に傷を与える危険ないし極端な変化を指しており、それは朔太郎の作品における身体と精神の重要性に見られる通りである。

　このトラウマから生じた二元性は、後に朔太郎が書いた詩論において更に明確に現れている。1928（昭3）年に朔太郎は彼の最も大きな詩論である『詩の原理』を出した。その目次を見ると、「主觀と客觀」、「浪漫主義と現實主義」、「感情の意味と知性の意味」、「詩と小説」、「描写と情象」、「詩に於ける主觀派と客觀派」などから分かるように、彼が詩の本質として述べる〈詩精神〉は統一した美学として論じることが不可能で、日本の近代文明に潜む断片化（身体対精神、主観対客観などの二元論的な要素）を取り込まざるを得ないのである。そして、詩論の結論が「島國日本か？世界日本か？」と題

第四章　朔太郎と近代　*297*

されているように、『詩の原理』は詩の表現的領域を拡張させ、自己と他者という枠から日本国のアイデンティティの問題を採り上げるに至ったのである。

　そして『詩の原理』において、朔太郎は〈主観〉と〈詩精神〉の概念に基づき、この二元性を乗り越えて日本の近代を目指そうとする。朔太郎の詩論の基盤には一種の文化論があり、それによると宗教や道徳に対する科学や哲学、また主観精神対客観精神という二元性は西欧文明から発されたものである。こうした文化論的な見解はプラトンの『国家（対話篇）』において詩人が追放されることを朔太郎が意識していたことと関連があり、西洋における詩と哲学との対立を原型的な思考様式として理解していたからである。同様に、身体と心という二元性もまた、プラトンを初めとしてデカルトを経由し、カントとヘーゲル等まで、西洋の古典から近代に至る哲学の大きなテーマであり、西欧の近代において経験論（Empiricism）と形而上学的な観念論（Trascendental Idealism）は根本的な対立関係にあった。朔太郎はニーチェとショーペンハウアーの読書を通して、このような西洋の世界観を知っていたはずである。そして『詩の原理』では、朔太郎がこの二元論を〈詩〉と〈哲学〉との対立から、〈主観〉対〈客観〉、また〈抒情詩（Lyric）〉対〈叙事詩（Epic）〉等の対立に展開させ、その根底には〈主観を肯定する主観的精神〉対〈主観を否定する主観的精神〉があると述べている。西洋から発せられた二元論は、二つの主観的精神の間での逆説的な対立であると朔太郎は理解しているが、それに対して、日本人の思考様式は本来次のような特性を持っていると述べている。

　　日本人の文明觀では、自我意識が常にエゴの背後に隠れてゐる。なぜなら眞の絶對自我は、非我と對照される自我でなくして、かかる相對關係を超越したところの、絶對無意識のものでなければならないから。（故に前にも他の章で言つた通り、日本の會話では「私」の主格が省略され

る。）然るに宗教感や倫理感やは、本来エゴイズムのものであつて、自
我意識の強調されたものなる故、日本人にはこの種の情操が本性してい
ない。日本人はすべて超宗教的、超道徳的である。したがつてまた日本
人は、これに對する反動の懐疑思想も持つてゐない。即ち日本には、古
來いかなる哲學も科學も無いのである。[62]

　日本人論に近い朔太郎のこの見解においては、日本の伝統的な美的感覚は
西欧から入ってきた二元性を超越するものである。しかし、これは〈島国〉
の日本の特性であり、これだけではコスモポリタンとしての日本になること
ができない。ここで注目すべき点は、朔太郎の見解では近代に伴う二元性が
単に〈西洋〉と〈日本〉との対立によるものではなく、それぞれの文化を含
み込むというところにある。西欧では古典まで遡るが、近代日本にもその二
元性の存在を認めながら、日本の詩精神を以てそれを乗り越えることが出来
ると訴えているのである。ここで、朔太郎のノスタルジアは古典や近世日本
に向かうのではなく、明治時代の文明開化を顧みる姿勢となる。明治時代の
過ちは、西洋の文化とそれに伴う二元性が皮相的に受容されたことである。
つまり、西洋の理性や客観的精神の裏にある〈主観的な精神〉が理解されな
かったことであり、日本の自然主義文学はその結果であると述べている。そ
して、西洋文明を理解するために、次のように訴えている。

　　明治維新の溌剌たる精神を一貫せねばならないのだ。何よりも根本的に、
　　西洋文明そのものの本質を理解するのだ。皮相は學ぶ必要はない。本質
　　に於て、彼の精神するものが何であるかを理解するのだ。それも頭腦で
　　理解するのでなく、感情によつて主觀的に知り、西洋が持つてゐるもの
　　を、日本の中に「詩」として移さねばならないのだ。[63]

　西洋の文明を〈詩〉として日本に受容させると朔太郎は述べるが、この主

第四章　朔太郎と近代　*299*

張を理解するために『詩の原理』の「詩の本質」という章を見る必要がある。この章では朔太郎が〈詩〉の定義を試みるが、まず「詩が形式上の詩でなくして、詩という文藝が本質しているところの、普遍の本体上の精神」であるというように、詩とは非物質的な性質を持つ普遍的なものである。そして、この定義を説明するために、朔太郎はまた〈詩的〉と〈プロゼック（prosaic）〉という対立的な論理を使用する。

　　一般に人々は、青い海や松原があるところの、風光明媚の景を詩だと言ふ。もしくは月光に照らされてる、蒼白い夜の眺めを詩的だと言ふ。或は霧や霞のかかつてる、朦朧とした景色を詩的だと言ふ。そしてこの反對のもの、即ち平凡にして魅惑のない景色や、晝間の白日に照らされる街路や、明らさまに露出されてる眺めやは、すべて詩のないプロゼックのものだと言ふ。（…）
　　例へば定評は、奈良や京都を指して「詩の都」と言ひ、大阪や東京やをプロゼックだと言ふ。或は伊太利のゴニスを詩的と言ひ、マンチエスタアや紐育をプロゼックだと言ふ。（…）
　　そして一般に、神話的のものほど詩的であつて、科學的に實証されたものほどプロゼックだ。
　　　　　　　64

　上記の例は自己と他者の関係という枠に入るが、その中でエキゾチックな他者として過去の日本も述べられているのは、近代化によって日本伝統を代表する京都のような町もエキゾチックになり、理想化されるという意識を示している。すなわち、他者は対外にあるもののみではなく、一定の文化において〈自己〉と〈他者〉の関係が生じるという意識を示している。また、このような二元性は相対的なものであるという意識が次のように明確に現れる。

　けれども奈良や京都に住んでる人が、果して自分の住んでる町を、眞に

詩的と感じてゐるだらうか。同じ別の例を言へば、歐米人は常に東洋を
「詩の國」と言ひ、特に日本をドリームランドのやうに考へてる。けだ
し彼等にとつては、我々の鳥居や、佛寺や、キモノや、ゲイシャや、紙
の家やが、すべて夢幻的な詩を感じさせるからである。だが我々の日本
人に取つてみれば、キモノや紙の家や足駄ほど、世界に於てプロゼツク
な事物はないのだ。
[65]

　このように、詩の本質は日常から離れたものであるように見えるが、実際
にはそうではなく、態度の問題であると朔太郎は述べる。

　「非所有へのあこがれ」であり、或る主觀上の意欲が掲げる、夢の探求
　である（…）夢とは「現在しないもの」へのあこがれであり、理智の因
　果によつて法則されない、自由な世界への飛翔である。（…）詩とは實
　に主觀的態度によつて認識されたる、宇宙の一切の存在である。かつ感
　情に於て世界を見れば、何物にもあれ、詩を感じさせない對象は一もな
　い。逆にまた、かかる主觀的精神に触れてくるすべてのものは、何物に
　もあれ、それ自體に於ての詩である。
[66]

　このように、朔太郎は〈詩的精神〉は文芸としての〈詩〉に限らず、自我
と主観そのものにあるとする。「主観と客観」と題する章において、朔太郎
はウィリアム・ジェイムズの〈意識の流れ〉の説にもとづいて、詩的精神は
主観と自我そのものであると述べている。そして西洋文明を〈詩〉として日
本に取り入れることは、その主観的な態度を優位にすることである。すなわ
ち、詩的精神を通して西洋文明を受容する必然性を感じているのである。そ
の理由は『詩の原理』における「日本詩壇の現状」という章においても述べ
られている。

第四章　朔太郎と近代　*301*

實に現にある口語詩の大部分は、殆ど何等の音律的魅力を持つてゐない。だれの詩を見ても皆同じく、ぼたぽたした「である」口調の、重苦しい行列である。それらの詩語には、少しも緊張した彈力がなく、輕快なはずみがなく、しんみりとした音樂もない。ただ感じられるものは、單調にして重苦しく、變化もなく情趣もない、不快なぬるぬるした章句ばかりだ。[67]

ゲーテやミルトンなどの抒情詩に比べると、日本近代自由詩は田舎の政治家の演説か中学生の無邪気な感激に例えられるとする朔太郎は、当時の詩壇に対する閉塞感を覚えている。このような行き詰まりの状態から逸脱するために、日本の伝統の和歌、俳句、抒情詩等の日本語のリズムの生命力を再現させる必然性を感じている。しかし、これは単に文学の問題ではなく、当時の日本の近代を反映する閉塞の状態なのである。

實に吾人の痛感するあらゆる不運は、現代の混沌たる日本文明そのものに原因してゐる。今日の我が國は、過去のあらゆる美が失われて、しかも新しい美が創造され得ない、絶望悲痛のどん底に沈んでゐる。[68]

上記のように、朔太郎は日本における西洋の二元論の受容の仕方を問題視している。真の日本近代詩と共に真の近代日本を追及する朔太郎の考えでは、詩的精神の媒介で西洋文明と日本文明の合成が可能となれば、コスモポリタンとしての日本も可能となり、日本の特有な近代自由詩が可能となる。換言すれば、朔太郎にとっては近代国家の構築は根本的に美の問題である。

したがって、朔太郎は美学（Aesthetics）こそが、経験的自我と形而上学的な自我、自己と他者、個人と集団、感情と理性などの対立的な観念を媒介する機能をもつと考えていたと言えるだろう。このように、朔太郎の考える近代国家は彼の美的観念と重なったのである。

３．『日本への回帰』――国家の普遍主義の超越――

　朔太郎の最後の詩集『氷島』が出版された1934（昭9）年から、約4年間かけて『日本への回帰』を書き、このエッセーは1937（昭12）年12月号の「いのち」誌に掲載される。1933（昭8）年に小林秀雄の『故郷を失った文学』が出ており、朔太郎の〈故郷の喪失〉と〈回帰〉というテーマが小林秀雄の評論を意識していたかどうかは別として、当時の日本の文学表現者の間では日本における近代と伝統の関係がアイデンティティの問題として意識されていたことを示すのである。そして萩原朔太郎と小林秀雄は両者とも、この問題の中心的なイメージが故郷を失った日本であるという共通認識を持っている。朔太郎の『日本への回帰』が出た頃は、東アジアで日本軍の戦争行為の範囲がますます広がり、日本はいわゆる15年戦争期の真っただ中であり、朔太郎は国の戦争行為を否定はしていないが、ナショナリズムは彼の〈日本への回帰〉の動機ではない。『詩の原理』と同様に、朔太郎の思考において、国家および近代というテーマは文学表現のレベルで考えられている。すなわち、美的精神を通して立ち向かう問題なのである。朔太郎の思想の到達点とも言える『日本への回帰』は彼の思想上の転向という展開として評価を得たが、転向というものが権力の抑圧などによってある思想を放棄すること、またある思想か宗教を別のものに置き換えるという意味とするならば、『日本への回帰』は果たしてどこまで転向といえるのだろうか。これについて本節で考えてみたい。

　『詩の原理』を書いた時期に朔太郎は、近代日本の文化の統一性を目指すために、西洋の文明を排除するのではなく、日本と西洋を統合させる道を見出していたが、1930年代から彼の求める近代化が日本に根付かず、次第に絶望な姿勢を見せていく。1929（昭4）年7月に離婚等の個人的な苦悩のため、朔太郎の孤独感も更に深まり、こうした状況は彼の創作に影響を与えた。

同年10月に出版した『絶望の逃走』というアフォリズム集の第2章には、自殺に関する文章が7つある。ニヒリズムの人生観を示唆する文章が少なくなく、人生の様々な側面を凝視する朔太郎のこのアフォリズム集第四章では、藝術についての思いが記されている。阿毛久芳が指摘するように、その根底に〈西洋思潮の摂取が根づかないものであったことへの憤り〉がある。

1934（昭9）年に出した『氷島』の自序では、朔太郎が日本の伝統詩の近代的可能性について次のように述べられている。

　　藝術としての詩が、すべての歴史的發展の最後に於て、究極するところのイデアは、所詮ポエヂイの最も單純なる原質的實體、即ち詩的情熱の素朴純粋なる詠嘆に存するのである。（この意味に於て、著者は日本の和歌や俳句を、近代詩のイデアする未來的形態だと考へて居る。）

詩が詠嘆であると述べているが、その詠嘆は過去の和歌と俳句に基づく近代詩でしか出せないものとして捉えている。すなわち、日本の伝統を近代において活かすことを目指しているという点では、朔太郎は『詩の原理』と同様な立場を持っている。しかし、詩集の冒頭にある「漂泊者の歌」は、その志に対して絶望的な気持ちを示唆するのである。

　　過去より來りて未來を過ぎ
　　久遠の郷愁を追ひ行くもの。
　　いかなれば蹌爾として
　　時計の如くに憂ひ歩むぞ。
　　（…）
　　かつて何物をも信ずることなく
　　汝の信ずるところに憤怒を知れり。
　　かつて欲情の否定を知らず

汝の欲情するものを彈劾せり。
いかなればまた愁ひ疲れて
やさしく抱かれ接吻する者の家に歸らん。
かつて何物をも汝は愛せず
何物もまたかつて汝を愛せざるべし。
ああ汝　寂寥の人
悲しき落日の坂を登りて
意志なき斷崖を漂泊ひ行けど
いづこに家郷はあらざるべし。
汝の家郷は有らざるべし！

　これは故郷を失った自覚によって、過去にも未来にも自分の住まいがない
と嘆く詩である。そして、かつて信じていたものや求めていたものの虚しさ
を自覚するが、これらのものは西洋の文明の摂取を日本の近代の基盤にする
ことによって生じるものである。西洋と近代は幻であったが、〈家郷〉であ
る昔の日本はもはや存在しないという自覚は、喪失の感情へと展開する。換
言すれば、『詩の原理』では弁証法的な論理によって近代における二元性を
合成させようと朔太郎が試みるが、「漂泊者の歌」ではこの失敗が語られて
いる。そして、このような敗北感は北川透が指摘する通り、〈近代〉をめぐ
る〈思想の劇〉として演じられることになる。このように『絶望の逃走』か
ら、『氷島』を通して、『日本への回帰』まで一直線を引くことができる。
　『日本への回帰』を出版する 1 年前に、朔太郎は「日本浪漫派」に同人と
して加わる。1935（昭10）年に保田与重郎を中心に設立された「日本浪漫派」
は、近代の批評と日本の伝統への回帰を主張していた。
　1930（昭5）年代の朔太郎の思考としては、まず次の展開に注目すべきで
あろう。1936（昭11）年 9 月号の「文學界」に「ロマンチストの二種類」と
「日本の詩人——現実的ロマンチスト」という二つの小論を発表する。

第四章　朔太郎と近代　305

ロマンチストには二種類がある。一はADVENTUREのロマンチストで、一はSENTIMENTのロマンチストである。前者は現實の生活に退屈して、常に未知の世界を夢み、知性のコロンブス的航海を好んで居る。（…）この型に属するロマンチストは、西洋の詩人ではポオ、ボードレエル、ラムボオ、ヴァレリイ等である。（…）もう一つの型のロマンチストは、いつも人生に不満して居る。なぜなら、彼等は現實の世界の上に、より高い理想を求めてゐるからである。そこで彼等の生活は、常に人生を呪詛し、哀傷し、抒情し、詠嘆する。（…）[73]

　朔太郎はadventureとsentimentを区別し、前者は現実に対して能動的な浪漫主義であり、後者は現実から離れた感情に浸り、行動を取らない浪漫主義であると述べている。そして、日本の浪漫主義が能動的、現実的であることは、フランスのadventure浪漫主義と類似する点であると述べている。[74]
　このような浪漫主義の定義は、「日本浪漫派」の文学的な位置を明確にするためのものであったが、その一方で大正時代の朔太郎のセンチメンタリズムからの決別を示しているとも言える。1930年代の朔太郎にとって、〈感傷〉に対して懐疑的な姿勢を取ることは、彼自身がもたらした日本近代詩におけるイメージや詩の言葉の革新を否定することを意味していたのである。朔太郎の最後の詩集であった『氷島』の文語的な表現の頻出も既にその姿勢を示していたが、それ以来朔太郎は詩集を出さずに、エッセイなどの創作に集中する。これは重大な意味を持っており、つまり詩は近代における彼の閉塞感、または故郷喪失を表現するための最適な形ではなくなったという自覚があったと考えられる。そこで、『日本への回帰』は散文の作品であるが、その中で朔太郎の創作工夫がみられる。例えば、第一章において抒情的な散文体を以て、神話等の喚起力の豊かなイメージを描きながら日本の近代化における主な展開を顧みる。そして、エッセイの冒頭に言及される浦島太郎の伝説は1930年代の日本の寓意として用いられる。

少し以前まで、西洋は僕等にとつての故郷であつた。昔浦島の子がその
魂の故郷を求めようとして、海の向こふに竜宮をイメーヂしたやうに、
僕等もまた海の向こふに、西洋といふ蜃氣樓をイメーヂした。だがその
蜃氣樓は、今日もはや僕等の幻想から消えてしまつた。[75]

　次に朔太郎は明治以来の日本の文明開化、鹿鳴館と西洋崇拝を近世日本か
ら近代日本への過渡期の原動力として語る。しかし短期間の近代化への努力
は、西洋と対抗し、日清戦争、日露戦争等のためでもあった。近代化を進め
た日本は、明治時代の〈「国家的非常時」の外遊から、漸く初めて解放され、
自分の家郷に帰省することが出来た〉という。その外遊は長く、家郷に帰っ
た時〈日本的なる〉ものはすべて失われ、その実態を探そうとして徘徊して
いる日本人は〈悲しい漂泊者の群れ〉なのである。[76]
　ここで朔太郎は近代化と西洋化の同一性を強調してから、永遠の家郷であ
る日本を呼び起こす。そしてその面影はないにも関わらず、〈僕等は伝統の
日本人で、まさしく僕等の血管中に、祖先二千余年の歴史が脈打している〉
と述べるのである。朔太郎は血のイメージによって、日本が永遠の故郷であ[77]
るというイメージを強化するが、その実態はない。また、西洋対日本という
二元論的な様式を避けようとし、次の論理的な工夫を為している。

　　　ＡはＡに非ず。Ａは非Ａに非ず、という辯証論の公式は、今日の日本に
　　　於いて、まさしく詩人の生活する情緒の中に韻律のリリシズムとして生
　　　きてるのだ。[78]

　アリストテレスにさかのぼる無矛盾律に反する上記の公式を日本に当ては
めると、伝統的な日本はもはや本当の日本ではない、あるいは、近代化した
日本は本当の日本ではないという両方の意味で取ることが出来る。すなわち、
朔太郎はどちらも肯定する姿勢を取っている。これによって朔太郎は固定し

た日本の概念を乗り越えようとする。このように、故郷を失ったことこそ、新しい日本の構築の思想的な基盤になる可能性となる。従って、『日本への回帰』の重要性は、朔太郎のいわゆる〈転向〉ではなく、近代国家という概念を乗り越えようとするところにあると言えるのではないだろうか。換言すれば、近代に伴う近代国家のアプリオリ的な普遍性や政治思想や国民のアイデンティティなどは主体の存在の基盤としての絶対的な観念となったが、それに対して朔太郎の閉塞感が示されているのである。

　　僕等は西洋的なる知性を得て、日本的なものの探求に帰つて來た。その巡歴の日は悲しかつた。なぜなら西洋的なるインテリジェンスは、大衆的にも、文壇的にも、この国の風土に根づくことがなかつたから。僕等は異端者として待遇され、エトランゼとして生活して來た。しかも今、日本的なるものの批判と感心を持つ多くの人は、不思議にも皆この「異端者」とエトランゼの一群なのだ。
　　或る皮相な見解者は、この現象を目してインテリの敗北だと言ひ、僕等の戦ひに於ける「卑怯な退却」だと宣言する。しかしながら僕等は、かつて一度も退却したことは無かつたのだ。逆に、僕等は、敵の重囲を突いて盲滅法に突進した。そしてやつと脱出に成功した時、虚無の空漠たる平野に出たのだ。
　　　　　　　　　　　　　　79

　ここで朔太郎は、〈日本への回帰〉と〈西洋知性〉が矛盾しているという非難は皮相な見解だと言う。西洋の知性を重囲する敵に例えて、それに突進した朔太郎は虚無に出たという隠喩を用いる。虚無は喪失と敗北を連想させる表現だが、ここで朔太郎が述べる虚無（日本）とは時間と空間と無縁の想像の場所である。それは、近代の絶対的な観念の束縛から脱出しようとする衝動である。朔太郎は近代化以前の日本と西洋化した日本のどちらも求めていない。どちらにも存在しない〈虚無〉は、〈伝統〉と〈近代〉の二元論的

な対立の超越を可能にし、新しい日本を構築する基盤となる。したがって朔太郎の虚無は、近代（とそれに反する概念）の絶対性と普遍性から逃れる想像のトポスである。『日本への回帰』を上記の観点からみれば、文明批評家としての朔太郎においては、思想的政治的な転向として解釈できないのではないだろうか。むしろ、文学表現者としての朔太郎の創作において、詩が彼の当時の思考を表現する最適な手段として認識されなくなったことこそ、朔太郎の文学的生涯における大きな変化であり、一種の〈転向〉とも言えるであろう。

第四章　朔太郎と近代　*309*

Ⅲ　注

1　久保忠夫「『空色の花』論」『国文学』（34）、學燈社、1994（平 6 ）年 6 月号、24頁

3　萩原朔太郎の短歌・詩・文章の引用は、伊藤信吉（他）編『萩原朔太郎全集』全15巻、筑摩書房、1975（昭50）年－1978（昭53）年に拠った

4　安藤靖彦『日本近代詩論　萩原朔太郎の研究』明治書院、1998（平10）年、5 頁

5　ニショレエは北イタリアのコモ湖付近の地名であり、その原産地の葡萄で作られる赤ワインは、イタリアの浪漫派の詩人作家Antonio Fogazzaro アントニオ・フォガッツァーロ（1842年－1911年）の小説「Piccolo mondo antico」（『昔の小さな世界』1895（明28）年）にこの赤ワインを賛美する文章があり、森鷗外はその小説のドイツ語翻訳を所有していたことは林尚季の指摘によってわかる。（「我百首」をめぐって――フォガッツァーロの小説と題26首――）、『森鷗外記念館通信』156号、2006（平18）年、6 頁）

　例えば、大岡信氏の『萩原朔太郎』では『ソライロノハナ』の歌を引用しながら、具体的な例を以て与謝野晶子、若山牧水、石川啄木等の影響を指摘している。（大岡信『萩原朔太郎』筑摩書房、1994（平 6 ）年、28－30頁

6　萩原朔太郎「詩壇に出た頃」「日本詩」1934（昭 9 ）年10月号初出。伊藤信吉（他）編『萩原朔太郎全集』第 9 巻、筑摩書房、1976（昭51）年、239頁

7　安藤康彦『日本近代詩歌　萩原朔太郎の研究』明治書院、1998（平10）年、16頁

8　大岡信『萩原朔太郎』筑摩書房、1994（平 6 ）年、48頁

9　①、②、③、④の定義は松村明（他）編『大辞林』三省堂、1991（平 3 ）年による

10　萩原朔太郎「北原白秋の詩――詩集『思い出』より――」『日本』1942（昭17）年 1 月号初出、伊藤信吉（他）編『萩原朔太郎全集』第 7 巻、筑摩書房、1976（昭51）年、542頁

11　北原白秋「哀傷篇　Ⅲ」「桐の花」『現代日本文學大系　石川啄木　北原白秋』26巻、筑摩書房、1972（昭47）年、170頁

12　北原白秋「白き露台」「桐の花」同上、167頁

13　北川透「罪びとまで」「国文学」23（13）、學燈社、1978（昭53）年、44頁

14　1914（大3）年末から1915（大4）年1月の間に朔太郎が書いた手帳は「浄罪詩篇ノオトA・B」として渋谷国忠編で、那珂太郎編『萩原朔太郎研究』（青土社、1974［昭49］年）に収められている。同一の資料が1977（昭52）年の筑摩書房『萩原朔太郎全集』第12巻には、「ノート一・二」として集録されている。本論では、筑摩書房『萩原朔太郎全集』からの引用の場合、「ノート一・二」という名称を採用する

15　萩原朔太郎「ノート二」伊藤信吉（他）編『萩原朔太郎全集』第12巻、筑摩書房、1977（昭52）年、31頁

16　同上、32頁

17　同上、318頁

18　萩原朔太郎「詩と音楽の関係」伊藤信吉（他）編『萩原朔太郎全集』第6巻（詩論）、筑摩書房、1975（昭50）年、291頁

19　同上292頁

20　萩原朔太郎『月に吠える』、『萩原朔太郎全集』第1巻（詩集1）、筑摩書房、1975（昭50）年、10頁

21　岸田俊子『萩原朔太郎――詩的イメージの構成――』沖積舎、1986（昭61）年、75頁

22　『萩原朔太郎全集』第3巻（詩集3）、筑摩書房、1977（昭52）年、182頁

23　萩原朔太郎「詩壇に出た頃」『萩原朔太郎全集』第9巻（エッセイ2）、筑摩書房、1976（昭51）年、238頁

24　萩原朔太郎「詩と音楽の関係」前述、292頁

25　その中で、特に月村麗子（「萩原朔太郎の詩における菊の心象」坪井秀人編『萩原朔太郎――感情の詩学――』有精堂出版、1988（昭63）年、262－269頁）と坪井秀人（「朔太郎の〈菊〉――「すえたる菊」を中心として」「日本文学」34（9）、1985［昭60］年、67－75頁）は朔太郎の作品における菊と性欲の関係を指摘する

26　萩原朔太郎『萩原朔太郎全集』第12巻、「ノート二」47頁

27　生田長江訳『ツァラトゥストラ』新潮社、1911（明44）年、62－64頁。国会

図書館デジタル・コレクション、書誌ID000000520503

28　長野隆〈特集・萩原朔太郎〉「「竹」の図像学：「浄罪詩篇ノート」のための
　　ノート」『詩論』(10)、詩論社、1986（昭61）年、18頁

29　北川透「ドストエフスキイ体験と「浄罪詩篇」──萩原朔太郎〈言語革命〉
　　の変容」「日本文学研究」(30)、梅光女学院大学日本文学会、1995（平7）年、
　　156頁。著者の同様な見解は、北川透『萩原朔太郎「言語革命」論』筑摩書房、
　　1995年（平7）、164-165頁にも述べられている。

30　那珂太郎『萩原朔太郎研究』青土社、1974（昭49）年、295頁

31　佐藤達哉『方法としての心理学史──心理学を語り直す──』新曜社、2011
　　（平23）年

32　同上

33　同上

34　新田篤『日本近代文学におけるフロイト精神分析の受容』和泉書院、2015（平
　　27）年

35　Ralph M. Leck「Vita Sexualis: Karl Ulrichs and the Origins of Sexual
　　Science」University of Illinois Press, 2016（平28）、2-3頁

36　北川透『萩原朔太郎〈言語革命論〉』、前述、100頁

37　阿毛久芳「萩原朔太郎とニイチェの詩──生田長江訳『ニイチェ全集』との
　　関わりから──」「国文学論考」(51)、都留文科大学国文学会、2015（平27）年、
　　15頁

38　萩原朔太郎「ニイチェに就いての雑感」「浪漫古典」1934（昭9）年9月号初
　　出。『萩原朔太郎全集』第9巻（エッセイ2）、筑摩書房、1979（昭54）、172頁

39　阿毛久芳「萩原朔太郎とニイチェの詩──生田長江訳『ニイチェ全集』との
　　関わりから」前述、15頁

40　夏目漱石「文藝の哲學的基礎」中村真一郎、吉田精一編『漱石集』5巻、角
　　川書店、1961（昭36）年、225-226頁

41　佐々木崇「夏目漱石とウィリアム・ジェイムズ──「文芸の哲学的基礎」を
　　中心に──」「京都大学文学部哲学研究室紀要：Prospectus」(13)、京都大学大
　　学院文学研究科哲学研究室、2010（平22）年

42　ジェイムズの『心理学原理』の要約版である"The Ego and the Consciousness"

の和訳

43　1919（大 8 ）年 4 月17日の書簡。伊藤信吉（他）編『萩原朔太郎全集』13巻、筑摩書房、1977（昭52）年、214頁

44　実際には、これは朔太郎の作り話であり、ジェイムズの実録にはそのようなケースがない

45　伊藤信吉、飛高隆夫、恩田逸夫編『日本近代文学大系　高村光太郎・宮沢賢治集』第36巻、角川書店、1971（昭46）年、176頁

46　〈サンチマンタリズム〉はフランス語の発音による片仮名表記である。英語の発音による表記の場合は〈センチメンタリズム〉となるが、どちらもローマ字表記の〈sentimentalism〉に相当する

47　高村光太郎『高村光太郎全集』第 8 巻（評論 5 ）、筑摩書房、1995（平 6 ）年、15頁

48　北川透『萩原朔太郎〈言語革命〉論』筑摩書房、1995（平 7 ）、68頁

49　北川透、久保忠夫編『日本近代文学大系　萩原作太郎集』第37巻、角川書店、1971（昭46）、418頁

50　萩原朔太郎「SENTIMENTALISM」「詩歌」1914（大 3 ）年10月号初出。『萩原朔太郎全集』第 3 巻、142頁

51　北川透、久保忠夫編『日本近代文学大系　萩原朔太郎集』第37巻、前述、418頁

52　萩原朔太郎「自著と装幀について」『日本への回帰』より、『萩原朔太郎全集』第10巻、筑摩書房、1975年、678－679頁

53　『萩原朔太郎全集』第 1 巻、前述、109頁

54　木股知史『画文共鳴』岩波書店、2008（平20）年、291頁

55　『萩原朔太郎全集』第 3 巻、筑摩書房、1977（昭52）年、106頁。1915（大 4 ）年 3 月号『卓上噴水』初出

56　『萩原朔太郎全集』第 1 巻、筑摩書房、1975（昭50）年、279頁。1915（大 4 ）年 4 月号「卓上噴水」初出

57　瀬尾育生『戦争詩論　1910－1945』平凡社、2006（平18）年、27頁

58　萩原朔太郎「出版の際にして」『純情小曲集』より、『萩原朔太郎全集』第 2 巻、筑摩書房、1976（昭51）、 8 頁

59　萩原朔太郎「何が健全であるか」『新しき欲情』より、『萩原朔太郎全集』第

4 巻（アフォリズム 1）、筑摩書房、1975（昭50）、24頁

60　本論で述べる西欧の自民族中心主義とは、エドワード・サイド（Edward Said）が言う「オリエントを支配し再構成し威圧するため の西洋の様式」というオリエンタリズムの思考様式の定義に基づく。エドワード・サイド『オリエンタリズム』今沢紀子訳、平凡社、1993（平 5）、21頁

61　萩原朔太郎「島国日本か？世界日本か？」『詩の原理』『萩原朔太郎全集』第 6 巻、筑摩書房、1975（昭50）、183頁

62　同上、184頁

63　同上、192頁

64　萩原朔太郎「詩の本質」『詩の原理』『萩原朔太郎全集』第 6 巻、57頁

65　同上、58頁

66　同上、59・62頁

67　萩原朔太郎「日本詩壇の現狀」『詩の原理』『萩原朔太郎全集』第 6 巻、173頁

68　同上、178頁

69　彼の唯一戦争賛美の作品は「南京堕落の日」である。

70　阿毛久芳『萩原朔太郎序説──イデアを追う人の旅──』有精堂出版、1985（昭60）年、131頁

71　萩原朔太郎『氷島』「自序」『萩原朔太郎全集』第 2 巻、筑摩書房、1976（昭51）年、103頁

72　北川透『萩原朔太郎〈詩の原理〉論』筑摩書房、1987（昭62）、302頁

73　萩原朔太郎「ロマンチスト二種類」『萩原朔太郎全集』第10巻、筑摩書房、1975（昭50）、26－27頁

74　萩原朔太郎「日本の詩人──現實的ロマンチスト──」『萩原朔太郎全集』同上、29頁

75　萩原朔太郎『日本への回帰』『萩原朔太郎全集』同上、485頁

76　同上、487頁

77　同上

78　同上、488頁

79　同上、489頁

結論

　これまで、与謝野晶子、石川啄木、萩原朔太郎を対象に、近代の政治体制および社会体制に対する三人の文学的な姿勢を検証しながら、その作品を通して現れる自我の形成過程を考察してきた。

　近代（日本の近代も含めて）の絶対的な観念として形成される〈国民国家〉、〈政治思想〉、〈国民アイデンティティ〉は、序章で述べた通り、近代化する社会体制の基本的な枠となったものである。これらの絶対的な観念は、近代における〈身体〉への認識論と〈思考様式〉にも大きな影響を及ぼした。近代化する日本においても、このような観念は政治および社会体制の根底を流れており、当時の文学における自己表現はこの背景に立ち向かわざるを得なかったのである。そこで本論では、20世紀初頭から第2次世界大戦までの長期間に、与謝野晶子、石川啄木、萩原朔太郎の創作と思考様式において、近代化に対する三人の認識と姿勢がどのようであったかを探る研究を行った。

　第一章では、『みだれ髪』の作風を中心に、自我の表現とエロティシズムの統合に焦点を当て、それが日本の浪漫主義の初期新体詩ならびに西欧の浪漫主義とラファエロ前派の受容を通して、西欧の恋愛詩の根幹をなす聖と俗の二元性によって表出されるということを見てきた。このような二元性は本来、西欧の人道主義に端を発するものだが、デカルトの心身二元論に展開されるという近代の思考様式の原型とも言えるもので、晶子の短歌に頻出する身体表現は、当時の社会体制および政治体制という背景において、極めて重要な意味を持っているのである。『みだれ髪』の短歌は、明治浪漫主義の新体詩に現れる女性身体のイメージを短歌表現に取り入れることによって、短歌表現を革新しただけでなく、短歌世界を超える主体として能動的な女性身体を日本文学にもたらしたのである。このように、晶子の作詩法において「聖」と「俗」という範疇は女性身体の表象と結び付いていることを論じた。

結論　*315*

さらにそれは近代的二元論に基づく、「良妻賢母」等の理念によって身体を統制しようとする権力および社会体制に対する反抗的な精神を表現していると言えるのである。これによって、晶子は短歌革新への道を開拓し、新しい女性像を築き上げた。しかしこの段階では、自我の認識とその構築に欠かせない要素である他者および外部の世界は、晶子の作品において浪漫主義の精神に満ちている神秘的、形而上的な存在である。したがって、『みだれ髪』は当時の社会的因習を打破する新しい女性像を構築したものの、その近代的内面世界はまだ外部世界に向いていないのである。

　近代自我の形成に必要な過程であった浪漫主義の体験は、実生活を直視する晶子の批判精神と結合することによって、戦死を否定する詩「君死にたまふこと勿れ」の創作につながった。本論では、この作品に関する戦前と戦後の評価の違いを明確にした。すなわち、帝国主義が強まった30年代は、晶子でさえ自身の作品集を編集する際に、「君死にたまふこと勿れ」を入れず、他の文学評論家もまたこの作品を採り上げることはなかったが、戦後の1950年代には、この詩は次第に日本人の平和精神の象徴として採り上げられるようになり、反戦の詩として評価されることが多くなったのである。と同時に、晶子の戦争賛美の作品が1980年代まで忘れ去られてきたという事実もまた確認できた。さらに本論では、「君死にたまふこと勿れ」の分析を通して、晶子の時代批評精神と女性としての自我意識との結び付きに着目した。女性の社会的および政治的な疎外状態を批判し、新しい女性として男女平等を唱える晶子の姿勢は、次の段階へと展開する。時代批評精神と女権拡張論という二つの軸を含むこの姿勢において、女性身体の表象は中心的な位置を占めている。晶子は身体表現によって政治及び社会体制が構築する〈良妻賢母〉の女性像を解体し、彼女の主張、すなわち女性身体の生命力は国家以前に存在する普遍的なものであり、地球の再生等の大規模なイメージによって宇宙と一体化するという主張の背後には、浪漫主義精神が存在していることを明確にした。そして、晶子の女権拡張論が帝国主義の肯定へと結び

ついた問題については、それが単なる思想的な転向ではなく、多数の要素の結合によるものとして本論では注目した。まず、「明星」時代以降、さらにフランスの旅行以降に晶子が抱いていた国際的な抱負は、『満蒙遊記』によって再び実感されると共に、日本帝国のアジア諸国に対する人道主義的なイメージが出来上がっていく。それと同時に、帝国政治体制の肯定については、戦時中、日本国家は女性の協力を必要としたことから、女性の権利を主張する手段として帝国の戦争が肯定されていた風潮とも大いに関連していた。すなわち、30年代以降の晶子の戦争観と国家観は、「明星」の浪漫主義、日露戦争時代の人道主義、女性解放の訴えなどの様々な精神から成るものだったのである。

　第二章においては、石川啄木の自我の在り方に焦点を当て、初期の浪漫主義的創作における与謝野晶子と鉄幹の影響を確認したうえで、高山樗牛の天才主義という理念が当時の啄木の自我認識に多大な影響を与えたことを明確にした。その結果、啄木の詩歌創作における「明星」派との共通点と相違点が浮き彫りになった。『あこがれ』の根底にある天地開闢による天世と現世という二元性は、晶子の歌に確認できた「聖」と「俗」、または「精神」と「肉体」という二元性と共通の要素を示す。しかしその反面、晶子の歌風では恋愛と女性の身体によって天上と地上の交差が成立するのに対して、『あこがれ』の世界では自然と精神の一体化を追求するのは詩人本人である。この相違点は、啄木の自我認識における高山樗牛の影響によるものであったことが明らかになった。この段階では、晶子と同様に啄木の内面および自我の追求は、先験的で形而上的な存在としての外部への憧憬に基づいている。詩人の使命感の挫折は、啄木にとって次の展開に繋がる必要な過程であった。この挫折後、啄木は無限の「永遠の生命」から「今」という現実に目を向け、新たな自己認識の方法を見出そうとする。これは『一握の砂』の歌風へつながる文学的姿勢であり、その過程において、本論では『一握の砂』の成立時期に啄木が書いた『ローマ字日記』に着目した。その考察の結果、音声中心

結論　*317*

表記であるローマ字の使用は啄木にとって、現実の観察およびその表象を行う過程において、内面と言葉を直結させるための実験的な手段であることが確認された。そして、『ローマ字日記』における他者の発見に伴う自己の発見は、エロス的な対象としての女性の身体への観察を中心に表現される上で、音声中心のローマ字を用い、啄木が性の内面化を行おうとしているというのが本論での見解である。近世春本にみられる露骨で滑稽な性描写に比べ、啄木の場合はエロスの発見は始終真面目に行われ、自己強化と自己嫌悪という２つの方向の間で揺れ動く、不安定かつ不確定な自我の輪郭を表している。それは近代の男子のセクシュアリティというジェンダー的な問題の位置付けとなることを本論では重視した。つまり『ローマ字日記』における啄木の内面の発見は、近代国家における男子の自我の形成という流れに位置すると言えるのである。

　次に、『一握の砂』と『悲しき玩具』の形成時期の短歌における身体表現に着目し、切断された身体に自身の心を収斂させることによって、心身の統一、つまり自己の同一性を得ようとしている啄木の姿勢を見出すことができた。自虐的な内容の歌の多さは、その背後に理想の自我、つまりナルシシズムの存在が示されていると言えるだろう。このように、啄木の短歌における身体の部分の直視は、彼の心の姿、つまり心理を具体化させる技巧として見ることができるのである。本論ではこの点を啄木の創作上の内面の発見と深く関わる側面として捉え、現実と芸術との関係において啄木が大きな視点の変化を見せると論じた。この姿勢は浪漫主義の形而上性からの決別、自然主義に対する疑問、そして近代国家強権に対する批判的な精神へと繋がるのである。こうした新たな姿勢は、「時代閉塞の現状」を中心とした啄木の評論における、文学と時代批評精神とが結び付いた彼独自の評論へと繋がっていったのである。自然主義と国家強権に対する批判は、明治時代の第一世代と第二世代との対立として認識されており、後者に属する啄木は社会の改善という理想を見出す。本論では、この改善の追求の根底に進化論的な見解が含

まれていることを確認した。また、啄木の思考様式においては、理性がもつ現実を直視する手段としての重要性も確認できた。このように、近代の二元論的な思考様式との関連から、次のようなことが言える。感情や形而上的認識が優位に立つ浪漫主義は、啄木の自我の発見のための必要な段階であったが、そこに地上と現世という形で表れる近代の二元論は『ローマ字日記』と『一握の砂』において身体への眼差しへと展開していく。断片化した自己の身体の統一性への奪回、他者の身体への直視は、現実における自己の位置の確認に必要な過程となり、〈今〉と〈現実〉に着目することは、啄木の創作における時代批評精神に密接に関わるのである。そして、感情が優位に立つ浪漫主義精神から、実証主義的な様式に属する〈理性〉は、啄木の現実直視の手段となる。これは後の社会主義思想に繋がるが、その背後にある疎外意識は、文学に自己および社会の改善を目指す大きな原動力となっているのである。

　第三章においては、萩原朔太郎の自我の在り方について論じた。萩原朔太郎は石川啄木と同じ年に生まれ、与謝野晶子と同じ年に他界した詩人であり、晶子と啄木と共に日本の近代詩の発展過程に一つの区切りを構成する。本章では、まず朔太郎の初期の作品に焦点を当て、具体的な例によって朔太郎の短歌創作における晶子と啄木の影響の外に、北原白秋や森鷗外等の作家が受容されていることを論じた。短歌創作から自由詩への過渡期において、全体として、自虐的な姿勢と現実への不適応という精神がその根底に流れている。すなわち、『浄罪詩編ノート』と『月に吠える』の中心にある、実存的な苦悩が『ソライロノハナ』にも含まれていることを指摘した。それを深める表現方法の探求は、口語自由詩形への移行が主な動機だと考えられる。その結果、作品の題材は拡大され、宗教的なイメージ、罪、疾患、エロス、自殺願望等のイメージが詩に取り入れられ、より幻想的な作詩法へと移っていく。啄木における内面の発見の試みはローマ字表記の使用によって行われたが、一方で朔太郎における内面の発見は、彼が唱える自我のリズムによって形成

されるイメージに基づいている。その分析を行ったうえで、生命衝動と破壊的衝動が朔太郎の創作における二元性であることを確認した。両者ともに詩人の肉体は疾患を伴い、引き裂かれるなどのイメージによって表現される。従来の研究では、朔太郎の作品における生命と死との対立はフロイトの自我論によって分析されてきたが、本章では『月に吠える』の創作期の詩とリズムの認識においては、流動性、連続、普遍性という概念を基本的なキーコンセプトとして読み取り、詩の生命力を表す「光」は色の一体化した状態を作るもので、連続的であり、動的であることを確認した。このような朔太郎のリズム感と作詩法の特徴は、ジェイムズの意識論の観点を通して見出されるものである。これは、朔太郎の詩における独特なイメージを「意識の流れ」というパラダイムを通して分析した結果である。

　上記の自我のリズムの動的な連続性は朔太郎のセンチメンタリズムの特徴であるので、次に朔太郎のセンチメンタリズムの特質とその表象について論じた。まず、センチメンタリズム、または感傷主義は大正時代に台頭した文芸感覚を表し、朔太郎と『月に吠える』の挿絵に携わった田中恭吉の絵画との響き合いに焦点を当てた。そして、疾患を伴う身体と植物の接合によって生死再生を示唆する両者の身体の描き方における共通点を明らかにした。朔太郎のセンチメンタリズムの根底にある精神は、感情に浸って、外部世界に対する能動的な姿勢を避け、感傷的で受動的な姿勢をとることによって自己表現を追求する。生死再生という軌道も〈単為生殖〉（parthenogenesis）のような形をとり、不在の他者との交流が不可能な現状をイメージ化し、精神的な幻想及び身体の疾患・断片化によって脱身体の衝動が表されている。このように、政治および社会体制が推進する健全な身体と精神という近代の認知論からの疎外状態を強調し、朔太郎はそれに対する反発精神を作品化したことを明らかにした。

　次に、昭和初期に朔太郎の疎外感が次第に故郷喪失というテーマに展開されることに着目し、伝統対近代や日本対西洋等といった二元論を乗り越えよ

うとする『詩の原理』に焦点を当てた。そして、西洋文明を取り入れることによって世界文学としての真の日本近代詩の構築が可能とする朔太郎の論理の根底には、近代日本の構築が思想ないし物質の問題ではなく、美の問題であるという意識があることを本章では読み解いてきた。すなわち、朔太郎の見解では本来国家が管理し、媒介する自己と他者、個人と集団、主観と客観といった二元性は〈美〉である〈詩的精神〉によって融和できるという『詩の原理』の側面が浮き彫りになったのである。

　最後に『日本への回帰』を取り上げ、この時代に故郷喪失のテーマが「虚無」として展開されていく問題について、次のような考察結果を得た。すなわち朔太郎の作品における虚無感は、近代化した日本対伝統の日本との二元的関係を取り消す想像のトポスであり、近代のエピステーメがもたらした〈近代〉とその反動的精神としての〈伝統〉、または〈国家〉、〈国民アイデンティティ〉、〈政治思想〉といった絶対的な観念に対する朔太郎の閉塞感を示している。そして『日本への回帰』はこれらの絶対的な観念を超越しようとする精神を表しているのである。

　以上のように本書では晶子、啄木と朔太郎を通して、日本近代詩歌の発展過程における中心的な側面を見出すことができる。明治期の浪漫主義の体験を通して、三者における自我意識の形成基盤ができるが、その自我の発見は疎外感の自覚を伴うものであった。この疎外感は単に三者の個人的な状況（女性としての社会的な疎外感、貧困や無職による疎外意識）から生まれるものではなく、三者とも詩人であることと深く関わっている。つまり、近代詩歌を求めて各人が選んだエクリチュール（言葉、文体、イメージ）に主体性の追求が反映されていると言える。晶子の短歌の革新、啄木のローマ字の実験と朔太郎の連用形終止法の技法は、まさに主体の追求の現れなのである。しかしその一方で、内面を表現する新しい作風を求める三者は、象徴性の豊かで難解な言語を使うという点では、当時の社会体制にとって異質なものであり、近代国家が求める国民の均質性に適応できない意識から生まれる疎外

結論　*321*

感を表していたと言える。この疎外感に含まれる自己と他者との隔たりは、三者の創作においてそれぞれ異なる形となって現れるが、その根底では近代の二元論的な思考様式によって乖離した心と体の統一願望が演じられている。それは、近代権力体制が国家のために人民の身体を動員し、不要な身体を隠蔽していたという時代風潮に対する反応であり、文学表現においてイメージ化した不適応の意識によるものだと言えよう。本論ではこのように、三者の文学表現において身体表現が中心的な主題となっていることを明らかにしてきた。この身体表現は自己の主体性を追求していくための、必要な段階であったと言えるだろう。つまり、三者は隠蔽すべきエロスや疾患という身体の状況を表現化することにおいて、反社会体制的な姿勢を取ったのである。

　また、三者のその後の思考展開においても、現状の近代国家体制という絶対的観念から逸脱しようとする姿勢を見ることができる。晶子が帝国主義に投影する〈コスモポリタン・ユートピア〉、〈国家強権〉に対する啄木の敵意識、そして朔太郎の〈虚無〉というディストピアは、すべて主体性を抑圧する国家という絶対的な観念を乗り越えようとする精神を表している。この面からみると、晶子、啄木、朔太郎は受容した前世代の浪漫主義の詩的精神を時代の変遷に伴ってさらに発展させ、次の世代の詩人への架け橋となったという点で、日本近代詩歌の発展過程において非常に重要な足跡を残したと言えるのである。

文献目録

第一章

中村正直訳『西国立志編』須原屋茂兵衛、1870（明3）年

三宅花圃『藪の鶯』第六回、金港堂、1888（明21）年

佐々木信綱「歌集總まくり」『心の花』1901（明34）年9月号

高山樗牛「文芸時評」「太陽」1901（明34）年9月号

Lev Tolstoi, *Bethink Yourselves – A letter on the russian japanese war*, Chicago, The Hammersmark Publishing Company, 1904（明37）年

レフ・トルストイ「日露戦争論」杉村楚人冠訳、「朝日新聞」、1904（明37）年8月2日

レフ・トルストイ「爾曹悔改めよ」幸徳秋水・堺利彦訳、「平民新聞」1904（明37）8月7日号、「週間平民新聞」全64号、近代史研究所、1982（昭57）年

大町桂月「文芸時評」（「雑評録」）「太陽」1904（明37）年10月号

大町桂月「詩歌の真髄」『わが筆』日高有倫堂、1905（明38）年

茅原廉太郎・茅原ふじ子著『左右修竹』隆文館、1905（明38）年

角田勤一郎（剣難）「理情の弁」『理趣情景』東京東亜堂、1905（明38）年

津田左右吉『文学に現はれたる我が国民思想の研究 – ［第三］平民文學の時代 上』、洛陽堂、1918（大7）年

深尾須磨子『君死にたまふことなかれ』改造社、1949（昭24）年

与謝野鉄幹「亡国の音」、野田太郎編『明治文学全集』第51巻、筑摩書房、1958（昭33）年

吉田精一（他）編『森鷗外全集』第2巻、筑摩書房、1963（昭38）年

匠秀夫「雑誌「明星」と近代美術」『札幌大谷短期大学紀要』（2）、1964（昭39）年

佐竹寿彦『全釈　みだれ髪研究』有朋社、1965（昭40）年

平岡敏夫『北村透谷研究』有精堂、1967（昭42）年

『藤村全集』第5巻、筑摩書房、1968（昭43）年

重松信弘「源氏物語の倫理思想-2-罪の意識を中心として──」『国文学研究』（4）、

梅光女学院短期大学国語国文学会、1968（昭43）年

島崎藤村『藤村全集』第 5 巻、筑摩書房、1968（昭43）年

秋山清・伊藤信吉・岡本潤編『日本反戦詩集』太平出版社、1969（昭44）年

黒島傳治「反戦文学論」『黒島傳治全集』第 3 巻、東京、筑摩書房、1970（昭45）年

与謝野寛（他）著『現代日本文学大系』第25巻、筑摩書房、1971（昭46）年

斎藤茂吉「明治大正短歌史概観」『斎藤茂吉全集』第21巻、岩波書店、1973（昭
　　48）年

笹淵友一（他）編『明治文学全集　女學雑誌・文学界』第32巻、筑摩書房、1973
　　（昭48）年

坪内逍遙『当世書生気質』、稲垣達郎・中村完・梅澤宜夫編『坪内逍遙集』角川書
　　店、1974（昭49）年

逸見久美『みだれ髪全釈』桜楓社、1978（昭53）年

匠秀夫『近代日本の美術と文学　明治大正昭和の挿絵』木耳社、1979（昭54）年

木俣修（他）編『定本與謝野晶子全集』第 1 巻、講談社、1979（昭54）年

木俣修（他）編『定本與謝野晶子全集』第 9 巻、講談社、1980（昭55）年

木俣修（他）編『定本與謝野晶子全集』第13巻、講談社、1980（昭55）年

木俣修（他）編『定本與謝野晶子全集』第14巻、講談社、1980（昭55）年

木俣修（他）編『定本與謝野晶子全集』第16巻、講談社、1980（昭55）年

木俣修（他）編『定本與謝野晶子全集』第12巻、講談社、1981（昭56）年

木俣修（他）編『定本與謝野晶子全集』第18巻、講談社、1980（昭55）年

明石利代「「明星」 8 号の意義」大阪女子大学国文学科『女子大文学 国文編』(32)、
　　1981（昭56）年

伊藤整『近代日本人の発想の諸形式』岩波文庫、1981（昭56）年

磯田光一『鹿鳴館の系譜』文藝春秋、1983（昭58）年

惣郷正明、飛田良文編纂『明治のことば辞典』東京堂出版、1986（昭61）年

芳賀徹『みだれ髪の系譜』講談社、1988（昭63）年

上野英信「天皇陛下万歳――爆弾三勇士の序説」筑摩書房、1989（平元）年

佐藤亮雄『近代作家研究叢書104　みだれ髪攷』日本図書センター、1990（平 2 ）年

池田廉『ペトラルカ　カンツォニエーレ』名古屋大学出版会、1992（平 4 ）年

逸見久美『新みだれ髪全釈』八木書店、1996（平 8 ）年

皆川晶「『みだれ髪』の位置」『日本文学研究』（32）、1997年（平9）年

市川千尋『与謝野晶子と源氏物語』国研出版、1998（平10）年

河野裕子「『みだれ髪』の読みにくさ」『与謝野晶子――自由な精神　国文学　解釈と教材の研究』（44）４、學燈社、1999（平11）年

逸見久美「評釈上の問題から――難解歌など」『与謝野晶子――自由な精神　国文学　解釈と教材の研究』（44）４、學燈社、1999（平11）年

小田切秀雄著、小田切秀雄全集編集委員会編『小田切秀夫全集　近代文学史』第8巻、勉誠出版、2000（平12）年

川村邦光「晶子の身体への眼ざし」『ユリイカ　詩と批評　特集　与謝野晶子』青土社、（8）2000（平12）年

逸見久美（他）編『鉄幹晶子全集』第2巻、勉誠出版、2002（平14）年

内山秀夫・香内信子編『與謝野晶子評論著作集』第18巻、龍溪書舎、2002（平14）年

入江春行『与謝野晶子とその時代：女性解放と歌人の人生』新日本出版社、2003（平15）年

岩井茂樹「恋歌の消滅――『百人一首』の近代的特徴について」『日本研究：国際日本文化研究センター紀要』（27）、2003（平15）年

Cesare Lombroso, Guglielmo Ferrero 共著『 *Criminal Woman, the Prostitute and the Normal Woman*』, Duke University Press, 2004（平16）年

逸見久美『評伝与謝野寛晶子　明治篇』八木書店、2007（平19）年

茨木のり子『詩人評伝シリーズ3　――君死にたまふことなかれ』童話屋、2007（平19）年

木股知史『画文共鳴る――『みだれ髪』から『月に吠える』へ――』岩波書店、2008（平20）年

中西進『日本人の祈りこころの風景』冨山房インターナショナル、2011（平23）年

第二章

『The Terrific Register』 第 1 巻、「Calamities of Genius」、Sherwood Jones and Company、1825（文政 8）年

斯邁爾斯（スマイルス）著、中村正直訳『西洋品行論』第11、12編、珊瑚閣、1878-1880（明11-13）年、国立国会図書館デジタルコレクション

徳富猪一郎「書を読む遊民」『青年と教育』民友社、1892（明25）年（1891（明24）年「国民の友」初出）

坪内逍遥『文学その折々』春陽堂、1896（明29）年、国立国会図書館デジタルコレクション

高山樗牛「日本主義」「太陽」1897（明30）年 6 月号

Lev Tolstoy,「Bethink Yourselves!」、American Peace Society、Boston、1904（明37）年

島村抱月「藝術と實生活の界に横たはる一線」『近大文藝之研究　島村滝太郎著著』早稲田大學出版部蔵版、1909（明42）年

姉崎正治・笹川種郎編『樗牛全集 註釈 改訂』第 2 巻　文芸評論、博文館、1925（大14）年

大杉栄訳「一革命家の思い出」『クロポトキン全集』第 6 巻、春陽堂、1928（昭3）年

幡谷正雄訳『ワァヅワス詩集』新潮社、1935（昭10）年

石川啄木「トルストイ翁論文」『石川啄木全集』第10巻、岩波書店、1954（昭29）年

石井照久『法律学全集　労働法総論』第45巻、有斐閣、1957（昭32）年。

R. D. McMaster,『The Dalhousie Review』38-1, Dalhousie University（Nova Scotia, Canada）, 1958（昭33）年

今井泰子「啄木晩年の所謂思想転向問題」『日本文学』112号、1962（昭32）年 7 月

島村抱月「藝術と實生活の界に横たはる一線」『明治文學全集』第43巻、筑摩書房、1967（昭42）年

長谷川天渓「無解決と解決」『明治文學全集』第43巻、筑摩書房、1967（昭42）年

田山花袋「露骨なる描寫」『明治文學全集』第67巻、筑摩書房、1968（昭43）年

桂孝二『啄木短歌の研究　国語国文学研究叢書19』桜楓社、1968（昭43）年

石川啄木「時代閉塞の現状」『明治文學全集』第52巻、筑摩書房、1970（昭45）年

石川啄木「性急な思想」『明治文學全集』第52巻、筑摩書房、1970（昭45）年

石川啄木「弓町より（食らふべき詩）五」『明治文學全集』第52巻、筑摩書房、1970（昭45）年

石川啄木「百回通信」『明治文學全集』第52巻、筑摩書房、1970（昭45）年

石川啄木「雲は天才である」『明治文學全集』第52巻、筑摩書房、1970（昭45）年

高山樗牛「美的生活を論ず」『明治文學全集』第40巻、筑摩書房、1970（昭45）年

立川昭二『病気の社会史』日本放送出版会、1971（昭46）年

魚住折蘆「眞を求めたる結果」『現代日本文学大系』第40巻、筑摩書房、1973（昭48）年

魚住折蘆「自己主張の思想としての自然主義」『現代日本學大系』第40巻、筑摩書房、1973（昭48）年

今井泰子『石川啄木論　日本の近代作家2』塙書房、1974（昭49）年

多良学「啄木の所謂「理性主義」について」「日本文学」249号、日本文学協会、1974（昭49）年3月

今井泰子『石川啄木論』塙書房、1974（昭49）年

桑原武夫編訳『文芸読本　石川啄木』岩波文庫、1977（昭52）年

岩城之徳（他）編『石川啄木全集』第1巻、筑摩書房、1978（昭53）年

岩城之徳（他）編『石川啄木全集』第5巻、筑摩書房、1978（昭53）年

岩城之徳（他）編『石川啄木全集』第6巻、筑摩書房、1978（昭53）年

岩城之徳（他）編『石川啄木全集』第2巻、筑摩書房、1979（昭54）年

岩城之徳（他）編『石川啄木全集』第7巻、筑摩書房、1979（昭54）年

岩城之徳（他）編『石川啄木全集』第8巻、筑摩書房、1979（昭54）年

岩城之徳（他）編『石川啄木全集』第4巻、筑摩書房、1980（昭55）年

川並秀雄『啄木秘話』冬樹社、1979（昭54）年

柄谷行人『日本近代文学の起源』講談社、1980（昭55）年

今井泰子「石川啄木作品辞典」岩城之徳編『石川啄木必携　別冊國文學』(11)、學燈社、1981（昭和56）年

太田登「啄木「血染めし」歌の成立について」『山辺道：国文学研究誌』(25)、天理大学国語国文学会、1981（昭56）年

レフ・トルストイ「爾曹悔改めよ」幸徳秋水・堺利彦訳『平民新聞』1904（明37）年8月7日号、「週刊平民新聞」号、近代史研究所、1982（昭57）年

目良卓「晶子と啄木」『国文学　解釈と鑑賞　特集石川啄木』、至文堂、1985（昭60）年

荻野富士夫「明治末年の啄木「時代閉塞」の発見」『国文学　解釈と鑑賞』、至文堂、1985（昭60）年

大沢博『啄木短歌創作過程の心理学的研究: 歌稿ノート「暇ナ時」を中心に』桜楓社、1986（昭61）年

小川武敏『石川啄木』武蔵野書房、1989（昭64）年

Donald Keene,「Modern Japanese Literature – from 1868 to Present Day」、Groove Press, 1994（平6）年

余吾－眞田育信「「近世的精神」としての〈自然主義〉——魚住折盧の「文明史」的視点と主体的「懐疑」——」日本近代文学会編『日本近代文学』第53集、1995（平7）年

石井寛治「日本産業革命と啄木」「國文學　解釈と教材の研究」「特集よみがえる石川啄木——ことば・うた・思想」43、學燈社、1998（平10）年

Hobsbawm, Ranger　共著『*The Invention of Traditions*』Cambridge University Press 2000（平12、初版1983［昭58］）年

新井恵美子『江戸の家計簿: 家庭人・二宮尊徳』神奈川新聞社、2001（平13）年

国際啄木学会編『石川啄木事典』おうふう、2001（平13）年

Roland Chemama『Dictionnaire de la psychanalyse』ロラン・シェーマ編、小出浩之（他）訳『精神分析事典』弘文堂、2002（平14）年

小川武敏「時代閉塞の陰喩——犯罪の年1910年」『論集　石川啄木Ⅱ』国際啄木学会編、おうふう、2004（平16）年

碓田のぼる『石川啄木　その社会主義への道』かもがわ出版、2004（平16）年

J. Montes Santiago,「Miguel de Cervantes: saberes medicos, infermidades y muerte」,『Anales de Medicina Interna』22, 2005（平17）年

Benedict Anderson,『*Imagined Communities: Reflections on the Origin and the Spread of Nationalism*』, Verso , London New York, 2006（平18、初版1983［昭58］）年

池田功『石川啄木　その散文と思想』世界思想社、2008（平20）年

坂本真裕子「明治修身教科書における子どもの〈労働〉倫理　——二宮金次郎と塩原多助——」名古屋大学大学院国際言語文化研究科、「言葉と文化」(13)、2012（平24）年

森水福・太田登『石川啄木詩歌研究への射程』國立臺灣大學出版中心（台北）、2014（平26）年

第三章

伊藤信吉、中野重治・西脇順三郎・丸山薫・中桐雅夫・那珂太郎・萩原葉子編『萩原朔太郎全集』全15巻、筑摩書房、1975（昭50）－1978（昭53）年

生田長江訳『ツァラトゥストラ』新潮社、1911（明44）年　国会図書館デジタル・コレクション、書誌番号 ID 000000520503

夏目漱石「文藝の哲學的基礎」中村真一郎、吉田精一編『漱石集』第5巻、角川書店、1961（昭36）年

伊藤信吉・飛高隆夫・恩田逸夫編『日本近代文学大系　高村光太郎・宮沢賢治集』第36巻、角川書店、1971（昭46）年

北川透・久保忠夫編『日本近代文学大系　萩原作太郎集』第37巻、角川書店、1971（昭46）年

北原白秋『桐の花』『現代日本文學大系　石川啄木　北原白秋』第26巻、筑摩書房、1972（昭47）年

萩原朔太郎遺稿、渋谷国忠編著「浄罪詩篇ノオトＡ・Ｂ」『萩原朔太郎研究』那珂太郎編、青土社、1974（昭49）年

那珂太郎『萩原朔太郎研究』青土社、1974（昭49）年

萩原朔太郎『月に吠える』「詩集」伊藤信吉（他）編『萩原朔太郎全集』第1巻（詩集1）、筑摩書房、1975（昭50）年

萩原朔太郎「詩と音楽の関係」伊藤信吉（他）編『萩原朔太郎全集』第6巻（詩論）、筑摩書房、1975（昭50）年

萩原朔太郎「自著と装幀について」伊藤信吉（他）編『萩原朔太郎全集』第10巻、

筑摩書房、1975（昭50）年

伊藤信吉（他）編『萩原朔太郎全集』第3巻（詩集3）、筑摩書房、1977（昭52）年

萩原朔太郎『新しき欲情』伊藤信吉（他）編『萩原朔太郎全集』第4巻（アフォリズム1）、筑摩書房、1975（昭50）、24頁

萩原朔太郎『詩の原理』伊藤信吉（他）編『萩原朔太郎全集』第6巻（詩論）、筑摩書房、1975（昭50）年

萩原朔太郎「日本への回帰」伊藤信吉（他）編『萩原朔太郎全集』第10巻、筑摩書房、1975（昭50）年

萩原朔太郎「ロマンチスト二種類」伊藤信吉（他）編『萩原朔太郎全集』第10巻、筑摩書房、1975（昭50）

萩原朔太郎『純情小曲集』伊藤信吉（他）編『萩原朔太郎全集』第2巻、筑摩書房、1976（昭51）年

萩原朔太郎「詩壇に出た頃」伊藤信吉（他）編『萩原朔太郎全集』第9巻（エッセイ2）、筑摩書房、1976（昭51）年

伊藤信吉（他）編『萩原朔太郎全集』第12巻（未発表ノート篇）、筑摩書房、1977（昭52）年

伊藤信吉（他）編『萩原朔太郎全集』第13巻（書簡）、筑摩書房、1977（昭52）年

萩原朔太郎『ソライロノハナ』伊藤信吉（他）編『萩原朔太郎全集』第15巻（書簡）、筑摩書房、1978（昭53）年

北川透「罪びとまで」「国文学　解釈と教材の研究」23（13）、學燈社、1978（昭53）年

坪井秀人「朔太郎の〈菊〉――「すえたる菊」を中心として」、「日本文学」34、日本文学協会、1985（昭60）年

阿毛久芳『萩原朔太郎序説――イデアを追う人の旅――』有精堂出版、1985（昭60）年

長野隆〈特集・萩原朔太郎〉「「竹」の図像学：「浄罪詩篇ノート」のためのノート」、『詩論』（10）、詩論社、1986（昭61）年

岸田俊子『萩原朔太郎――詩的イメージの構成――』沖積舎、1986（昭61）年

北川透『萩原朔太郎〈詩の原理〉論』筑摩書房、1987（昭62）年

月村麗子「萩原朔太郎の詩における菊の心象」有精堂出版、1988（昭63）年

松村明（他）編『大辞林』三省堂、1991（平3）年

エドワード・サイド『オリエンタリズム』今沢紀子訳、平凡社、1993（平5）年

大岡真『萩原朔太郎』ちくま学芸文庫、筑摩書房、1994（平6）年

久保忠夫「『空色の花』論」、『國文學』（34）、學燈社、1994（平6）年6月号

北川透「ドストエフスキイ体験と「浄罪詩篇」——萩原朔太郎〈言語革命〉の変容」、『日本文学研究』（30）、梅光女学院大学日本文学会、1995（平7）年

北川透『萩原朔太郎「言語革命」論』筑摩書房、1995（平7）年

高村光太郎『高村光太郎全集』第8巻（評論5）、筑摩書房、1995（平6）年

安藤靖彦『日本近代詩論　萩原朔太郎の研究』明治書院、1998（平10）年

林尚季「「我百首」をめぐって——フォガッツァーロの小説と題26首——」『森鷗外記念館通信』156号、2006（平18）年

木股知史『画文共鳴』岩波書店、2008（平20）年

瀬尾育生『戦争詩論　1910‐1945』平凡社、2006（平18）年

佐々木崇「夏目漱石とウィリアム・ジェイムズ——「文芸の哲学的基礎」を中心に——」『京都大学文学部哲学研究室紀要：Prospectus』（13）、京都大学大学院文学研究科哲学研究室、2010（平22）年

佐藤達哉『方法としての心理学史——心理学を語り直す——』新曜社、2011（平23）年

新田篤『日本近代文学におけるフロイト精神分析の受容』和泉書院、2015（平27）年

阿毛久芳「萩原朔太郎とニーチェの詩——生田長江訳『ニイチェ全集』との関わりから——」『国文学論考』（51）、都留文科大学国文学会、2015（平27）年、15頁

Ralph M. Leck「Vita Sexualis: Karl Ulrichs and the Origins of Sexual Science」University of Illinois Press, 2016（平28）年

＊上記参考文献において、全集については本書における引用文献のみを記載した。

謝辞

　本書は2016年度に國學院大學大学院文学研究科に提出した博士論文に加筆したものであり、この度、國學院大學課程博士論文出版助成金によって刊行が可能になったものである。与謝野晶子、萩原朔太郎及び石川啄木についての研究成果を本書の形にできたのは、何よりも論文執筆中に御指導くださった國學院大學文学部の石川則夫教授のご尽力の賜物である。石川先生に改めて心よりの感謝を申し上げたい。また、博士論文の副査として拙論をお読みくださり、口頭試問の際に貴重な御指摘をくださった都留文科大学の阿毛久芳名誉教授および國學院大學文学部の井上明芳准教授にも改めて厚く御礼申し上げたい。さらに本書の校正に際して、多大な時間をかけて初校に目を通し、詳細な点を指摘してくださった石川先生のゼミの院生の皆様にも感謝の意を表したい。

　本書の刊行に向けて著者の研究の至らぬ点を意識しつつ、より納得のいくものを目指すことができたのは、先生方の御指摘と温かい御指導によるものだと感謝している。この場を借りて、改めて厚く御礼申し上げる次第である。そして、ご多忙の中、原稿の書き直しに最大限の時間を与えて下さり、美しい装丁で本書を刊行してくださった翰林書房の今井静江様に深い感謝の念を表したい。

　最後に、私事ながら、原稿の最初の読者であり、常にいかなる助力も惜しまなかった妻なおみにも感謝したい。

2017年12月19日

イタリア、ラグーザにて

ルカ・カッポンチェッリ